KB268843

무림군자

장진영 新무협 판타지 소설
FANTASTIC ORIENTAL HEROES

무림군자 1

장진영 新무협 판타지 소설

초판 1쇄 찍은 날 § 2010년 1월 7일
초판 1쇄 펴낸 날 § 2010년 1월 15일

지은이 § 장진영
펴낸이 § 서경석

편집장 § 문혜영
편집책임 § 서지현

펴낸곳 § 도서출판 청어람
등록번호 § 제1081-1-89호
등록일자 § 1999. 5. 31
어람번호 § 제2-1867호

주소 § 경기도 부천시 원미구 심곡2동 163-2 서경B/D 3F (우) 420-822
전화 § 032-656-4452 팩스 § 032-656-4453
http://www.chungeoram.com
E-mail § eoram99@chollian.net

ⓒ 장진영, 2010

ISBN 978-89-251-2045-4 04810
ISBN 978-89-251-2044-7 (세트)

1
일향촌(一香村)
무림군자
武林君子
FANTASTIC ORIENTAL HEROES
장진영 新무협 판타지 소설
도서출판 청어람

目次

武林君子
무림군자

1629년 청이 건국된 지 일 년.

여진의 영웅이던 태조(太祖) 누르하치가 후금을 세우고 명을 압박하다 천명이 다해 죽자 그의 아들 청태종 황태극은 자신의 대에 이르러 반란과 폭정으로 쇠락한 명을 무너뜨리고 '청(淸)'을 세웠다.

무너진 명의 충신들에게는 힘이 없었고, 불처럼 일어난 청의 무리에게는 덕이 없었다. 명의 수많은 제후들과 귀족들은 몰락해 목숨을 잃었으며, 그들의 가솔은 노예가 되어 세상을 떠돌았다. 청의 황제는 자신에게 대항한 자에게는 잔혹한 철퇴를, 품에 안겨 꼬리를 흔든 개에게는 고기 살점이 붙은 뼈다귀를 던져 주었다.

세상의 변화는 일반 백성뿐 아니라 강호의 무인들에게도 찾아왔다. 몰락하는 명을 도와 청에 대항했다는 이유로 강호의 의인들은 청의 군대에 짓밟혔고, 무림의 태산북두로 군림하던 소림은 그 심처의 장경각이 불타오르고 무당은 해검지(解劍地)가 파헤쳐졌다.

강호 대문파의 몰락으로 흩어진 무인들은 목숨을 부지하기 위해 검을 꺾었다. 무림을 지배했던 삼황, 십존의 절대자들과 그들을 따르던 이들은 청의 눈을 피해 심처로 은거하고 신분을 감춘 채 세상 속에 파묻혀 버렸다. 무위자연(無爲自然)을 추구하고 선도를 익히던 도인들은 귀신을 쫓고 부적을 만들어 팔았고, 뜻이 있는 자들은 끈질기게 청에 대항하였으나 힘이 미치지 못하여 죽임을 당하거나 옥에 갇히고 말았다.

몇 년 전만 하더라도 동무림맹(東武林盟), 서사패천(西邪敗天), 남검각(南劍閣), 북빙궁(北氷宮)으로 나누어져 강호의 패권을 다투던 풍경은 옛 모습이 되었다.

강호에 드높은 긍지는 사라지고, 청의 권력자들과 결탁해 우후죽순(雨後竹筍)처럼 생겨난 소규모의 무도관들이 서로의 자리싸움을 하는 아귀들의 전장으로 변해 버렸다.

'누가, 누가 반역의 도당이다' 라는 소문만 퍼져도 금세 팔기군(八旗軍)에 의해 그 기둥뿌리가 뽑혀 나가는 판에 무인들은 관부의 눈치를 살필 수밖에 없었다.

*　　　　*　　　　*

자시(子時) 말. 어둠이 가장 깊어진 시각.

당대의 삼대석학 중 하나로 불리는 무불통지(無不通知) 조명훈이 세우고, 그를 흠모했던 유생들이 모여 있는 낙양성 운학서원(雲鶴書院)에는 짙은 살기와 비명성만이 감돈다.

화르륵.

서책이 유황불에 타오르면서 검은 연기를 뭉클뭉클 피워 올리는 서원의 한복판.

피가 흘러 붉게 변한 학창의(鶴氅衣)를 입은 유생들이 무릎을 끓고 두려움에 떨며 황색 전포를 걸친 무장들의 눈치를 살폈다.

"그대가 조명훈인가?"

두 손을 검 자루에 올린 채 선 우람한 무장의 입에서 무미건조한 목소리가 흘러나왔다. 다른 이들과는 달리 금룡이 수놓아진 전포의 무장은 눈앞에 끓어앉은 노인에게 시선을 고정했다.

"……."

서원의 주인이자 삼대석학의 일인인 조명훈은 분노한 표정으로 무장을 쏘아봤다. 고고했던 노구는 강제로 끓어앉혀져 힘없이 처져 있었고, 반듯하게 말아 올렸던 머리는 혼전 중에 잔뜩 헝클어졌다. 그럼에도 그의 자세는 꼿꼿하기만 했다. 머리까지 흘러내린 핏줄기는 얼굴의 한쪽 면을 타고 흘러 단아했던 학자는 수십 년은 더 늙어 보였다.

"......"

무장은 얼굴을 살짝 찡그리며 조명훈의 뒤에 있는 누군가를 오른손 손가락으로 가리켰다.

쉬익!

"으아악!"

칼바람이 일고, 핏줄기가 허공으로 뿜어졌다.

날카로운 비명성에 조명훈의 노안이 일그러졌다. 분명 자신을 따르고 있던 유생 중 한 명이 목숨을 잃은 것이다.

황색 전포를 입은 무장은 당금 청제국의 군사 조직인 중 가장 강한 군사들로 이루어진 황기군의 대장이며, 현 황제의 이복동생인 황인욱이었다.

"다시 묻지. 그대가 조명훈인가?"

사람의 목숨을 파리 목숨보다 못하게 생각하는 것일까? 겨우 손짓 하나로 목을 벤 그의 얼굴에서는 비웃음이 생겨나 있었다.

"그, 그렇다."

조명훈은 분노한 마음을 감추지 못하고 어금니를 거세게 깨물었다.

"그렇다… 인가?"

황인욱의 손이 또다시 들려졌다.

쉬익!

"크어억!"

"이, 이런… 잔인한!"

또 한 명의 유생이 목숨을 잃었고, 조명훈은 분노로 수염이 부들부들 떨렸다.

"내가 하대를 싫어한다는 말을 하지 않은 모양이군."

황인욱이 대단한 주의 사항이라도 되는 양 조명훈에게 친절하게 설명해 주었다.

"네놈이… 감히!"

분노한 조명훈의 말에 황인욱의 손가락이 들려져 올랐고, 비명성과 함께 또 한 명의 목이 떨어졌다.

"멍청한 것인가, 아니면 삼대석학이란 것이 잘못된 소문인가?"

조명훈은 더 이상 말을 이어가지 못했다. 다만 분노한 눈으로 황인욱의 얼굴을 쏘아볼 뿐이었다.

"쓰레기만도 못한 한족의 자존심? 한족이라는 족속은 정말로 멍청하기 짝이 없군."

비웃음이었다.

황기대장 황인욱은 조명훈과 함께 한족 전체를 비웃고 있었다. 소수의 민족으로 명의 지배와 탄압을 받아야 했던 여진(女眞)의 삶에 대한 보상을 받기라도 하려는 듯이 그는 조명훈을 비웃었다.

"그대가 하남반란군을 이끌고 있다 들었다."

"하남반란군이라고?"

무슨 개소리란 말인가. 관이 싫어 낙향한 몸이었다. 반란군이라는 것은 금시초문일 수밖에 없었다. 하지만 조명훈은 금세 황인욱이 원하는 바를 예측할 수 있었다.

'아, 그런 것인가? 놈들이 원하는 바가 이것이었구나.'

반역의 도당으로 몰려 참(斬)해지는 이유, 그것은 자신이 아니라 자신과 함께 천하 삼대석학으로 불리는 다른 두 명에 대한 경고였다.

얼마 전 서원으로 황제의 인장이 찍힌 성지(御旨)가 내려온 적이 있었다.

제국의 기틀을 세우는 곳에 함께해 달라 했던가? 말 그대로 어전에 들어와 관직을 받으라는 말이었다. 하나 명대 때부터 석학으로 유명하여 황태사(皇太師)까지 지낸 조명훈이 두 명의 주군을 섬길 수 없다며 정중히 고사하자 황제 또한 그 뜻을 받아들였다. 황제는 그뿐 아니라 나머지 두 명의 석학에게도 그러한 성지를 내렸고, 모두가 조명훈처럼 거절을 한 것으로 알고 있다.

바로 그 때문이다. 모든 사단은 바로 그것에서 시작되었다.

황제는 자신의 뜻을 무시한 석학들을 용서할 수 없었지만 천하에 그들을 따르는 수많은 유생들의 반발을 우려했기 때문에 이런 치졸한 일을 꾸민 것이리라. 현 황제는 겉으로는 한족의 뛰어난 자들을 등용해 모든 것을 포용하는 듯한 정치를 펼치고 있었으나, 만일 그들이 자신의 뜻을 따르지 않는다면 어떠한 합당한 이유를 만들어서라도 그와 그 가문을 몰락시켰다는 것을 잘 알고 있었다.

자신의 목을 베어내고, 일가족을 몰락시킨다면 나머지 두

명의 석학은 어쩔 수 없이 황제에게 고개를 숙여야 할 것이다. 핏줄의 목숨이 걸린 만큼 쉽사리 의지를 세우지는 못할 것이다. 그들도 인간이기 때문이다.

재수가 없었다. 셋 중 하나에 자신이 걸린 것이라니…… 하지만 그 셋 중 하나라면 자신으로 인해 다른 두 가문이 살아남을 수 있으니 그것으로 된 것이다.

"그랬던가. 그랬던 것이야. 내가 멍청했구나."

모든 것에 대한 이해가 되었을 때 조명훈은 마음이 편해졌다. 분노의 표정도 사라졌다. 그는 돌아본 유생들의 얼굴에서 살고 싶다는 욕망을 느꼈다.

"미안하구나. 내가 멍청하여 그대들의 목숨을 헛되이 만들었구나."

조명훈은 자신을 따른 유생들의 얼굴을 슬프게 쳐다보았다. 한 사람 한 사람을 응시했다. 그의 눈에서 뜨거운 눈물이 흘러내린다. 문득 그의 시선에 멀찍이 떨어져 있는 어린 소년이 들어왔다.

'청린아.'

조명훈은 소년의 얼굴을 한참 동안이나 쳐다본다.

"내 죄다. 모든 것이 내 죄야. 네 아비와 어미를 볼 낯이 없구나."

"……"

소년의 눈과 조명훈의 눈이 허공에서 얽힌다. 조명훈의 눈에서는 지난 시절의 회환과 미어지는 가슴의 아픔이 드러났으나 소년은 담담하기만 했다. 소년은 조명훈의 죽은 막내 아들 조하문이 남긴 혈육이자 당대 운학서원의 미래라 불리는 소학 조청린이었다.

"내가 네게 큰 죄를 지었구나. 큰 죄를 지었어. 허허, 이것이 모두 나의 업보가 아니겠는가?"

"……."

허탈하고, 허망한 심정으로 말을 이어가는 조명훈이었으나 청린은 아랫입술을 깨물며 그런 할아비의 시선에서 고개를 돌렸다.

"그래그래……. 허허허, 내 욕심이구나. 가는 길에 너에게 용서를 구하려 하다니……. 허허허."

자신에게 되뇌듯이 말한 조명훈의 표정은 복잡하기 이를 데가 없었다.

"이것이 황태극의 뜻인가?"

조명훈이 낮은 목소리로 황인욱을 향해 묻는다.

"폐하의 이름을 함부로 부르지 말라."

황인욱이 눈을 찡그린다.

"황기군의 수장이라 했더냐? 황제에게 전하거라. 분명 천하를 얻었으되 속은 잃고 겉모습만 가졌구나. 무릇 마음을 얻지 못한 채 껍데기만 얻는다 하여 그것이 어찌 천하의 주인이란 말인가?"

"너는 그 말로 죽음이 결정되었다."

슥!

조명훈의 말에 황인욱이 싸늘한 얼굴로 검을 휘둘렀다.

황색 전포를 휘날리면서 몸을 돌린 그의 뒤로 천하를 가르치던 석학의 목이 바닥에 떨어졌다.

"유생들은 모두 목을 쳐라. 집안의 가솔들과 여인들은 모두 성도로 압송하고, 서원은 종이 한 장 남기지 말고 불태워라."

잔혹한 음성으로 외치면서 멀어지는 황인욱의 뒤로 잔인한 살육이 행해졌다.

第一章
노예경매

武林君子
무림군자

1

낙양의 변두리 야시장.

"자, 다음은 서역에서 들어온 벽안미녀입니다. 이 눈가에 흐르는 색기(色氣) 하며, 피부 좀 보십시오. 중원 여인과는 다르게 왠지 신비롭지 않습니까?"

비열한 인상의 상인이 푸른 눈동자를 가진 미녀를 가리킨다. 중인들의 시선이 그녀를 향한다. 입고 있던 옷이 찢어져 가슴께와 허벅지가 훤히 드러난 여인은 두 손이 묶인 채로 두려움에 바들바들 떨었고, 상인의 손이 몸을 쓸 때마다 흠칫하면서 움츠린다.

"자, 그럼 보기 드문 물건인만큼 은자 백 냥부터 시작합니다."

은자 백 냥!!

가히 천문학적인 액수였다. 일반 서민 네 식구가 한 달을 먹고사는 데 드는 돈이 통상 네 냥 정도며, 낙양의 최고급 기루에서 일하는 기녀가 한 달에 버는 돈이 닷 냥이었다. 하지만 이미 벽안미녀의 미색에 취한 그들에겐 백 냥이라는 어마어마한 돈의 가치는 무의미했다.

"백 냥!"

"백열 냥!"

"백스무 냥!"

순식간에 스무 냥이라는 돈이 뛰었다.

인간을 사고파는 곳.

때로는 생계를 위해 자식과 부모마저 팔아야 하는 곳이 바로 노예 경매장이다. 경매장 안의 노예들은 짐승보다 못한 취급을 받으며 우리에 갇혀 있다가 자신의 의지와 상관없이 끌려가야만 했다. 중원 각처에 산재한 수많은 노예 시장의 모습은 청조(淸祖)가 만들어낸 새로운 풍경이었고, 새로운 문화 중 하나였다.

경매가 한창 진행 중이던 시각에 또 하나의 상단이 들어서고 있다.

상단의 선두에 서 있던 검은 면사의 여인이 경매장을 쓸어보며 묻자 뒤에 있던 중년인이 공손하게 대답한다.

"이번에 참가한 이들은?"

"총 스물네 개 상단입니다. 대부분 남자 노예들이 많더군요."

"그렇군요. 지난번 전쟁 이후에 버려진 군사들이겠죠?"

"말씀하신 그대로입니다. 대다수의 노예들이 남자인 것으로 보아 그렇게밖에 생각되질 않습니다."

여인의 말에 노인이 고개를 끄덕인다.

"일향, 그럼 이번에는 유순한 성격의 노예를 구하기는 어렵겠군. 모두가 청 제국에 대한 반감이 크니 괜히 저들을 구입했다가는 도리어 반품에 위약금을 물어줘야 할지도 모르니까. 더구나 마을에도 어울리지 않고 말이지."

잘생긴 미남사내가 새하얀 치아를 드러내며 여인을 향해 웃는다.

"그래요. 그럼 일단 구경만 하도록 하죠. 그리고 구입은 그 다음입니다. 곽 행수께서는 이번 경매에 나온 이들의 정보를 모아주도록 하시고, 취산은 쓸 만한 여자 노예가 있는지 알아봐 주세요. 천향루에 팔아넘길 여인이어야 합니다."

면사여인의 말에 곽두수란 이름의 중년인은 가볍게 고개를 숙이고 경매장 안으로 사라졌지만, 취산(吹山)이라 불린 잘생긴 남자는 살짝 인상을 찌푸리며 말했다.

"일향, 그런 건 탑웅에게 시키시죠. 저는 다른 볼일이……."

사내의 말에 면사여인이 입을 가리며 웃었다.

"호호, 취산. 아무 여인이나 막 사려는 것이 아니에요. 천향루에 가야 할 여인이랍니다. 여인에 관해서는 그대가 가장 정통하니까 보는 것만으로 상품인지 아닌지 알 수 있잖아요. 다녀오도록 해요."

자신의 이름이 자꾸 거론되자 거대한 덩치의 사내 탑웅(塔熊)이 취산을 향해 바보 같은 웃음을 띤 채 뒷머리를 긁적거리며 말하자

"음적(淫賊)아, 나 아가씨들 보러 가는 거야?"

빠직!

취산의 이마에는 애써 참는 듯이 힘줄 하나가 가늘게 생겨났다.

꽁!

"이 자식아! 음적이라 부르지 말랬지! 그냥 취산이라고 불러!"

취산이 화를 내면서 탑웅의 머리를 때렸다.

탑웅은 취산에게 맞은 이마를 쓰다듬으면서 볼멘소리로 말했다.

"하지만 곽 아저씨가 음적이라고 했는걸."

빠직!

"이런 바보 자식! 그 영감 말은 듣지 말랬잖아. 내 이름은 화화공자 금취산이라고!"

"하지만 곽 아저씨가……."

"시끄럿!"

탑웅이 계속 볼멘소리를 하자 금취산이 소리를 빽 하고 지

르고는 씩씩대기 시작했다.

"이놈의 영감탱이가 정말 한번 죽어봐야 정신을 차리지. 모자란 애한테 쓸데없는 소리만 가르치고는……."

"호호, 너무 화내지 말아요. 틀린 말도 아니니까. 어쨌든 잘 해주기 바라요. 탑웅, 가요."

"응. 알았어, 일향."

탑웅은 화를 내는 금취산이 무서웠던지 금세 덩치에 어울리지 않게 혀를 쏙 내밀고는 종종걸음으로 면사여인의 뒤를 쫄래쫄래 따라가 버렸다. 그러자 그 모습에 금취산이 이빨을 갈았다.

"너 이 자식! 일향만 아니면 그냥 콱!"

금취산이 자신의 주먹을 들어 올려서 탑웅을 향해 겁을 주자 금세 탑웅은 고개를 돌려 버렸다.

퍽!

"욱!"

그때 소년이 치고 지나가자 취산은 어디에 맞았는지 모르지만 자신의 사타구니 사이를 잡고는 앞으로 엎어졌다.

"바람둥이 색마."

"이… 젠장맞을 꼬마 놈이."

이제 막 열두어 살 정도 된 귀여운 아이는 한심하다는 투로 말했다. 그리고 그 뒤를 따라 아픔이 가시지 않은 듯 인상을 찡그린 금취산의 앞에서 잠시 멈추어 선 새까만 피부의 남자가 어눌하게 말하고는 지나갔다.

“바… 남두이 새마.”

“…….”

그는 아직 중원 말을 다 배우지 못한 상단에 소속된 유일한
서역인이었다.

“스물두 냥! 낙찰입니다.”

“이백 냥!”

“열두 냥!”

여기저기서 가격을 외쳐 대는 상단주들과 어떻게든 노예를
비싼 값에 팔아넘기려는 매매꾼들에 의해 경매장의 열기는 더
욱 뜨거워졌다.

일향은 천천히 걸으며 면사 위로 드러난 눈으로 경매장의
상황을 살핀다.

“정말이지, 오늘은 그다지 수확이 없을 듯하군요. 모두가 저
리 눈에서 독기가 흐르는 노예들이니 일꾼으로 쓰일 것이 아
니라면 저 가격에 사도 쓸모가 없겠네요.”

일향은 실망한 음성으로 고개를 저었다.

“일향아, 그럼 우리 이번엔 그냥 돌아가는 거야?”

탑웅이 일향을 향해 뚱한 표정을 지었다.

“아니, 그렇지 않아요. 아직 한곳이 남아 있으니까요.”

일향은 탑웅의 팔을 끌면서 눈웃음을 지었다.

“아! 예쁜 아가씨들이 있는 데를 말하는 거구나? 그곳엔 탑
웅이 좋아하는 맛난 것 많다.”

"그래요, 탑웅. 우리 어서 가요."

일향의 말에 탑웅은 무척이나 아이처럼 좋아하면서 손뼉을 쳤고, 그 뒤를 따라 걷던 꼬마가 탑웅을 보면서 인상을 찡그렸다.

"바보 먹깨비 같은 놈."

"빠보… 머깨비이?"

서역인이 꼬마의 말을 흉내 내자 꼬마는 더욱 인상을 찡그리며 고개를 저었다.

"젠장맞을. 정상인 놈들이 없어, 정상인 놈들이."

2

일향 일행이 경매장 안을 한참을 돌아 걸어간 곳은 건물의 아래로 연결된 계단이었다. 계단의 앞에는 꽤나 험악한 인상을 가진 근육 덩어리의 무인들이 지키고 있었다.

그들은 다가서는 일향을 알아보고는 가볍게 고개를 숙이고 문을 열어주었다.

"호호, 고마워요."

일향은 문을 열어주는 무인을 향해 눈웃음을 치면서 그늘의 어깨를 손으로 가볍게 쓸었다.

움찔.

무인은 뇌쇄적이기까지 한 일향의 허벅지에서 눈을 떼지 못하고 마른침을 삼키며 얼굴을 붉혔다. 일향은 무인이 열어준

문을 지나 거대한 내실 안으로 들어갔다.

내실 안에는 매매꾼이 서는 단상을 중심으로 원형으로 만들어진 수십 개의 탁자가 놓여 있었고, 그곳엔 이미 힘깨나 쓴다고 하는 상단주들이 자신들의 호위무사를 대동한 채로 경매를 기다리고 있었다.

"일향 상단주님, 오랜만에 오셨군요."

반백의 청수한 노인이 허리를 굽혀 일향에게 인사를 해왔다.

"아, 마 노인, 오랜만이에요. 아직 시작은 안 했나 보죠?"

일향은 노인을 향해 마주 눈웃음을 지으면서 인사를 했다.

"예, 시작하지 않았습니다. 아직 두 분이 도착하지 않으셨거든요. 허허, 일단 저리로 앉으시지요."

마 노인은 일향을 비어 있는 탁자로 안내하면서 가볍게 손가락을 튕겼다.

딱!

엄지와 중지를 튕겨내는 소리가 조용한 내실 안을 울렸고, 새하얀 면사로 얼굴을 가린 아름다운 여인들이 과일을 비롯한 가벼운 음식이 담긴 쟁반을 들고 사뿐히 걸어나왔다.

일향은 면사여인들이 놓은 작은 찻잔의 향기를 맡으면서 감탄사를 내뱉었다.

"봉황단종(鳳凰單種)이로군요."

찻잔에서 피어오르는 산뜻한 꽃향기에 일향이 가벼운 미소를 지었다.

“광동오룡차인 듯하긴 한데 향기가 은은하지 못하고 강한 것을 보니 계화향이로군요.”

“호오, 차에도 조예가 있으셨습니까? 이거 오늘 일향 단주님께 또 감탄을 하게 되는군요. 허허.”

“과찬이세요. 주워들은 지식으로 읊은 풍월일 뿐입니다. 호호.”

일향은 다소곳이 웃었다.

그런데, 일향과 함께 들어온 소동과 흑인남자는 별다른 표정 없이 의자에 앉아 차를 음미하며 마셨지만, 탑웅만은 탁자 위를 바라보면서 못마땅한 표정을 짓고 있었다. 그 모습에 일향이 빙긋이 웃었다.

“마 노인, 죄송한데 혹여 실례가 되지 않으면 저희 탁자에는 오장향육과 오리 구이를 좀 준비해 주시면 안 될까요?”

“저런, 식사 전이셨습니까?”

“아니요. 저희 일행 중 하나 때문에⋯⋯.”

그제야 마 노인이 탑웅을 바라보았다.

“허허, 이거 늙으면 죽어야 한다는 말이 맞습니다. 일향상단에 탑웅이 있다는 것을 깜빡했군요.”

잔뜩 인상을 찌푸린 탑웅의 모습에 마 노인이 소탈하게 웃었다.

“탑웅, 잠시만 있으시게. 내 금세 준비해 주겠네.”

마 노인의 말에 탑웅이 언제 인상을 찌푸렸냐는 듯이 금세 함박웃음을 지으면서 의자에 앉았다. 그 모습에 소년은 또다시 인상을 찡그렸다.

"먹깨비 같은 놈."

일향상단이 앉은 탁자에 먹음직스러운 음식이 놓이고 탑웅이 허겁지겁 먹기 시작했을 때 경매 시작을 알리는 징이 울렸다.

징—!

그리고는 탁자에 앉은 각 상단주들에게 인사를 나누면서 늘씬한 체격을 가진 남자가 가면을 쓴 채 중앙의 단상 위로 올라서서 허리를 숙여 인사를 했다.

"오랜만에 뵙습니다. 오늘도 전 중원의 내로라하는 상단주님이 전부 모이셨군요. 아시다시피 저는 이 북경경매장의 일급 매매꾼인 야랑입니다."

자신을 야랑이라 밝힌 남자가 인사하자 모여 있던 상단주들도 앉은 채로 가볍게 고개를 숙였다.

"오늘은 총 여섯 개의 품목을 소개하고자 합니다."

야랑은 가면에 새겨진 무표정한 얼굴로 자신의 뒤를 돌아보았다.

"먼저 첫 번째 상품입니다. 성별은 여인이며, 출신은 북해입니다."

그의 소개에 따라 걸어나온 사내가 단상 위에 덮여 있던 검은색의 천을 걷어낸다.

"허헙!"

"저… 저런!"

천이 벗겨지자마자 모두가 감탄을 금치 못했다.

실오라기 하나 걸치지 않은 미끈한 여인의 몸은 인간이 가질 수 있는 가장 아름다운 비례를 가지고 있었고, 봉긋하게 솟아오른 가슴과 미끈하게 뻗은 다리 하며, 군살이라고는 찾아보기 힘들었다.

더구나 삼단 같은 머리카락이 허리까지 내려와 출렁거렸고, 가늘게 떨리고 있는 기다란 속눈썹과 붉디붉은 입술, 오뚝한 콧날이 연이어 탄성을 자아내었다. 더구나 나신이 드러나 부끄러움과 수치감에 붉게 물든 귓불은 그녀의 미모를 더욱 아름답게 해주었다.

'꿀꺽! 최극상이다! 저 정도라면 최하 오백 냥 이상이다.'

단상의 가장 가까운 곳에 앉아 있던 복건마상회의 회주 한철군은 재빨리 자신의 경매가를 불렀다.

"삼백!"

"하하, 이거 한 회주님께서 급하셨군요. 그럼 최초 금액이 나왔으니 일단 삼백 냥에서부터 시작하겠습니다."

역시 최상품인 모양이었다. 처음부터 삼백 냥에 책정되었다.

한 가지 특이한 것은 최초 경매가가 매매꾼에 의해 설정되는 일반 경매와는 달리 비밀스럽게 유명 상단만을 모아두고 진행되는 지하 경매는 고객에 의해 최초가가 책정되었다. 만약 최초가가 싸게 나와서 싼값에 낙찰된다 해도 어쩔 수 없었다. 그것은 야랑 자신이 정해놓은 법칙이었기 때문이다. 하지만 지금까지 한 번도 싼값에 거래된 적이 없었다. 왜냐하면 너무 뛰어난 노예들이 올라와 경쟁을 부추겼기 때문이다.

"사백!"

누군가 엄지손가락을 하늘을 향해 올리면서 다음 경매가를 불렀다.

"산동에서 오신 산동상회의 회주 마강추님께서 사백 냥을 부르셨습니다."

"사백오십!"

"사백오십 냥 나왔습니다."

"오백!"

"자, 오백 냥 나왔습니다."

"오백삼십!"

"오백육십!"

"흥! 육백!"

경매의 상한가가 서서히 오르기 시작했다. 이 정도의 노예는 몇 년에 나올까 말까 하는 최극상품이었기 때문인지 상단주들은 너도 나도 침을 튀기면서 경매가를 올렸다.

한데 일향은 아무 말 없이 그들의 행동을 지켜보기만 했다.

"일향, 저기, 아가씨 하나 구해야 한댔잖아. 이러다가 우리 못 사면 어떻게 해?"

탑웅이 탁자 위에 있는 음식을 모두 먹어치운 후에 경매가가 갱신되는 중에도 일향이 보고만 있자 걱정스럽게 말한다.

"괜찮아요, 탑웅. 우린 사지 않을 거니까 말이죠. 저 정도의 여인을 사는 건 오히려 손해라고요."

일향이 탑웅을 향해 빙긋이 웃으면서 소곤거렸다.

"어? 정말? 어째서? 저 아가씨, 엄청 예쁜데? 마치 선녀님 같아."

탑웅이 무척이나 아쉬운 듯이 일향을 바라보았다. 하지만 일향은 말없이 빙긋이 웃기만 했고, 그에 대한 대답은 함께 앉아 있는 소년이 해주었다.

"바보 먹깨비, 노예 상인이라는 놈이 그렇게 보는 눈이 없어서 어떻게 해? 저런 여인을 사들였다가는 도리어 해만 입는단 말이야."

"뭐? 주한아, 어째서? 예쁘면 다 좋은 거 아냐?"

탑웅은 이해가 되지 않는다는 표정으로 물었다.

"어휴, 잘 봐. 저 여인, 자신의 몸이 드러났음에도 아무 곳도 가리지 않고 있어. 부끄러움에 얼굴이 달아올랐음에도 참고 있는 거야. 그녀의 몸을 수십 명이나 되는 남자들이 탐욕스럽게 바라보고 있는데 말이지. 통상 저런 여인은 거래하지 않는 편이 좋아. 금세 도망쳐 버리기 십상이거든."

주한이라 불린 소년의 말은 소동의 입에서 나오기에는 너무도 자세하게 분석된 내용이었다. 더구나 열두어 살 정도 된 아이가 표현할 수 있는 어휘가 아니었다.

"탑웅, 주한의 말이 맞아요. 더구나 저 여인은 종아리의 모양이나 골격으로 봤을 때 무가의 여인일 가능성이 높죠. 지금은 근맥이 잘려 무공이 끊어져 있을 것이고. 게다가 출신이 북해라고 했으니까 신비에 가려진 북해빙궁의 여인일 가능성이 있겠네요. 만약 정말로 북해의 여인이라면 그들의 분노를 살 수도 있는 일이구요.”

일향이 날카로운 눈으로 여인을 훑었다. 이야기를 나누는 사이 경매는 치열하게 진행되었다.

“일천 냥!”

“일… 일천 냥?”

“이런, 썩을!”

누군가 초거대 액수를 경매가로 불러 버리자 상단주들은 똥 씹은 인상을 지었다.

“신대상단의 표공님께서 일천 냥 부르셨습니다!”

“제길!”

“자, 더 부를 분 안 계십니까?”

“…….”

모여 있던 상단주들은 일천 냥이라는 거금 앞에 꿀 먹은 벙 어리마냥 아무런 말도 내뱉지 못했다. 더구나 오늘의 상품은 총 여섯이라고 했다. 필시 처음부터 경매의 최상품을 내놓지 는 않았을 것이다.

“그럼 다른 의견이 없으시면 표공님께 낙찰 들어갑니다. 하 나, 둘, 셋! 첫 번째 상품은 표공님께 낙찰되었습니다.”

첫 번째로 올라온 여인이 은자 일천 냥이라는 천문학적인 액수에 낙찰이 되었다. 표공은 자신이 융통해 온 돈을 모두 사 용하였음인지 한 장의 전표를 꺼내 마 노인에게 전한 뒤 만족스러운 표정으로 자리에서 일어났다. 그리고 낙찰된 북해의 여인은 다시 하얀 천이 씌워져서 내실 밖으로 사라졌다.

통상 거래된 품목으로 인해 피가 튀는 싸움이 일어날 가능성이 내재되어 있었기 때문에 야랑이 운영하는 경매장에서는 항상 상단까지 호위해서 보내주었다. 안전하게 품목을 배달한다는 뜻도 있었지만, 강탈했을 경우에 절대 가만있지 않겠다는 일종의 경고이기도 했던 것이다.

이윽고 두 번째 경매가 시작되었고, 때마침 정보를 알아오라 일렀던 곽두수와 금취산이 돌아왔다.

"다녀왔습니다."

"예, 수고하셨어요."

일향은 자신에게 인사를 하는 곽두수에게 주한 옆에 있는 의자에 자리를 권했다.

"일단 일반 경매에서는 칠 할이 조선인이고, 나머지는 한인으로 보입니다. 가족 단위 노예 하나는 적당한 가격선에서 구매했습니다."

"그래요? 흐흠… 취산?"

곽두수의 말에 고개를 끄덕인 일향이 금취산을 향해 말을 돌렸다.

"쩝, 최상품은 없어. 조금 고쳐 놓으면 상품 이상이 둘 정도, 천향루에 팔 것이라면 이것저것 손 좀 보면 극상품 하나 정도는 나올 듯하더군."

취산의 보고에 일향은 만족스러운 얼굴로 말했다. 금취산은 분명 알아서 한 명의 여인을 사두었으리라.

"좋아요. 그럼 대충 목표는 일반 경매에서 다 채웠으니 이젠 느긋하게 구경이나 할까요? 야랑께서 어떤 품목을 들고 나왔는지."

일향은 여느 때처럼 눈을 초승달처럼 만들어 웃음 지으면서 차 맛을 음미했다.

경매는 계속해서 진행되었고, 총 다섯 명의 노예가 거래되었다. 적정한 가격 선보다는 꽤 높은 금액을 주게 되었지만, 구매자 모두가 만족한 미소를 띠고 돌아갔다.

"자, 그럼 이제 오늘의 마지막 상품입니다. 등급은 최상. 성별은 남자이며, 지난 하남 반란 사건의 중심이었던 운학서원의 핏줄입니다."

야랑의 소개에 남아 있는 모두가 어리둥절한 표정을 지었다. 반란 도당의 핏줄이라면 의당 죽임을 당했어야 한다. 그런데 갑자기 노예 경매장에 나오다니…….

"으음, 반란 사건의 핏줄이라니… 그만 돌아가야겠군."

"그러게. 잘못하다가는 좋지 않은 사건에 휘말릴 수도 있으니."

두어 명의 상단주가 인상을 찌푸리면서 내실에서 나갔다. 남아 있는 자들은 이제 경매를 즐기고 있는 일향상단을 비롯한 서너 개의 상단뿐이었다. 그들은 마지막으로 나오는 노예가 궁금하기도 했고, 어떤 노예이기에 비밀 경매장까지 들어오게 되었을까를 기대해 남은 것이었다.

"자, 그럼 마지막 여섯 번째 경매를 시작하겠습니다."

휘익!

야랑이 노예를 가리고 있던 천을 벗겼다.

그리고 드러난 모습에 모두가 감탄성을 터뜨렸다.

어린 소년.

무척이나 아름다운 소년의 모습에 눈이 시려왔다. 갖은 고초를 겪은 듯 초췌한 모습이었지만, 마력이 느껴질 정도로 아름다운 얼굴을 가지고 있었다.

이 정도라면 노예 경매장에 나올 만도 했다. 간혹 특이한 취미(?)를 가져 남색을 즐기는 이들이 많았기 때문에 소년의 외모라면 충분히 좋은 값을 받을 수가 있을 것이다.

'운학서원이라…….'

일향은 소년의 얼굴에서 눈을 떼지 못했다.

"반란… 인가?"

일향은 한숨을 내쉬자 금취산이 묻는다.

"일향, 무슨 이상한 점이라도?"

"왜 그러십니까? 무슨 문제라도 있으신지요?"

곽두수 역시 일향의 행동에 적잖은 의문을 드러낸다. 항상 뛰어난 안목으로 노예를 고르는 일향이었지만, 이번만큼은 아름다운 외모 이외에는 그다지 특출날 것이 없는 노예였기 때문에 고개가 갸웃거릴 정도로 의구심이 들었다.

"이만 돌아가시죠. 어차피 이미 필요한 노예는 다 구했지 않습니까?"

곽두수가 노예에 대한 관심을 끊고 자리에서 일어나면서 일향을 향해 말했다. 곽두수의 말에도 가만히 앉은 채 노예를 다시 한 번 유심히 바라보는 일향을 향해 금취산이 짜증 섞인 투로 말했다.

"일향, 별것없잖아. 어서 돌아가자고. 그냥 보기에도 예쁘장한 얼굴 말고는 쓸모없는 놈이구만."

상단의 모두가 반대하는 의견을 내었다. 물론 말을 잘하지 못하는 서역인과 순박하기만 한 탑웅은 그냥 멀뚱히 쳐다보기만 했지만 말이다.

문득 일향의 눈가에 미소가 짙어져 왔다.

"백 냥!"

'오호, 이것 봐라?

아무도 입찰가를 내놓지 않은 상태에서 일향이 손을 들자 야랑의 눈에 이채가 어렸다.

'흥미로운 녀석이군. 운학서원에 관심을 보여?

"뭐, 뭣?"

"백 냥?"

갑작스러운 일향의 말에 곽두수와 곽주한, 금취산이 말도 안 된다는 표정으로 일향을 쳐다보았다.

"일향, 저런 놈 사는 데 백 냥이라니, 그 돈 있으면 차라리 날 줘!"

금취산이 말하고,

"일향님, 제가 생각하기에도… 그다지 득이 될 만한 거래가 아닙니다만."

곽두수가 일향을 만류했다.

"홍, 호기심이라는 것인가? 또 그놈의 쓸데없는 성격이 발동했군."

곽주한은 평소 일향의 호기심과 변덕을 잘 알고 있었다. 분명히 일향은 아무도 관심을 가지지 않는 여섯 번째 노예에 대해서 무엇 때문인지는 모르지만 호기심이 생긴 것이 분명했다.

"불가!"

"뭐?"

일향은 야랑의 말에 깜짝 놀랐다. 비밀 경매장에서 최초 경매가가 올라오고 나서 매매꾼이 거부한 적은 한 번도 없는 것으로 알고 있다. 그런데 '불가' 라니…….

"호호, 이거 재미있네요. 이백 냥!"

일향은 다시 한 번 백 냥을 올려서 불렀다. 하지만 또다시 야랑은 고개를 저었다.

"불가!"

이백 냥에도 불가라니, 일향은 가볍게 아미를 찌푸렸다.

야랑의 거부에 일향의 호기심은 더욱 커지기만 했다. 그리고 가슴속에서 '오기' 라는 녀석이 슬며시 고개를 들어 올렸다.

"삼백!"

"불가!"

고민도 없었다. 도대체 야랑은 얼마를 생각하고 있고, 무엇 때문에 노예에 대한 가격을 저리도 높게 책정한단 말인가? 아무리 흥정만 잘하면 좀 더 받을 수 있는 가치는 가지고 있었지만, 반역의 핏줄에 대해 그리 높은 가격을 정한다는 사실에 대해 의문이 생겼다.

일향은 고민했다. 적정 가격대를 도대체 얼마를 불러야 할까? 경매장에서 이렇듯 매매꾼이 자신이 생각한 가격대를 맞추어 고객에게 무언의 요구를 하는 것은 상도의에 어긋나는 것이지만, 일향은 다시 한 번 노예에 대한 가격대를 고민하기 시작했다.

"일향, 삼백이면 일반 경매에서 수십 명은 구할 수가 있다고. 괜한 오기 부리지 마."

금취산이 인상을 찡그리면서 일향을 향해 말했다.

"이천 냥!"

"뭐라고?"

일향의 말에 이제껏 가만히 지켜보기만 하던 곽주한이 경악성을 토했다. 이건 아니라는 생각이 든 것이다. 이천 냥이라니! 이제껏 일향상단은 오백 냥 이상의 거래는 해본 적이 없었다. 싼 값에 사서 최대한 비싸게 팔아 이문을 많이 남기는 것으로 유명한 것이 바로 일향상단이었다.

이천 냥이라는 거금의 경매가를 부른 일향의 모습에 야랑의 가면 속 얼굴이 새하얀 미소를 지었다.

'후후, 반역도를 이천 냥이나 되는 거금에 산다? 단순한 오기와 호기심인가? 아니면……'

음흉한 마음을 숨기면서 야랑은 일향을 향해 말했다.

"좋습니다. 일향상단에 여섯 번째 노예가 낙찰되었습니다."

야랑은 은자 이천 냥이라는 어마어마한 액수에 여섯 번째 노예를 낙찰했다.

"자, 그럼 돌아가자!"

일향은 품속에서 전표 뭉치를 꺼내서 마 노인에게 전해주었다. 무려 은자 이천 냥이라는……. 그 돈은 여섯 달 동안 노예 매매를 통해서 일향상단이 벌어들인 전액에 달하는 금액이었다. 하지만 상단의 누구도 어이없다는 표정만 지을 뿐 일향을 탓하지 않았다. 일향상단의 주인은 일향이니까.

"아무리 생각해도 이건 좀 미친 짓이야, 일향."

금취산이 자리에서 일어나면서 고개를 저었다.

"일향님, 저런 노예는 되팔아서 이문을 남기더라도……."

"그래, 혹시나 역도의 자제로 인해 화가 미칠지도 모르잖아."

곽두수와 금취산이 걱정스런 표정으로 일향을 바라보았다.

"아니, 되팔지 않아요."

"예?"

"뭐?"

되팔지 않다니, 노예 상인이 되팔지 않고 어떻게 이문을 남긴단 말인가? 더구나 이천 냥이라는 최고액인데…….

"그는 되팔지 않아요. 일향상단의 일원이 될 겁니다."

일향은 웃으면서 내실을 걸어나갔고, 곽두수와 금취산만이 어리둥절한 표정으로 서로를 바라보다가 서둘러 일향을 따라나갔다.

“쳇, 일향도 이상한 취미를 가지기 시작한 거야? 여하튼 여자의 변덕은 알 수가 없군.”

곽주한이 고개를 절레절레 저었다.

“변덕?”

“비언떡?”

곽주한을 뒤따르면서 흑색 피부의 흑인과 탑웅이 곽주한의 말을 따라 했다.

“제길, 바보 먹깨비와 멍청한 깜둥이!”

일향과 그의 일행이 노예시장을 떠나는 것으로 야랑의 경매는 끝이 났다. 말없이 한참 동안 일향이 사라질 때를 기다리던 야랑이 수하를 부르자 천장에서 눈을 제외한 모든 곳을 검은 복색으로 갖춘 날렵한 무인이 떨어져 내렸다.

“은월.”

“예.”

“은밀하게 그들의 뒤를 따라가거라. 그들의 거처가 어디인지 파악하고, 그 주변을 살핀 뒤에 나에게 보고하도록 해라.”

“존명.”

은월이라 불린 흑의복면인이 짧게 대답하고 은밀히 일향의 뒤를 따라갔다.

“일향……. 분명 어디선가 만난 적이 있는 여자인데…….”

第二章
연자(緣者)의 방문

武林
君子
무림군자

"처~ 엉사~ 안으은 푸르고오~ 오오~ 오오~"

무엇이 그리 기분이 좋은지 새하얀 백의를 입은 서생이 봇짐 하나를 메고는 목청껏 노래를 부르면서 낙양 성문을 들어서고 있었다.

세상에 근심 하나 없는 듯이 유유자적하게 휘적대면서 걷는 그의 모습에 지나는 사람들의 입가에 미소가 어렸다.

남자의 나이는 스물 정도나 되었을까? 그것도 무척이나 동안이라는 생각이 드는 얼굴이었다. 성문을 지키는 군사들은 그의 노래가 듣기 무척이나 좋았던지 기분 좋게 성문을 통과시켜 주었다.

"어디 보자. 히야, 이곳도 많이 변했구나. 아홉 왕조가 들었던 터라 크기도 무지 크구나. 이백, 두보, 낙천이 시를 지어 칭찬할 만도 하구먼그래. 구름 머무는 곳[雲鶴書院]에 들러 술 한 잔하고 용문(龍門山)에 올라야겠구나."

눈웃음이 가득한 그는 성문을 지나 성도를 가로지르는 관도를 바라보면서 한껏 격앙된 어조로 말을 했다. 관도의 옆으로 길게 늘어선 수많은 건물들은 감탄성을 나오게 할 만큼 웅장했고, 수많은 상인과 지나는 이들은 도시의 성세를 말해주었다.

"어디, 청학(靑鶴)께서는 어찌 지내는가?"

남자는 등에 메인 봇짐의 끈을 당겨 잡으면서 가벼운 걸음으로 관도를 따라 걸었다.

한참을 걸어 목적지에 도착한 그는 조금 당황한 얼굴이 되었다. 혹여 자신이 잘못된 길을 들었는가를 의심하며 주변의 경관을 살폈다.

"이상하다. 여기가 맞는 것 같은데? 어째 보이는 것은 불 탄 폐가요, 창검으로 무장한 군졸들이란 말인가?"

분명 그가 도착한 곳은 구름 속에 학이 머문다는 운학서원이었다.

학식을 뽐내지 않고 순수하게 학문을 연구하는 학자들의 성지가 어찌하여 그슬음이 가득한 담벼락으로 변했단 말인가?

"거참, 이상하네. 유생들이 전쟁을 치른 것도 아닐 텐데. 어찌 된 일이지?"

그가 기억하기로 십수 년 전만 해도 이곳은 먹향이 가득하고, 문인들의 흥취를 돋우는 경전 외는 소리가 끊이지 않았건만, 서슬 퍼런 군사들의 눈빛이 낯설기만 했다. 더구나 군사들의 위압 때문인지 그 넓은 대로변에 사람 하나 없었다.

남자는 어색한 풍경에 어리둥절해하면서 고민을 거듭하다가 인상을 찌푸리면서 문밖을 지키는 군졸을 향해 사람 좋은 미소를 지으면서 다가갔다.

"이보오, 내 말 좀 들어보오."

계속해서 어슬렁거리는 남자의 모습을 의심 가득한 눈초리로 지켜보던 병졸은 그가 자신에게로 다가오자 잔뜩 경계 어린 표정을 지었다.

"뭐냐?"

"거참, 웃는 얼굴에 침 못 뱉는다 하였는데, 대뜸 반말이 뭐란 말이오?"

남자는 여전히 사람 좋은 웃음을 지었다.

"놀고 있네. 경을 치고 싶은 것이냐?"

군졸은 왠지 실없어 보이는 남자의 모습에 인상을 찌푸려 위협했다.

"사람 참, 말 한마디 물어보자는데 어찌 그리 박대한다 말인가?"

웃기는 놈이었다. 얼굴을 봐서는 스물가량밖에 되지 않은 놈이 세상을 수십 년이나 산 노인과도 같은 말투였다. 더구나 양민들은 무서워서 근처에도 오지도 않는데 이놈은 대놓고 헤실대면서 다가오지 않은가? 가만히 복색을 보아하니 서생쯤

되어 보였다.

'혹시 이놈?'

군졸은 혹시 반역도가 되어 망해 버린 운학서원과 관계있는 놈이지 않을까를 의심했다. 만약 정말로 그렇다면 자신은 포상금에 직급까지도 올라갈지 모른다는 생각까지 하게 되었다. 보아하니 그다지 힘이 있어 보이지도 않았다. 군졸은 '웬 횡재?' 라는 생각으로 남자를 핍박하기 시작했다.

"오호라, 네놈 이곳과 관계가 있는 놈이구나?"

군졸은 창을 들어 남자를 위협했다.

"거 몹쓸 사람이네. 말 한마디 묻자는 것을 가지고 박대하더니, 이제는 칼로 위협까지? 무뢰배가 따로 없네그려."

"시끄럽다. 네놈이 하는 행색을 보니 필시 반역도와 관계가 있을 터다. 순순히 오라를 받아라."

군졸은 금세 남자를 묶어 꿇릴 태세였다.

'반역? 반역도란 말인가?'

군졸의 말에 남자의 표정이 묘하게 변했다. 반역이라니……. 자신이 알기로 운학서원의 원주였던 조명훈은 공명심이 없는 자였다. 또한 권력보다는 학문에 심취해 있던 그가 무슨 충심이 있어 반역을 한단 말인가? 말도 안 되는 소리였다.

군졸과 남자가 실랑이를 하는 그때, 황색 전포를 입은 무장이 문을 나서면서 그들의 모습을 보게 되었다.

"응? 저자는 누군가?"

그의 물음에 곁에서 군례를 올린 군졸이 대답했다.

"모르겠습니다. 조금 전에 와서는 갑자기 물어볼 말이 있다 하더군요."

"물어볼 말?"

"예. 아마도 행색을 보아서는 시골 유생 같은데, 과거에 운학서원과 관계가 있는 듯합니다."

"그래? 웃기는 놈이군. 제 죽을 자리를 제 발로 찾아왔군. 잡아들……."

남자를 비웃던 황색 전포의 무장은 말을 다 이어가질 못했다.

"아, 저기 높으신 분이 계시는구먼."

군졸과 실랑이를 하던 남자가 휘적거리는 걸음으로 군졸을 지나쳐서 자신에게 다가오는 것을 본 무장의 눈썹이 살짝 꿈틀댔다.

'저자?'

놀라운 걸음걸이였다. 단지 병졸을 지나쳤을 뿐이지만, 보통 사람의 걸음걸이라기엔 물이 흐르듯 자연스럽게 보였다. 일반인이 저렇게 자연스럽게 걸을 수는 없을뿐더러 무공의 고수라고 해도 힘든 걸음걸이다.

걷는 것이나 딛은 자리가 문제가 아니다. 문제는 균형.

황색 전포의 무장은 황기군에서도 내로라하는 고수였다. 검기 정도는 우습게 사용하는 절정의 고수였지만 방금 사내의 걸음걸이를 흉내 낼 수 있을까 하는 의문마저 든다.

천천히 걸어옴에도 무장들은 마치 길을 열어주는 듯이 아무도 제지하지 못하고 쳐다보기만 했다. 마치 시간이 정지된 것처럼 무장들은 그가 다가올 때까지 멍하니 쳐다보기만 했다.

"이보, 나는 요령성(遼寧省) 단동(丹東)에 사는 장영이라는 사람이오."

그는 무장이 꽤나 높은 관인이라 생각했던지 자신의 신분을 먼저 밝혀왔다. 그 모습에 얼굴이 시뻘게진 군졸은 화를 내면서 장영을 향해 다가왔다.

"저, 저놈이?"

하지만 무장의 손짓에 걸음을 멈추어야 했다. 가만히 장영을 지켜보던 무장 태무룡은 두 손으로 포권하면서 대답했다.

"황기군의 삼좌를 맡고 있는 태무룡이라 하오."

하대였으나 장영은 개의치 않았다.

"역시 높은 분이 다르군요. 역시 돼먹지 못한 군졸 놈은 배워야 한다니까."

장영이 대놓고 툴툴대면서 자신을 막아섰던 군졸을 씹자 태무룡의 제지로 가만히 섰던 군졸의 표정이 일그러졌다.

"그나저나, 운학서원이 어찌 이런 모습이 된 거요?"

어찌하여 묻는 것일까? 생각이 없는 놈이거나 아직 소문에 어두운 산인일 가능성이 높다.

태무룡은 장영의 신색을 살피면서 언제든지 발검할 수 있게 몰래 검집을 열어두었다. 너무도 자연스러운 그의 자세는 자신이 감히 측정할 수 있는 경지가 아니라는 판단이 섰기 때문이다.

"운학서원은 반역도의 은거지로 밝혀졌소."

"반역도라……. 그랬군. 그들이 반역도가 되었군. 허허, 참 우스운 일이군. 그들이 반역도라니……. 좋소. 그럼 혹시 무불통지의 시신이 어찌 되었으며, 그의 가솔들이 어찌 되었는지는 가르쳐 주시겠소?"

태무룡의 눈살이 찌프러졌다. 이건 당최 '난 반역도와 관계 있는 사람이오' 라고 대놓고 말하는 것과 무엇이 다르단 말인가? 그것도 군졸들이 지키는 곳에서 저리도 담담한 표정으로 말하다니, 방금의 말 한마디만으로도 충분히 반역도의 잔당으로 몰려 수배령이 떨어질 수 있는 일인데 말이다.

그는 조용히 군졸들에게 눈빛을 주었다.

군졸들은 처음에 그 의미하는 바를 몰라 했으나 개중에 눈치 빠른 자가 있어 운학서원에 남아 있는 황기군의 나머지 무장들과 병졸을 부르기 위해 움직였다.

"반역의 수괴 조명훈의 시신은 토막 내 개 먹이로 주었고, 가솔들은 노예로 전락했지… 뭐, 대부분 죽어버린 듯하지만 말이야."

태무룡은 조금씩 발검세를 취하면서 공력을 끌어올렸다. 진득한 살기가 그의 몸에서 퍼져 나왔지만, 장영은 마치 살기가 산들바람이라도 되는 양 쉽게 흘려버렸다.

꿀꺽…….

태무룡의 목젖으로 마른침이 넘어갔다. 공력을 마주 끌어올려 살기를 밀어낼 줄 알았는데 흘려보낸다? 가능한 일이란 말인가? 살기는 말 그대로 상대를 해치고자 하는 기운이다. 달리 말하면 보이지 않는 칼인 것이다. 그런데 그 칼이 보이지 않는다고 하여 그냥 넘기다니……. 살기를 이용해 적을 해하게 하는 방법은 검기상인(劍氣傷人)이라는 고명한 방법이다. 그것을 막아내자면 대등한 수준의 기운으로 막아내는 것뿐이다, 마치 방패처럼. 그런데 그 칼이 몸을 지나는데 그냥 흘린다는 것은 보통의 수준으로는 있을 수 없는 일이었다.

'예상보다 고수?'

부르러 갔던 군졸에 의해 급히 달려온 나머지 황기군의 무장 다섯이 태무룡의 모습을 보자마자 자신의 검을 뽑아내어 장영을 에워쌌다.

"허참, 사람들 인심하고는……. 몇 마디 물어본 것이 그리 죄란 말인가? 이거 원, 대답해 주기가 싫은 모양이니 내가 알아볼 수밖에……."

장영은 자신을 향해 살기등등하게 자세를 잡은 황기군의 무장들을 보면서 언짢은 기색으로 몸을 돌렸다.

"놈! 뒈져 버렷!"

태무룡의 검이 빛살처럼 검집을 빠져나왔다.

검에 어린 기운이 빠져나온 검극을 따라 길게 늘어나면서 장영의 뒤 목덜미를 베었다.

쉭!

하나 쾌속하게 뻗어진 검은 장영의 몸에 닿지 못했다. 검이 찌르고 간 곳은 분명 장영이 서 있던 곳인데 이미 그는 그 자리에서 사라져 태무룡의 검 아래로 파고들면서 손등으로 검을 쳐냈다.

터엉!

"살기가 너무 짙군그래. 이래서는 토깽이 한 마리도 못 잡을 것을……."

황기군의 무장들은 놀람 그 자체였다.

검기가 덧씌워진 검을 피륙으로 만들어진 손등으로 쳐내다니 무슨 말도 안 되는 상황이란 말인가?

"적멸진도(敵滅鎭逃)를 펼쳐라!"

다급히 뒷걸음치며 장영에 의해 튕겨진 검을 바로잡은 태무룡의 외침에 무장들이 서로 다른 자세를 취하면서 장영을 향해 검을 곧추세웠다.

"적멸진도라……. 적을 멸하기 위해 도주로를 차단하는 검진이군. 좋은 이름이지만, 실력은 이름만큼 뛰어나지 못하다. 어설프기 그지없구나."

이번에는 장영이 먼저 움직였다.

순식간에 그의 몸에서 뿜어 나온 기류가 퍼지면서 공간을 점유하기 시작했다. 가만있을 때는 마치 태풍의 눈처럼 고요하기 그지없었으나 일단 공력을 뿜어내자 산악이라도 허물 듯한 패도적인 기운이 줄줄 쏟아져 나오기 시작했다.

'이… 익!'

장영의 몸에서 흘러나온 기 폭풍에 무장들이 거센 바람에 휩쓸린 듯이 밀려 나갔다. 개중에는 진을 유지하기 위해 검을 땅에 박아 몸을 지탱하는 이도 있었다.

“우습구나. 나라를 지킨다는 무장들이 이 정도에 놀라는 꼬락서니라니……. 쯧! 누워라.”

철퍼덕!

장영의 가벼운 손짓 한 번에 무형의 기운이 생겨나 태무룡을 비롯한 여덟 명의 무장을 그대로 눌러앉혀 버렸다. 압도적인 힘의 차이. 실로 부끄러운 일이 아닐 수 없었다. 나는 새도 떨어뜨린다는 위세를 가진 황기군의 고수들이 행색이 초라하기만 한 무부의 일수에 무릎을 꿇다니 무장들의 얼굴이 금세 시뻘겋게 달아올랐다.

“무릇 군대의 기강이 그 나라의 임금을 말한다 했느니, 인명을 함부로 하는 너희를 보니 청조의 인심이 어떠한지 알고도 남겠구나. 힘을 가지고 함부로 쓰니 한낱 무뢰배와 무엇이 다르단 말이냐. 이따위 칼을 든 무뢰배들에게 고고한 학이 헛되이 생을 마감하였구나. 불쌍하여라, 청학이여.”

하늘을 보면서 한탄하던 장영은 한줄기 바람만 남겨둔 채로 사라져 버렸다.

으드득!

마치 귀신처럼 사라져 버린 장영의 모습에 태무룡의 어금니가 거센 소리를 내면서 깨물어졌다.

“놈! 감히…….”

치욕도 이런 치욕이 없었다.

"찾아라. 황기대장님께 보고하고, 최단한 빨리 요령성으로
파발을 띄워라. 장영이라 했다. 단동에 산다 했다. 무슨 일이
있어도 찾아라. 또한 조명훈의 가솔들이 어디로 팔렸는지 무
조건 알아내라. 조명훈의 시신이 어디에 묻혔는지도."

第三章
주가의 후예

武林
君子
무림군자

감숙성(甘肅省)의 북단에 위치한 기련산(祁連山)은 장액(張掖)현 서남방에서 시작하여 청해성 성계(省界)까지 뻗쳐 산맥의 길이는 수천 리나 되며, 서쪽으로는 아미금산(阿金山) 산맥과 연결된 거대한 곳이었다. 산맥의 마디마디마다 구름을 뚫고 오른 봉우리들과 깎아지른 벼랑이 거대한 병풍을 연상하게 한다. 벼랑과 벼랑 사이로 좁다랗게 파인 깊은 계곡은 무저갱의 아가리마냥 음산한 분위기마저 풍겼다.

멸절림(滅絕林).

기련산 깊은 산중에 존재하는 죽음의 숲.

그곳에서는 그 흔하디흔한 새소리 하나 들리지 않았고, 멧돼지 같은 산짐승은커녕 풀벌레 한 마리도 살지 않았다. 수백 년 이상을 자라온 거대한 나무들이 만든 울창한 숲은 깊은 적막감과 공포를 느끼게 했다.

"제기랄, 무슨 놈의 숲이……."

인적이 없는 숲 속에서 누군가 어둠을 밝히려는 듯이 홰를 들어 올리면서 조심스럽게 걷고 있었다. 너무도 조용했기 때문일까, 자신의 발소리가 무척이나 크게 들린다는 생각이 들었다.

청삼의 사내는 홰로 비추며 주위를 살폈고, 그를 호위하던 무인들은 언제 튀어나올지 모르는 적에 대비했다. 팽팽한 긴장감에 소름이 돋고 식은땀이 흘렀다.

"빨리 걸어!"

청삼의 사내가 두 손이 묶인 채 따르고 있던 소년에게 짜증을 부렸다.

소년의 나이는 약 열둘 정도나 되었을까? 아직 어린 소년에게는 무척이나 무서운 분위기였을 텐데도 헤어진 무명옷을 입은 소년의 표정에는 아무런 변화가 없었다. 오히려 무덤덤해 보이기까지 했다.

꿀꺽.

청삼인의 목으로 마른침이 넘어갔다.

그가 이곳에 온 이유는 자신이 끌고 온 소년을 한 단체에 넘겨주기 위해서였다. 만약 이렇게 기분이 섬뜩한 곳인 줄 알았다면 자신의 상관이 시켰다 해도 절대 오지 않았을 것이다. 더구나 자신이 끌고 온 소년은 기가 질릴 정도로 음침하기 짝이 없는 놈이었다. 백여 리 길을 오면서 표정 한 번 변하지 않은 놈이었고, 괜한 오기가 치밀어 내공을 실어 때려도 작은 신음 소리 한 번을 내지 않았다. 더구나 더욱 자신을 기분 나쁘게 하는 것은 소년의 눈빛이었다. 무섭도록 칙칙하게 가라앉은 두 눈은 마치 자신을 비웃는 듯했다.

"재수없는 놈."

청삼인은 자신을 따라오는 소년에게 욕설을 내뱉었다. 자신을 따라오면서 아무렇지도 않게 숲을 둘러보는 모습이 왠지 멸절림과 잘 어울린다는 생각이 들었다.

"끅."

그런데 문득 청삼인의 뒤에서 숨넘어가는 신음성이 들렸다.

'엉?

뒤에 따르고 있던 호위무사가 사라졌다? 분명히 자신의 뒤를 따라오고 있었는데 지금은 없다. 혹시 갑자기 뒤돌아보아서 못 본 게 아닌가 해서 홰를 이리저리 비추어보았지만 역시나 뒤를 따라오던 호위무사가 사라져 있었다.

"캑!"

또 다른 신음 소리에 청삼인의 돌려진 고개가 급격히 앞쪽을 향했다.

그런데 또 없어졌다. 이번엔 자신의 앞에 있어야 할 호위무사가 사라진 것이다. 마치 어둠 속으로 증발해 버린 것처럼 사라진 것이다. 자신이 알기로는 자신을 호위하던 두 명의 무사는 그가 속한 단체에서도 꽤나 유명할 정도로 강한 이들이었고, 강호인들에게도 이름만 대면 고개를 끄덕여서 알고 있다할 만한 자들이었다. 그런데, 그들이 갑자기 흔적도 없이 사라졌다? 일순간 흔적도 없이? 기파를 보냈지만, 아무런 흔적을찾을 수가 없었다.

그렇다면?

청삼인은 두려움에 가득한 눈을 하고 홰로 자신의 주변을쉴 새 없이 비추었다. 그의 동공은 커질 대로 커져 있었고, 온몸은 땀으로 축축하게 젖어들었다.

"제, 젠장! 누구냐! 모습을 드러내란 말이닷!"

차라리 수십여 명이 검을 들고 자신을 찔러오는 느낌이 좋을 것만 같았다. 아무것도 보이지도, 느껴지지도 않는 적막함보다는 실재하는 두려움이 훨씬 더 나을 것이라 생각되었다.

차앙!

극도의 공포심으로 자제력이 이미 사라질 대로 사라진 청삼인은 급기야 자신의 검을 뽑아 들었다. 검은 홰의 불빛이 반사되어 은은한 노란빛이 흘렀다.

한 손에는 홰를, 한 손에는 검을 들고……. 응? 무언가 이상했다. 한 손에 홰를, 한 손에 검을? 그럼 소년을 잡고 있던 줄은?

느끼지도 못하는 순간이었다. 언제 자신의 손에서 잡고 있던 줄이 사라졌단 말인가? 귀신에 홀려도 이렇게 홀릴 수가 없었다. 분명히 방금 전까지만 해도 자신의 손에 느껴지던 줄이 사라진 줄도 몰랐다.

꿀꺽…….

사내의 부릅떠진 눈과 함께 입술이 바짝바짝 마르고 호흡이 거칠어졌다. 십수 년 이상이나 검술을 익혀 사천 일대에서는 꽤나 이름이 있는 검객인 그였지만, 심연을 자극하는 공포는 이기기가 힘들었던 모양이다.

"아얏!"

긴장감이 극도로 끌어올라 온 신경이 곤추서 있던 그의 목덜미로 무언가 깨무는 듯한 느낌에 별안간 인상이 찡그려졌다. 모기였을까? 설마 멸절곡에?

청삼인의 생각은 이어지지 못했다. 목에 통증을 느끼는 순간 정신을 잃고 짚단처럼 쓰러져 버렸기 때문이다.

타닥타닥!

바싹 마른 장작이 불에 타들어가는 소리.

휘이이잉…….

울창한 나무숲을 지나는 바람 소리.

남자는 귓가를 자극하는 소리로 인해 살며시 눈을 떴다. 잘 떠지지는 않았지만, 조금씩 정신을 집중해서 뜬 눈으로 드디어 흐릿한 형체가 보이기 시작했다. 그런데 희한하게도 세상이 반쯤 기울어져 보이는 것은 왜일까?

남자는 눈을 깜빡거려 보았다. 그제야 조금씩 자신의 눈에 보이는 사물들의 윤곽이 완벽하게 드러났다. 그리고 세상이 기울어진 것이 아니라 자신이 땅바닥에 쓰러져 있다는 사실도 알 수 있었다.

여전히 숲은 어두컴컴했고, 누군가 피워놓은 모닥불의 주위를 제외하고는 아무것도 없는 어둠뿐이었다. 모닥불의 앞에는 시커먼 무복을 입은 남자가 불빛을 응시하면서 가만히 앉아 있었다.

조금씩 정신을 차린 남자는 바로 방금 전까지 멸절림에 들어섰던 청삼인이었다. 그는 정신을 차리자 자신이 누운 곳의 상황을 파악하기 시작했다.

'저자는?

아직 상대의 정체를 파악하지 못한 이상 자신이 깨어났다는 사실을 들켜서는 안 된다. 분명 어떤 방법에 당했는지 모르지만 그들은 의문의 인물들에게 포획당한 상태였다.

'멸절림에서 저렇듯 여유로운 모습이라면? 설마 저자가 그들 중 하나인가?

청삼인은 자신의 상관이 말한 그들이 아닐까 하는 생각을 했다.

죽음의 사신이라고 불리는 자들.

귀곡(鬼谷).

귀신의 계곡에 사는 그들은 유일하게 세상에 나오지 않고 숨어 있는 무인들이었다. 그들은 보이지 않는 공포였고, 어둠 속의 강자였다. 마음만 먹으면 황제의 목이라도 딸 수 있다고 전해지는 이들이었고, 누구도 그러한 사실에 대해 의심하는 이는 없었다.

청삼인이 이곳 멸절림까지 찾아온 것은 자신의 문파에서 꼭 해야만 하는 일이 있었고, 그 일을 위해서는 귀곡의 도움이 절실하게 필요했기 때문이다.

"깨어났으면, 일어나라."

모닥불을 가만히 바라보고 있던 무인이 자신을 향해 말했다.

"그렇게 눈치 보지 않아도 된다. 품에 있는 패를 보니 철룡방에서 온 것 같은데……. 고검이 무슨 일로 우리를 찾는 거지?"

사내는 소름이 돋아오를 정도로 싸늘하고 낮은 음성으로 청삼인을 불렀다. 다짜고짜 하대를 해왔지만, 그것이 너무도 자연스럽게 느껴졌다.

청삼인은 사내의 말대로 호북성(湖北省)의 무한(武漢)에 위치한 철룡방의 총관인 임대화라는 인물이었다. 임대화는 사내의 말에 조심스럽게 일어나 그의 눈치를 살피면서 공손히 대답했다.

"저는 말씀대로 철룡방의 총관 임대화라고 합니다. 십 년 전의 약속을 지켜달라 하셨습니다."

"……."

침묵이었다. 임대화는 그런 사내를 향해 계속해서 말을 이었다.

"방주께서는……."

"되었다. 그 정도로도 충분히 알아들었으니까."

사내는 임대화의 이어지는 말을 끊고 자리를 털고 일어났다.

"십 년 전의 약속이라……. 철룡방주는 아직도 미련을 버리지 않은 것인가? 이미 세상이 바뀌었거늘……. 복수는 또 다른 복수를 낳을 뿐인 것을 아직도 모른단 말인가?"

그의 목소리는 약간 화가 나 있는 듯했고, 몸에서 무형의 압력이 피어올랐다. 임대화는 단연코 그러한 압력을 느껴본 것이 처음이었다. 숨이 턱턱 막혀올 정도로 강력한 기파에 내공을 끌어올려 대항했지만, 몸이 떨려오는 것을 막을 수는 없었다.

"너의 주인에게 '알았다' 라고 전해라. 그리고 한 달 안에 내가 찾아간다고 전해라."

"예? 예, 그리 전하겠습니다."

"백귀(白鬼)."

그의 부름에 가려져 있던 어둠 속에서 누군가가 마치 처음부터 그곳에서 기다리고 있었던 것처럼 나타나 그를 향해 공손하게 고개를 숙였다. 흑의 무복과 너무도 극명한 차이를 보이는 새하얀 귀면탈을 쓴 남자였다.

"예물을 가져와라."

그는 임대화가 가져온 소년을 예물이라고 지칭했다.

그의 말에 대답하듯이 고개를 숙인 백귀는 마치 안개와도 같은 모습으로 흩어지며 사라졌다가 잠시 후 임대화가 끌고 온 소년을 데리고 나타났다.

소년의 얼굴은 여전히 무표정했다. 손을 묶고 있던 사슬도, 그 사슬을 매달았던 줄도 그대로였다. 사내는 가만히 소년을 살펴보았다.

"어떠하더냐?"

사내는 의미를 알 수 없는 질문을 했고, 백귀는 침묵을 지킬 뿐이었다. 그런 침묵이 더 기분이 좋았음일까? 사내의 얼굴에 웃음이 번졌다.

"그래, 그 정도면 되었다. 염원을 이룰 수는 있다는 말이로구나. 확률은 얼마나 될 듯하더냐?"

"사 할……."

쇠를 긁어내리는 듯 듣기 싫은 목소리가 새하얀 귀면탈을 통해서 흘러나왔다.

"뭣? 사 할? 그 정도란 말이냐? 사 할이나 되다니… 놀랍구나."

웃고 있던 사내는 '사 할'이라는 말에 경악성을 내뱉었다. 무언가 엄청난 사실이라도 안 듯한 표정이었다. 사 할이라는 확률은 그다지 큰 것이 아니었다. 열 개 중에 고작 네 개를 말함이 아닌가. 고작 사 할일 뿐인데 무엇이 그를 그렇게 놀라게 한단 말인가? 대화를 듣고 있던 임대화는 영문을 몰라 했다.

소년을 경악 어린 표정으로 바라보던 사내의 시선이 임대화를 향했다.

"과분한 선물을 받았구나. 방주에게 고맙다고 전해라. 그리고 반드시 그가 원하는 바를 이루어주겠다고도 전해라. 아니, 추가로 한 가지 부탁을 더 들어준다 하거라."

무엇이 과분하단 말인가? 그리고 무엇이 고맙다는 말인가? 아마도 소년에 대한 말인 듯했지만, 자신은 이해를 할 수가 없었다. 만약 그를 제자로 삼을 생각이라면 저리 반응하지 않을 것이다. 멸절림까지 오는 동안 충분히(?) 그의 몸을 만져 본(?) 자신이다. 소년의 몸은 무골도 아니었고, 뛰어난 무재(武才) 같지도 않았다. 더구나 소년의 나이는 열두 살. 상승 절예를 익히기에는 조금 늦은 나이라고도 할 수 있었다. 또한 소년은 태어나서 지금까지 노예로 살았다고 알고 있다. 그의 몸에 새겨진 수많은 상처와 낙인만 보아도 충분히 알 수 있는 사실이었고, 몇 번이나 주인이 바뀌었다 들었다. 그것도 쓸모가 없었기 때문이라는 이유도 알고 있었다. 그런데, 그런 소년을 받은 그가 무엇 때문에 저리도 고마워한단 말인가.

"아… 알겠습니다."

"좋구나. 이만 돌아가거라. 흑귀(黑鬼), 그를 밖으로 데려다주어라."

사내는 기분 좋은 듯한 음성으로 명을 내렸다.

그 순간, 임대화는 무언가 자신의 팔을 잡아챈다는 느낌을 받았다.

슈아악!

"어헉!"

팔이 잡히자마자 엄청난 바람과 함께 주변의 풍경이 일그러지듯이 흐려졌다. 그리고 어느새 그는 처음 멸절림으로 들어왔던 입구에 도착해 있었고, 백귀와 똑같은 차림에 검은 귀면탈을 쓴 무인이 팔짱을 낀 채로 자신을 바라보고 있었다.

'어, 어떻게?'

분명히 자신이 입구에서 정신을 잃어버리기 전까지 걸어간 거리는 오백 보(五百步)도 넘는 거리였다. 어둠을 경계하면서 이동했다 하더라도 일반 장정의 오백 걸음이면 백 장 정도의 거리였다. 백 장이나 되는 거리를 순식간에 지나쳐 나온 것이다. 무인으로서 이십 년 가까이 살아오면서 이런 경공이 있다는 이야기는 들은 적도 없었다. 임대화는 흑귀라 불린 자신의 앞에 서 있는 인물이 괴물같이 느껴졌다.

흑귀는 자신에게 인사라도 하는 것처럼 가볍게 고개를 까딱거리고는 어둠에 빨려들 듯이 사라져 버렸다.

휙! 휙!

그리고 잠시 후 무언가 멸절림에서 내동댕이쳐지듯이 던져져 나왔다.

털썩! 털썩!

사람만 한 크기의, 아니, 사람이었다. 임대화와 함께 왔던 두 명의 호위무사가 마치 물건 집어 던져지듯이 내던져져서는 땅바닥에 처박혔다.

"컥!"

"윽!"

거센 충격에 호위무사들이 꽉 눌린 신음성을 내뱉었다.

'귀곡, 정녕 대단한 자들이구나. 소문으로만 들었거늘……'

임대화는 오늘 적잖이 놀란 상태였다. 청조가 일어서면서 수많은 무인들이 자취를 감추었다. 무림을 이끌어가던 강자들은 팔기군과의 싸움에서 목숨을 잃었고, 정파의 고수들과 사파의 고수들은 폐인이 되었다. 그 후 무림에는 고작 검기나 뽑아내는 무인들이 천하제일을 다투고 있었다. 사실 그조차도 이루지 못했다 해도 제법 유명세를 타는 것이 지금의 무림이었다. 임대화 역시도 호북성에서는 십대검객 안에 들 정도로 강하다 자만했다. 그런데 백 장여를 순식간에 날아가는 경공을 가진 인물에, 흔적조차 찾을 수 없는 은신술을 가진 무인이라니 과연 세상에는 기인이사들이 모래알처럼 많은 모양이었다.

"과연 청조의 살육 이후 고수들은 모두 은거하였다더니 마치 호랑이 아가리에 들어갔다 나온 기분이군."

*   *   *

귀곡을 찾아온 세 명의 손님이 멸절림을 나간 이후 모닥불의 근처에는 의문의 사내와 예물이라 지칭된 소년을 비롯하여 대여섯 명의 무인이 모여 있었다. 그들 모두가 백귀와 흑귀와 같은 검은 무복에 각기 색이 다른 귀면탈을 쓰고 있었다. 얼굴이 드러난 이는 사내와 소년뿐이었다.

"이름이 무엇이더냐?"

사내가 부드러운 음성으로 물었고, 소년은 물끄러미 그 얼굴을 바라보았다.

"그리 경계하지 않아도 된다. 내 이름은 귀야(鬼爺)라 한다. 이름이 무엇이더냐?"

자신을 '귀신의 아비' 라 밝힌 사내의 목소리가 소년에게 무척이나 편안한 기분을 전해주는 듯했다. 한동안 귀야의 얼굴을 바라보던 소년은 무표정한 얼굴 그대로 입을 열었다.

"주량(朱良)."

소년은 별다른 설명 없이 짧게 대답했다. 생각하기에 따라서는 무척이나 버릇이 없는 듯한 대답이었지만, 귀야를 비롯한 나머지 무인들은 아무도 신경 쓰지 않았다.

"주량이라……. 혹 망해 버린 주가(朱家)의 후예더냐?"

주가의 후예.

그것이 의미하는 비는 크다. 명이 망한 지 삼 년. 당시 주 씨 성에, 그것도 붉을 주 자를 쓰는 성씨는 많지 않았다. 그것은 바로 명 황실의 대통을 이은 자라는 말이었다.

주량은 귀야의 물음에 대답하지 않고 침묵으로 긍정의 뜻을 비쳤다.

"그랬군……. 주유검(명의 마지막 황제 숭정제의 이름)의 손자가 살아남았다……. 황 씨 놈들이 알게 되면 기를 쓰고 너를 잡으려 하겠구나. 그래, 어찌 도망쳤느냐?"

"몰라. 태어날 때부터 노예였으니까."

"흐흠, 낳아준 어미는 어찌 되었느냐?"

"그것도 몰라. 세상을 느낀 이후 본 적이 없으니까."

귀야는 웃었다. 소년이 계속해서 반말을 지껄여 대었지만 별달리 신경 쓰지 않았다.

위축될 만한 상황에서도 소년의 표정에는 그 어떤 변화도 없었다.

"이곳이 무엇을 하는 곳인지 아는 게냐?"

주량은 말없이 고개를 저었다.

"상관없어. 어차피 주인이 되는 자에 대해 궁금해 봐야 나만 피곤할 뿐이니까. 대충 상황을 보니 난 또다시 새로운 주인을 만난 것이겠군. 참, 나에게 존대를 기대하지 마. 이건 내가 망해 버린 황가의 핏줄이라 그런 것이 아니야. 다만, 인간을 짐승으로 부리는 자들에게 말을 높이고 싶지 않은 것뿐이니까."

"후후, 적당한 오만함이군. 좋다. 그 정도의 기개는 있어야지. 말을 높이고 낮추는 것 따윈 아무래도 좋다. 다만 앞으로 우리와 함께해 주어야겠다."

"나를 어찌할 셈이지?"

"일단 우리에 대해 설명을 해주마. 우린 귀곡이라 한다. 나의 이름은 앞서 말한 것처럼 귀야라고 하지. 그리고 우측의 흰색 탈을 쓴 놈부터 차례대로 백귀(白鬼), 흑귀(黑鬼), 적귀(赤

鬼), 은귀(隱鬼), 야귀(野鬼), 금귀(禽鬼)라고 한다."

귀야는 소년 주량에게 자신들에 대해 소개했고, 소개받은 사람들이 한 명씩 고개를 숙여 인사를 했다.

귀곡의.역사는 고대로부터 존재해 온 모산파에서 시작되었다. 모산파는 원래 귀신을 부리고 진법과 강시를 만들었던 문파이다. 고대의 무인들은 이를 잡학이라고 하여 배척했고, 강호인들의 멸시를 받아왔다. 그 후 모산파는 그 명맥을 이어가지 못하고 절기가 절전되어 망해갔고, 기존의 술법가들과 무인들이 모산파와 귀선문으로 나뉘었다.

모산파는 결국 망해 버렸고, 귀선문은 술법을 무공에 접목시켜 점차 새로운 모습으로 변해갔다. 그렇게 만들어진 것이 귀무(鬼武)였다. 귀신의 무예라 불리는 무림 최강의 은신술과 쾌검술. 귀선문은 이 두 가지 무공으로 귀곡이라는 살수들의 집단을 만들었다. 모든 무림인들이 코웃음을 쳤지만, 단 한 번의 살행으로 두려움의 대상이 되었다.

마교주의 죽음.

우습게 생각했던 단 한 명의 살수가 단일 세력 중 최강이라 불리던 마교의 정점에 있던 마교주를 죽이고 유유히 탈출한 것이다. 그리고 마교주의 시신에는 새하얀 귀면탈이 놓여 있었다. 마교는 복수를 하기 위해 수천 명의 마인을 세상으로 내보내 귀곡을 멸하려 했으나 귀곡이 위치한 멸절림에서 살아 돌아간 자는 단 한 명도 없었다.

　그 후 시간이 흘러 살수의 제왕으로 군림하던 귀곡은 어느 순간 '그 자취를 감추어 버렸다. 명과 청이 싸우는 과정에서 귀곡을 끌어들이려고 했지만, 숨어버린 귀곡은 더 이상 강호에 그 모습을 드러내지 않았다.

　귀야의 기나긴 설명이 끝났고, 가만히 듣고 있던 주량이 물었다.
　"그래서? 그대들의 과거는 그대들의 과거일 뿐이다. 내가 궁금한 건 나를 어떻게 할 것인가 하는 것이다."
　"너는 알고 있는지 모르겠으나 너는 우리 귀선문에서 내려오는 대법에 가장 적합한 신체를 가지고 있다. 만약 황가의 핏줄 중에 네가 있는 줄 알았다면 과거의 그때 다시는 세상에 나오지 않는다는 약속은 하지 않았을지도 모르지."
　"……."
　"나와 거래를 하자. 네가 죽여달라는 사람이 있다면 설사 그것이 황제라고 해도 죽여주마."
　광오한 말이었다. 귀야의 말에 주량의 눈썹이 꿈틀대었다.
　언뜻 보아도 귀곡이라는 이들의 단체는 단 여섯 명 이외에는 없는 듯했는데 어찌 오십만이 넘는 청 제국의 팔기군에 대항할 수 있단 말인가? 더구나 황제를 지키고 있는 이들은 팔기군에서도 가장 강하다는 이들이었다. 그런데 그들을 뚫고 황가의 인물을 죽여주겠다니 주량은 단지 미쳐 있는 무사의 말일 뿐이라 치부했다.

"우습군. 그대가 신이라도 되는 줄 아는 모양이군."

주량은 씁쓸하게 웃었다.

하지만 자신을 비웃는 주량을 보면서 귀야는 화를 내지 않았다. 오히려 담담한 그의 표정에서 진정으로 죽일 수 있다는 자신감마저 느껴졌다.

"아니. 신은 아니다. 단지 우리는 귀신이지. 죽이고자 원한다면 반드시 죽인다."

그의 말은 확신에 가득 차 있었다.

주량의 얼굴에서 비웃음이 사라졌다. 귀야의 표정에서 진심이 느껴졌기 때문일까?

어쩌면 저들의 말이 사실일지도 몰랐다. 왠지 그렇게 할 수 있을 것만 같았다.

"후우, 정말로 죽여줄 셈이로군. 미친 게 아니라면 정말 대단하다고 해야 하나?"

주량의 표정이 처음으로 변했고, 감탄성이 터져 나왔다.

"좋아, 어차피 주인은 당신이니까. 그리고 망해 버린 나라의 복수 따위는 어찌해도 좋다. 명은 어차피 망해야 할 나라였다. 그것이 세상의 이치고 흐름이었으니까. 역시의 흐름은 마는다 해서 막아지는 게 아니야."

너무도 확신에 차 있고, 격정까지 느껴지는 귀야의 표정에 주량이 고개를 절레절레 흔들었다.

"난 노예다. 주인의 말은 들어야겠지. 이제… 무얼 하면 되지?"

주량의 말에 귀야는 환한 미소를 피워 올렸다. 주량의 말은 승낙이었으니까.

"다행이다. 거절하면 어찌하나 긴장했지."

"긴장? 후후, 그렇게 보이지는 않던데? 강제할 만한 힘도 가지고 있지 않나?"

"아니. 틀렸다. 지금부터 네가 해야 하는 일은 강제할 수 있는 게 아니야. 성공할 확률도 사 할밖에 되지 않고. 아, 사 할이란 것은 대단한 거야. 지금까지 팔십여 명 이상이 도전을 했지. 하지만 그중 확률이 일 할을 넘는 사람은 하나도 없었다. 모두 실패했지. 너는 이제껏 가장 높은 확률을 가지고 있어. 충분히 기대해 볼 만하다."

귀야는 흥분으로 가득 찬 표정이었다.

"후후, 무슨 일인지도 모르는 사람에게 확신이라니… 실패하면 어찌 되지?"

"글쎄, 아마도 죽겠지? 살아난다 해도 불구가 될 것이고."

"재미있겠군. 어차피 이따위 세상 살아 있으나 죽으나 매한가지 아닌가? 해보지."

"크크크… 좋아. 결정됐다. 살아 나온다면 너는 귀신들의 절대자, 아니, 어둠의 절대자로 세상을 굽어볼 수 있게 될 거야. 앞으로 너의 이름은 귀왕(鬼王)이다. 백귀, 귀왕을 멸절동에 넣어라."

모든 게 결정되었다.

멸절동이 무엇을 하는 곳인지 주량은 알지 못했다. 하지만 어디든 노예로 사는 것보다야 못할까.

　귀야의 지시를 받은 백귀는 주량, 아니, 귀왕을 향해 공손하게 고개를 숙이면서 따라오라는 듯이 앞서 걸었고, 귀왕은 예의 무표정한 얼굴로 돌아와 그를 따랐다. 흡사 산보라도 나가는 것처럼.

　"살아남아라. 반드시."

　귀야는 어둠 속으로 멀어져 가는 그의 뒷모습을 바라보면서 나직하게 말했다.

第四章
일향촌(一香村)

武林
君子
무림군자

1

감숙성 북단에 위치한 기련산(祁連山) 자락.

낙양을 떠나 몇 번이나 뒤를 확인하고 같은 지역을 몇 번이고 반복해서 돌며 혹시나 모를 추격자를 따돌린 연후에야 산을 오르는 길에 접어든 일향상단이 도착한 곳은 거대한 바위가 갈라져 생긴 작은 소로였다. 바위틈으로 생겨난 입구에는 초로의 노인이 꾸벅꾸벅 졸다가 잠이 덜 깬 눈으로 곽두수를 보고는 금세 일어나서 인사를 해왔다.

"아이구, 곽 행수, 어서 오십시오."

초로의 노인이 허리를 굽혀 인사하자 곽두수는 밝은 미소를 띠면서 노인을 향해 마주 웃으며 인사했다.

"촌장 어른, 어찌 직접 나와 계셨습니까? 애들 시키시면 될 일을…….”

“무슨 소립니까? 아가씨께서 직접 상행에 나가셨는디, 의당 나와 봐야지요.”

노인은 손사래를 치면서 곽두수의 손을 맞잡았다.

“고생 많으셨습니다. 안 그래도 필녀 고년이 오랜만에 들러서 상단주님을 만나 뵙고 가겠다고 한참을 기다리고 있습니다.”

“필녀가요?”

필녀는 일향이 삼 년 전쯤 노예시장에서 구매해서 낙양에 있는 천향루로 보낸 여인이었다.

“예. 암요. 반나절 전에 도착해서 지금 마을에 있습니다요.”

“흐흠, 거참. 무슨 일이라도 있답니까?”

“무슨 일은요. 당연히 와야지요. 지 년이 누구 때문에 사람 구실 하고 사는데 당연히 자주 찾아뵙고 문안을 드려야 되는 것이지요.”

노인은 필녀의 방문이 당연한 것처럼 말했다.

“어머? 촌장 할아버지 아니에요? 뭐 하러 나와 계시나요?”

일향이 곽두수와 말을 나누는 촌장을 향해 웃으면서 인사를 건넸다.

“아이구, 일향 아씨, 오셨습니까? 먼 길에 어디 편찮으신 데는 없으신가요?”

“설마요. 전 아직 한참이나 젊다고요.”

“예, 아무렴요. 자, 들어가시죠.”

"네, 별일없었죠?"

"별일이야 있겠습니까? 한데 필녀가 와 있습니다."

"그래요."

일향은 그다지 놀라지 않는다. 마치 필녀의 방문은 원래부터 알고 있은 듯한 눈치였다.

"그러고 보니 한 일 년쯤 되었나요?"

"일 년이 조금 못 되었지요. 에, 그러니까, 고년이 일향촌에 들어온 것이 ……."

일향은 촌장 노인과 함께 이런저런 이야기를 나누면서 소로를 따라 사라졌고, 그 모습을 흐뭇하게 바라보던 곽두수는 수레를 끌고 두 사람의 뒤를 따랐다.

"젠장, 이따위 꼬마 노예 따위를 이천 냥이나 주다니……. 그 돈이면 낙양 천일루에서 몇 달을 왕 대접 받으면서 지낼 수 있는 돈인데……."

금취산은 시무룩한 표정으로 옆에서 힘겹게 걷고 있는 어린 노예를 힐끗대면서 투덜거렸다.

바위틈으로 생겨난 소로를 따라 들어간 곳은 제법 많은 수의 기옥이 지어진 마을이었다. 산속에 생겨난 웅장한 폭포를 따라 둥글게 모여선 집들은 촌락을 형성하고 있었고, 폭포가 흘러내려 생겨난 개울을 따라 만들어진 논에서는 남녀노소 할 것 없이 마을 사람 모두가 바람에 땀을 식히면서 열심히 일을 하고 있었다.

분지의 비탈을 따라 형성된 화전에는 아낙들이 하얀 수건을 머리에 묶고 호미질을 하였고, 마을을 따라 만들어진 오솔길에는 어린아이들이 해맑은 웃음을 지으면서 뛰어다니는, 무척이나 평화로운 마을의 풍경이었다.

일향은 모처럼의 출타 후에 다시 보는 자신의 마을을 바라보면서 코를 통해 가득히 숨을 들이쉬었다.

바람을 타고 상쾌함이 폐부 깊숙한 곳까지 전해져 더욱 기분을 좋게 했다.

"흐흡! 오랜만이군요, 이 상쾌함은."

일향은 무척이나 기분이 좋아졌다.

"야아아, 일향 누나!"

마을의 풍경을 둘러보면서 천천히 걸어가던 일향을 향해 어린아이들이 뛰어왔다.

"아, 소한이구나."

일향이 자신을 향해 뛰어오는 소년을 향해 무릎을 굽혀 가볍게 안아 올렸다.

금세 수많은 아이들이 일향을 향해 모여들었고, 밭에서 일하고 있던 어른들도 하던 일을 접고 상단 일행을 향해 다가왔다.

"자, 모두들 상단주님 피곤하신데 그만하고 이리 오너라. 이 아저씨가 당과 사 왔다."

곽두수가 수레에 실린 당과 꾸러미를 들어 하나씩 나누어 주자 아이들은 금세 일향에게서 떨어져서 곽두수에게로 몰려들었다. 그런 아이들의 모습에 일향이 흐뭇한 미소를 지었다.

아이들은 당과를 하나씩 받아 들고는 좋아하면서 행렬에서 떨어져 나갔다.

"오셨습니까?"

모여든 사람들의 틈에서 무척이나 짙은 화장에 나풀거리는 옷을 아름다운 입은 여인이 일향을 향해 고개를 숙이며 인사를 해왔다.

"아, 필녀. 아니지. 당혜(棠蕙)라고 불러야 하나요?"

"아닙니다. 그냥 편하실 대로 예전 이름으로 불러주시는 것이 듣기 좋습니다."

필녀라는 이름, 아니, 당혜라는 이름으로 불린 여인은 일향을 향해 가볍게 고개를 저으면서 웃었다.

"가셨던 일은 잘되셨습니까?"

"뭐, 그럭저럭."

일향은 어색하게 자신의 뒷머리를 긁적거렸다.

당혜는 일향의 너머로 보이는 노예들을 보다가 사람들에 의해 안대가 벗겨져서 어리둥절한 눈으로 주위를 살피고 있는 노예 여인에게 시선을 주었다.

"저 아이군요."

"응, 그래요. 저 아이랍니다. 아직은 다듬어야 할 부분이 많지만, 천향루에서 필요한 만큼의 수준은 될 터이니 당혜가 잘 돌보아주도록 해요. 어차피 잘되었어요. 당혜가 돌아갈 때 데리고 가면 될 테니까요."

"예, 그러도록 하겠습니다. 그리고 지난번에 부탁하셨던 일에 대해서는…….”

당혜가 무언가를 말하려 하자 일향이 가볍게 고개를 저었다.

“그 이야기는 나중에 하도록 하죠.”

왠지 그녀의 얼굴은 이전과는 다르게 조금 슬퍼 보였다.

“알겠습니다.”

당혜는 조용히 고개를 숙였다.

일향은 잠시 마음속의 향수에 잠겨드는 듯이 무언가를 생각하다가 다시 화사한 눈웃음을 지으면서 상단의 일행에게 말했다.

“자, 그럼 오늘은 다들 각자 헤어지고, 저녁에 다시 만나도록 할게요.”

그녀가 자신을 향해 인사를 하는 사람들에게 가볍게 손짓을 하고는 자신의 거처로 가자 당혜가 조용히 그 뒤를 따랐다.

“뭐라구요?”

“조용히 해. 괜히 일향한테 야단맞는단 말이야.”

금취산은 동네 청년들의 수군거림에 손가락을 입가로 가져가면서 걸어가는 일향의 눈치를 살폈다.

“정말 이천 냥이란 말이에요?”

“응.”

금취산이 떨떠름한 표정으로 고개를 끄덕이자 청년들은 믿을 수 없다는 표정으로 침을 꿀꺽 삼키면서 다시 물었다,

"저, 그럼 이제까지 구매했던 가격 중 최고가 아닙니까?"

"당연하지. 여하튼, 도대체 일향이 뭣 때문에 저런 쓰잘 데 없는 놈한테 이천 냥이나 썼는지 모르겠단 말이야."

"히유, 대단하군요. 이천 냥이라니……."

"그러게요."

청년들은 혀를 내두르면서 초점없는 눈으로 가만히 서 있는 어린 노예를 힐끗거렸다.

금취산과 청년들이 수군거리는 사이에 곽주한은 아이들의 손에 이끌려서 사라졌고, 곽두수는 촌장 노인에게 구매해 온 노예들에 대한 지시를 내리고 있었다,

"저 가족에게는 집 한 채를 마련해 주십시오. 아직 기일이 남았으니 농사일도 좀 가르치도록 하시고, 저 여인은 몸을 깨끗이 씻겨서 아가씨의 거처로 보내면 됩니다. 필녀가 속한 천향루에 보내야 하니까요."

"예, 알겠습니다. 그런데… 저 아이는?"

촌장 노인은 아직까지 말없이 뒤에 가만히 서 있는 어린 노예의 거취에 대해서 물었다,

"음, 그 아이는… 노예가 아닙니다."

"예?"

"저도 아직 잘 모르겠습니다만, 일향 아가씨께서 개인적으로 구매한 아이라……."

"아! 그렇군요. 그럼 저 아이도 깨끗이 씻겨서 아가씨의 거처로 보내겠습니다."

"그게 좋겠습니다. 그리해 주십시오."

2

모처럼 만에 일향촌의 밤이 환하게 밝아졌다.

농사철로 한동안 바쁘게만 보냈던 사람들은 모닥불을 피우고 둘러앉아 산에서 잡아온 멧돼지며 사슴, 토끼를 굽고, 집에서 직접 담근 과일주를 꺼내 마시며 잔치를 즐겼다.

상단이 돌아오면 일향촌에선 항상 이렇게 즐거운 잔치가 벌어지고는 했다. 새로운 식구들을 맞이하기 위해 남녀노소를 불문하고 모두가 함께 즐기는 시간인 것이다,

하지만 정작 잔치의 주인공인 노예들은 그러한 분위기가 낯설기만 했고, 조금 두렵기도 했다.

"자자, 마음껏 마시라구. 내일부터는 자네도 바빠질 테니까 말이야. 난 소한이 아비 되는 우달이라고 하네."

자신을 우달이라고 밝힌 중년의 남성은 오늘 들어온 노예 가족 중 아비로 보이는 자에게 술잔을 권했다,

"……."

어리둥절한 표정으로 얼떨결에 술잔을 받아 든 남자는 경계심이 가득한 눈으로 우달을 쳐다보았고, 그의 부인으로 보이는 여인은 아이들을 더욱 끌어안으면서 몸을 움츠렸다.

"자자, 마시게. 그리 경계하지 않아도 좋아. 아마 몸이 따뜻해질 걸세. 허허. 자, 부인도 어서 아이들에게 먹을 것을 챙겨

주세요.”

우달은 환한 미소를 지어주었다.

“아버지, 저… 저 애들이랑 주한이 형아한테 가서 놀아도 돼요?”

옆에 있던 소한이 우달의 소매를 붙잡고는 동의를 구했다.

“응? 그래, 그게 좋겠구나. 어서 가보렴.”

잔치의 또 다른 장소에서는 금취산과 곽두수, 그리고 마을 청년들이 술을 마시면서 떠들고 있었다.

“그래서 말이야, 내가 그년의 고쟁이를 벗기는데…….”

꿀꺽.

금취산의 주위로 술을 마시던 마을 청년들이 삼삼오오 몰려들었고, 간간이 마을의 여인들도 힐끗거리면서 귀를 기울이고는 했다. 하여간 음담패설이라는 것은 남자든 여자든 모두가 공통으로 관심이 가는 모양이었다.

“고년 엉덩이가 어찌나 뽀얗던지, 모양은 달덩이같이 크구 말이지. 내가 아주 그냥 모처럼 횡재했다고 생각했지. 그런데 이년이 처음에는 반항하더니 시간이 지날수록 더 앵겨오는 것 아니겠어?”

꿀꺽. 꿀꺽. 꿀꺽.

금취산의 이야기가 점점 더 야하게 치닫자 그의 주위는 바늘 하나 떨어지는 소리도 들릴 정도로 정적이 흐르고 간간이 침 삼키는 소리가 들려왔다.

곽두수는 그런 금취산을 보면서 어쩔 수 없다는 듯이 혀를 차면서 자리에서 일어났다.

"쯧쯧, 하여간 나이를 처먹고도 그런 이야기를 하고 싶으냐?"

곽두수가 탓했지만 모여든 이들은 모두가 금취산의 이야기에 집중할 뿐이었다. 그에 괜스레 투덜댄 곽두수는 금세 머쓱해져 버렸다.

"에잉, 하여간 젊은 놈들이… 건전한 생각은 하지 않고……."

곽두수는 괜한 청년들 탓을 했다.

"아! 곽 행수님, 거기 아이들이랑 놀고 계셨소? 이리 오시오. 내 안 그래도 곽행수 줄라고 머루주를 한동안 재놨재. 암만. 자자, 이리 오시오."

누군가 곽두수를 반갑게 찾으면서 미소를 짓는다. 이미 술을 마셔 얼굴이 한껏 붉게 변한 마을 촌장 노인의 동생인 칠단 노인이었다.

"머루주요?"

"그래, 머루주일세. 그것도 맛이 젤 좋다는 육 개월 된 머루주일세. 향기가 아주 좋다네."

칠단노인이 뚜껑을 연 술병에서 나는 향기를 맡은 곽두수의 입 안에 침이 고였다. 상행 내내 일향을 보필해야 했고, 자신의 아들을 챙겨야 했기 때문에 술이라고는 한 모금도 입에 대지 못한 터다. 술이 반갑지 않을 수 없었다.

"아이구, 역시 날 챙겨주는 이는 칠단 영감님뿐입니다."

곽두수가 칠단을 얼싸안고는 자리를 잡고 앉았다.

축제의 밤은 그렇게 즐겁게 깊어갔다. 마을의 부녀자들은 음식이 없어지는 족족 해 날라야 했고, 어른들은 얼굴이 벌겋게 달아오를 정도로 술을 마셨지만 즐겁지 않은 사람은 그곳에 아무도 없었다. 아이들 역시 모처럼 만에 만들어진 수많은 음식에 잠도 잊은 채 축제를 즐겼다.

3

축제가 시작되고 밤이 깊어가는 일향촌의 가장 중앙에 위치한 작은 초가집.

짚을 엮어 지붕을 만들고, 싸릿대를 꺾어 담장을 만든 초라한 집이었지만, 마당에는 작은 정원도 가꾸어져 제법 운치가 있었다.

그곳은 바로 이 일향촌의 주인이자 상단주인 일향의 거처였다.

일향은 성행에서 돌아오자마자 자신의 거처로 돌아갔고, 오늘의 축제에는 참가하지 않겠다고 통보했기 때문에 곽두수는 애써 그녀를 부르러 오지 않았다.

작은 호롱불이 불을 밝히고 일향은 자신의 얼굴을 가렸던 검은색 면사를 벗어 고이 접었다. 그녀는 어느새 행동하기 편안한 일상복으로 갈아입고 있었다.

“여전히 아름다우시군요.”

일향의 뒤로 다소곳하게 앉아 있는 성숙미를 풍기는 여인이 가볍게 미소 지었다. 당혜였다.

“쓸데없는 소리.”

필녀의 칭찬에 고개를 젓는 일향이었지만, 그녀의 얼굴은 가히 경국지색(傾國之色), 아니, 경세지색(傾世之色)이라고 불러도 좋을 만큼 아름다웠다. 면사 위로 드러난 눈이야 늘 보는 것이었다고 해도 오뚝하게 뻗은 콧날에 붉은붓을 찍어 바른 듯한 입술은 뭇 사내들의 마음을 사로잡을 만큼 매력적이었다. 여염집의 여인들처럼 화장을 하지 않았음에도 뛰어난 미모란 감추지 못하는 법이었고, 치장하지 않았기에 더욱 아름다워 보였다. 자신의 거처에서 당혜를 대하는 일향의 말투와 모습은 전과는 다른 하대였다. 그리고 당혜의 모습은 지극한 공경이었다.

“도를 지나친 미색은 도리어 화가 되는 법이지.”

당혜를 향해 고개를 돌린 그녀의 목소리에는 씁쓸함이 남아 있었다.

그런 일향의 말에 당혜는 가볍게 고개를 숙이면서 미리 준비해 두었던 다기(茶器)를 들어 일향의 잔을 채웠다.

“가르침, 마음 깊이 새기겠습니다.”

일향이 섬섬옥수를 들어 차를 한 모금 하면서 얼굴에 작은 미소를 띠었다.

“좋구나. 차를 우리는 솜씨가 많이 늘었다.”

"다 아가씨의 가르침 덕분입니다."

"후후, 기루에서 웃음을 팔더니 아부도 늘었구나."

칭찬에 당혜가 가만히 웃음을 지어 답했다.

"그래, 시킨 일은?"

일향이 마시던 찻잔을 내려놓으면서 신중한 안색으로 묻자 당혜는 품속을 뒤져 작은 천 조각을 꺼내 주었다.

"찾으시던 아이는 이미 다른 곳으로 옮겨간 터였습니다. 루(樓)에 찾아온 귀인들의 말을 좇아 사람들을 보냈을 때는 이미 누군가 그 아이를 데려간 뒤였습니다. 수소문해 본 결과로는 아마도 또 다른 곳으로……."

당혜는 자신이 일향의 부탁, 아니, 지시로 찾고 있던 아이가 '팔렸다' 라는 말을 차마하지 못하고 말끝을 흐렸다. 하지만 고운 입술을 잠시 깨물며 일향이 다음 말을 이어주었다.

"팔렸더란 말이지."

자조 섞인 듯한 일향의 말에서 진득한 슬픔을 느꼈음일까, 당혜는 고개를 조아리면서 고개를 숙였다.

"죄송합니다."

"네가 죄송할 것이 무어란 말이냐. 다 내 업인 것을……."

당혜는 알고 있었다. 일향이 아이의 신분을 말해주지 않았지만, 그녀가 얼마나 애타게 찾아 헤매는지는 그녀의 표정과 말에서부터 느낄 수 있었다. 아마도 아이는 그녀의 인척이거나 그만큼 가까운 사이에 있는 것이리라. 정확히 일향의 나이를 알지 못하는 당혜였기에 헤어진 동생이 아닐까 하는 생각을 하고 있었다.

"혹 그 아이가 어떤 아이인지 궁금하지는 않았더냐?"

일향이 짐짓 떠보기 위해 묻자 당혜는 송구스러운 표정을 지으면서 놀란 신색을 했다.

"어찌 소인이 감히… 아가씨의 뜻에 의문을 품으리까. 심려 놓으십시오. 그 아이에 관한 사실은 저 말고는 아무에게도 말하지 않았습니다."

"녀석도……."

또다시 일향이 찻잔을 자신의 입가로 가져가 한 모금을 들이켰다.

"너를 처음 이 마을로 데려와 무예를 가르쳤다. 또한 춤과 노래를 가르치고, 서화(書畵)와 소(簫)를 가르쳐 기루로 내보낸 지 이 년이란 세월이 지났구나. 원망스럽지 않았더냐?"

당혜는 더욱 머리를 조아렸다.

"아가씨, 말씀 거두어주십시오. 당치도 않습니다. 저는 아가씨께서 거두어주신 이후로 새 삶을 찾은 몸입니다. 더욱이 노예로 살기 이전보다 더욱 화려하고 즐거운 삶을 살고 있습니다. 그런데 어찌 원망과도 같은 배은(倍恩)의 마음을 품겠습니까? 되레 아가씨께서 저를 필요로 하시니 성심을 다할 뿐입니다."

"그래……."

당혜는 일향의 말에 가슴이 미어질 것만 같았다. 항상 자신이 거두어들인 이들을 위해 자신의 모든 것을 바치는 일향이

었다. 짐승처럼 살아가던 노예들을 데려와 사람답게 살게끔
해주었다. 일향촌의 사람들을 살리기 위해 자신의 모든 것을
희생한 그녀는 '그 아이'에 대한 것에 대해 말할 때만큼은 세
상에서 가장 슬퍼 보였다.

당혜는 어떻게든 그녀의 슬픔을 걷어내 주고 싶었다.

"그 아이는 불쌍한 아이란다. 어미가 누군지도 모른 채 태어
날 때부터 노예로 살아야 했으니 그 애환이야 오죽했을까. 아
이를 낳자마자 빼앗긴 어미가 자신을 버리고 떠나 버렸다는
사실을 알면 또 얼마나 가슴이 아플까?"

처음이었다. 찾으라고만 했지, 그 아이가 어떠한 아이인지
한 번도 말하지 않았던 일향의 슬픈 눈에서 한줄기 눈물이 흘
러내렸다.

"내가 갚아야 할 빚이 아직도 많구나, 그 아이를 찾기 위해
수년을 더 연명하고 있는 것을."

한줄기 눈물이었건만, 그 마음이 전해졌기 때문일까? 당혜
의 마음마저 미어지는 듯했다. 도대체 그 아이가 무엇이기에
그녀의 마음을 저리도 아프게 한단 말인가?

한참을 슬픈 눈으로 멍하니 허공을 응시하던 일향이 작은
천을 들어 눈가를 닦아내었고, 당혜는 말없이 그 모습을 응시
하기만 했다.

"추태를 보였구나. 어쨌든 계속 수고해 주려무나. 그리고
미안하구나. 너도 바쁠 터인데 무리한 부탁을 했다. 그만 쉬어
야겠다."

일향이 작은 미소를 띠면서 자리를 물렸다.

"그럼 내일 뵙겠습니다. 쉬십시오."

당혜는 조심스러운 손길로 다기를 거두어들이고 일향에게 공손히 인사를 한 후 문밖으로 나왔다. 조심스럽게 방문을 닫은 당혜는 문밖으로 비춰오는 일향의 그림자를 바라보면서 나지막하게 한숨을 내쉬었다.

잠시 후 호롱불이 꺼지고 당혜가 무척이나 어두운 안색으로 몸을 돌렸다.

'저분의 마음이 편해지실 수 있다면……'

4

축제의 밤이 깊어 어느새 새벽이슬이 세상을 적실 시간이 다가오고 있었다. 마을에는 축제의 잔여물인 술병들과 음식들이 어지럽게 널려 있었고, 이곳저곳에 쓰러진 채로 잠든 사람들이 나뒹굴고 있었다.

"으으음."

누군가 새벽의 찬 기운에 뒤척이면서 몸을 뒤척거렸고, 또다시 고요함이 찾아들었다. 그때 한 남자가 어슴푸레하게 밝아오는 여명에 몸을 숨기듯이 조심스럽게 일어나 사람들 틈을 기웃대다가 누군가를 발견하고는 잠을 깨우려는 듯이 흔들었다.

"이봐, 이봐, 삼이 어미. 일어나게, 어서."

“응? 무슨 일······.”

“쉬잇!”

사십여 세 정도 된 여인이 손으로 눈곱을 비비면서 짜증 섞인 목소리로 말하려는 것을 사내가 손을 들어 입을 막고는 혹여 그 소리에 누군가 깨었을까 이리저리 두리번거리면서 속삭였다.

“조용히 하게. 사람들 깨네.”

“움! 움!”

여인은 숨이 막히는지 인상을 찡그리면서 고개를 끄덕였다.

“이보게, 삼이 어미. 어서 일어나서 채비하게. 난 삼이를 찾아볼 터이니.”

사내는 어느새 불안한 표정이 된 여인을 두고 또다시 이곳저곳을 기웃거리다가 아이들 틈에서 한 명의 남아와 여아를 찾아내고는 똑같은 방법으로 깨웠다. 하지만 아직 어린 여자 아이가 투정을 부리듯이 짜증을 냈다.

“아잉, 아직 더 자고 싶단 말이야.”

“시끄럽다, 이년아. 어서 일어나 따르거라.”

사내는 아이들을 끌고 어느새 자리에서 일어나 떠날(?) 채비를 갖춘 여인의 곁으로 다가왔다.

“이보, 삼이 아부지. 도망치다가 또 지난번처럼 잡히면 어째유.”

“시끄러워! 재수없는 소리 말아. 반드시 도망쳐야지. 암, 나는 노예로 살아도 저것들까지 대물림시킬 순 없어.”

"하지만……."

"시끄럽대두. 잠자코 따라오기나 해."

사내는 거칠게 성을 냈다.

삼이라는 이름은 아마도 자신의 아들을 말하는 모양이었다. 사내는 사내아이를 안고 여인은 아직도 잠에서 덜 깬 여아를 업고 조심스럽게 사람들 틈을 빠져나갔다.

그런 그들의 모습을 멀리서 누군가 무표정하게 바라보고 있었다. 그는 바로 삼이네 가족과 함께 이곳 일향촌으로 들어온 어린 소년 노예였다.

그는 물끄러미 삼이네 가족의 하는 양을 쳐다보다가 이내 고개를 돌려 버렸다. 자신과는 상관없는 일이었다.

툭!

누군가 자신의 어깨를 가볍게 쳤다.

"아직 안 자고 있었던 게냐? 허허, 어린아이가 노인보다 잠이 없구나."

곽두수였다.

"그런데 노예가 도망치는 것을 방조한 죄 또한 크다는 것을 모른단 말이냐?"

조금 윽박지르는 듯이 으름장을 놓는 곽두수였지만, 어린 소년은 아무런 표정의 변화도 없이 무심하게 곽두수를 바라볼 뿐이었다. 곽두수는 눈알을 부라려 보기도 하고 최대한 인상을 구기면서 위협을 해보았지만, 작은 표정 변화도 없자 이내 포기한 듯이 입맛을 다시면서 히죽 웃었다.

"도대체 어린아이가 어린아이다워야 하는 것을……. 대부분 이렇게 하면 깜짝 놀라서 어찌할 바를 모르는데 말이야. 이건 뭐, 완전히 목석이니 놀리는 재미가 없지를 않은가?"

그랬다. 소년을 조금 골려줄 생각이었던 곽두수는 별반응이 없자 이내 포기해 버리고는 그의 옆자리에 앉았다. 그리고는 자신의 손에 들려 있던 술병을 입가로 가져갔다.

"보이느냐, 저들이?"

곽두수가 턱짓으로 몰래 도망치는 노예를 가리키자 소년은 가만히 그를 이상한 눈으로 쳐다보았다. 곽두수는 행수다. 그것도 노예상단의 행수였고, 삼이네 가족을 구매한 장본인이었다. 그런데 도망치는 노예들에 대해 아무런 제지도 하지 않고 있었다.

"불쌍한 사람들이다. 저들도 분명히 어딘가의 행복한 가족이었을 텐데… 저 아이들도 분명 어딘가의 골목을 휘젓고 다니던 악동이었을 텐데 말이지."

곽두수의 목소리는 무척이나 쓸쓸하게 느껴졌다.

"저들에게 남은 것은 아무것도 없단다. 이곳은 그런 곳이지. 저기 보이느냐?"

그가 손가락을 들어 한곳을 가리켰지만, 보이는 것은 온통 술에 취한 이들과 어슴새벽에 여명이 밝아오면서 보이는 초라한 마을의 집들뿐이었다. 정확하게 어느 곳을 가리키는지를 알지 못한 소년은 곽두수를 쳐다보았다.

"모두가 노예들이란다. 저들 중에는 거지인 자도, 군졸이었

던 자도, 왕후장상(王侯將相)이었던 자도 있지. 하지만 지금은
모두가 세상의 가장 낮은 바닥에 있는 자들이야. 그들은 모두
가 세상으로부터 버림받은 자들, 짐승보다 못한 취급을 받고
있는 천한 자가 되어버린 자들이란다. 이곳에는 다른 어떤 신
분도 계급도 없이 단지 필요에 의해 촌장을 정하고 마을의 규
율을 유지하지. 노인부터 아이까지 함께 일하고 함께 먹는단
다. 이곳은 그런 곳이지. 세상으로부터 버려진 자들이 모여 마
을을 이루고 살아가는 곳.”

　곽두수가 잠시 말을 끊고 다시금 술을 마셨다.

　“하지만 저곳에 있는 어떤 사람도 과거를 그리워하지는 않
는다. 그것이 얼마나 부질없는지 몸소 체험했기 때문이라고
할까? 그리고 소박한 꿈을 꾸면서 걱정없이 사는 것이 얼마나
행복한지를 알고 있다.”

　곽두수는 아련한 눈으로 또다시 술병을 입으로 가져가 한
모금을 들이켰다.

　“아가씨께서 어째서 너를 이천 냥이나 되는 거금에 거두어
들였는지는 나는 잘 모르겠다. 하긴 우둔한 나의 머리로 아가
씨의 생각을 가늠한다는 것 자체가 우스운 거겠지만, 하여튼
잘 부탁하네. 내 이름은 곽두수라고 한다. 일향상단의 행수를
맡고 있지.”

　곽두수가 싯누런 이를 드러내면서 젊은 노예를 향해 웃으면
서 일어섰다. 그가 일어서면서 자신의 엉덩이에 묻은 흙을 털
어내는 동안 조금 전 도망치려 나갔던 삼이네 가족이 어깨가

축 처진 채로 돌아왔다.

"참, 너를 보니 도망칠 생각이 없는 듯하지만, 이곳은 사방이 절벽으로 가로막힌 분지란다. 도망칠 수 있는 곳이라고는 처음 우리가 들어왔던 입구밖에 없지."

소년이 대답을 하든 말든 곽두수는 몸을 돌린 상태로 가볍게 손을 흔들어주고는 술에 취해 잠든 이들 곁으로 걸어갔다.

"이봐, 일어나. 빨리 정리해야 또 일을 시작할 것 아냐! 해가 중천이라고!"

곽두수가 누워 있는 이들을 발로 툭툭 차면서 깨웠다.

'일향상단이라……. 버려진 자들이 모인 곳인가.'

소년은 잠시 동안 곽두수의 뒷모습을 바라보다가 시선을 하늘로 돌리며 상념에 잠겼다.

어느새 어슴새벽의 어두움이 걷히고, 하늘로 떠오르기 시작한 햇빛이 세상을 비추면서 하얗게 밝아오고 있었다.

5

일향촌의 아침이 부산하게 시작되었다. 사람들은 밤새 먹고 마셨던 잔치의 흔적들을 치워내고 하나둘 자신의 집으로 돌아갔다. 농사를 짓는 이들은 농기구를 들고 논과 밭으로 향했고, 산을 아는 이들은 망태기와 호미를 들고 마을을 빠져나갔다. 아이들은 삼삼오오 모여서 모두 함께 마을 내의 유일한 학당으로 모여들었다.

“실망이 컸겠군요.”

일향은 여느 때처럼 얼굴에 검은색 면사를 걸치고 자신의 앞쪽에 앉은 삼이네 가족을 향해 웃었다. 일향으로서는 별뜻 없이 웃음을 지은 것이었지만, 삼이네 가족으로서는 흉신악살의 웃음보다도 더 잔인하게 보였다.

“살려주십시오.”

“잘못했습니다. 제발… 자비를……”

삼이 아비는 금세 자리에 엎드려 머리를 땅에 처박고 용서를 빌었고, 삼이 어미는 세상물정을 몰라 동그랗게 눈을 뜨고는 자신의 부모의 행동을 따라하는 두 아이를 꼭 끌어안고는 눈물로 호소했다.

“놀구 있네. 누가 보면 우리가 아주 잡아먹는 줄 알겠네.”

금취산이 삼이네 가족의 행동에 쓸데없이 트집을 잡았다.

“왜 쓸데없이 트집이야?”

곽두수는 그런 금취산의 말에 핀잔을 주면서 나무랐다.

“제발 살려주십시오. 부탁드립니다. 제발 부탁입니다. 모든 것은 제가 다 잘못한 것입니다. 저 여편네랑 자식 놈들은 아무 죄도 없으니 제발……”

삼이 아비는 두려움에 몸을 떨면서도 어찌 됐던 자신이 모든 것을 뒤집어쓰기 위해 애쓰고 있었다.

“아부지?”

아비가 무슨 큰 죄라도 진 것일까? 엎드려 사람들 틈에서 빌고 있다. 어제까지만 해도 동네 아이들과 함께 맛있는 음식을 먹으면서 어울려 놀았는데……. 갑작스러운 상황에 어리둥절했지만, 아비와 어미가 '살려달라고' 애걸복걸을 하고 있으니 두 아이는 두려움이 생겨나기 시작했다.

"으아앙! 살려주세요. 엉엉! 제가 잘못했어요. 제발 우리 아부지 살려줘요."

제법 머리가 굵은 여자아이가 눈물을 터뜨리면서 울었고, 어린 동생은 그 모습에 덩달아 울음을 터뜨렸다.

"정말 놀구들 있네. 잘못한 줄은 아나 보지?"

금취산이 또다시 투덜댄다.

"야!"

그 모습에 곽두수가 화를 내면서 금취산에게 소리를 질렀다.

"아이, 깜짝이야! 왜요? 뭐요?"

"너, 그 입 좀 안 닥칠래? 쓸데없이 애들을 울리고 지랄이야, 지랄이!"

"뭐요? 지랄? 이 아저씨가 미쳤나? 한번 해보자는 거요?"

금취산이 곽두수의 막말에 대들 듯이 고개를 들이밀었다.

"취산, 나쁘다. 음적, 나빠!"

탑웅마저 어눌한 말투로 금취산을 나무랐다.

"이런 무식한 곰탱이 자식이! 거기서 갑자기 음적이란 말이 왜 나와? 왜? 앙?"

금취산이 인상을 있는 대로 찡그리면서 탑웅과 곽두수를 쳐다보았다.

퍽!

그때, 갑자기 무척이나 익숙한 느낌의 아픔이 아랫배를 통해 전해져 오자 금취산이 엉덩이를 빼며 허리를 숙였다. 핏발이 잔뜩 선 그의 시선에 보인 것은 통상 애늙은이라는 별명으로 불리는 상단의 막내 곽주한이었다.

자신을 한심하다는 표정으로 쳐다보며 한숨을 내쉬는 곽주한과 그 옆에서 그 행동을 그대로 따라 하는 흑인.

"이… 이런 썅! 이것들이 단체로……."

중요 부위에 대해 느껴져 오는 아픔과 동료들의 표정에 금취산이 어금니를 씹었다.

삼이 아비는 삼이 아비대로 돌아가는 상황에 정신이 없었다. 여느 때처럼 도망친 걸로 인해 매질을 당할 거라 생각했는데 자기네들끼리 툭탁거리는 통에 어찌할 바를 몰라 했다.

그때 누군가 날카로운 음성으로 외쳤다.

"그만!"

일순간 모여 있던 사람들의 시선이 일향을 향해 돌아갔다.

"그만해요, 모두들. 취산도 사과하세요."

"아니, 그게 무슨… 내가 뭘 잘못했다고?"

일향이 자신을 탓하자 금취산은 중요 부위를 아픔을 참으면서 투덜대었다.

"취산."

순간 금취산은 헛바람을 집어삼켜야만 했다. 웃고 있는 일향의 눈이었지만, 왠지 모르게 팔에 소름이 돋아 올랐다. 무공이나 살기가 아니었다. 만약 내기(內氣)에 의한 힘이라면 무공을 익히고 있는 금취산이 느끼지 못할 리가 없었다. 때때로 일향에게서는 범접할 수 없는 기세가 느껴지곤 했다. 그것은 무공이 강하거나 몸에서 생겨나는 살기 따위가 아니었다. 그것은 '위엄'이었다. 스스로 가지고 태어나는 군주의 위엄 같은 것이 일향에게는 있었던 것이다. 그 때문에 일향을 과거 명나라 제후의 딸이었거나 그에 준한 인물이 아닐까 하는 추측을 하기도 했다.

금취산은 가볍게 침을 삼키면서 어물쩍거리듯이 말했다.

"아니… 뭐……."

금취산이 뒷머리를 긁적이면서 삼이 아비에게 사과를 했다.

"미안하게 됐수. 나쁜 뜻은 없었으니 이해해 주시우."

사과에 어떤 대답을 할지 몰라 사람들의 눈치만 살피던 삼이 아비를 구원해 준 것은 일향의 곁에 있던 당혜였다.

당혜는 화사한 미소를 지으면서 울고 있는 여자아이를 안아 들었다.

"괜찮단다. 울지 마렴. 고운 눈이 다 부었구나."

당혜가 안아 들고 등을 토닥거리자 여자아이는 훌쩍거리면서 울음을 그쳤다.

"휴우, 잘 들어요. 당신들을 나무라고자 하는 말이 아니었으니까. 이곳은 일향촌이라고 해요. 모두가 당신들과 똑같은 입장에 있는 사람들이랍니다. 모두 다 노예의 신분이죠. 또 모두가 당신들처럼 이곳으로 들어왔고요.”

삼이 아비는 일향의 말에 적잖이 놀라고 있었다. 평범한 마을 사람들인 줄 알았는데 노예들이었다니 놀랄 만한 일이었다. 노예라고 하기에는 그들은 너무나 행복하고 근심없어 보이는 밝은 얼굴이었으니까.

“그대들은 앞으로 이곳에서 석 달 동안 여러 가지를 배우고 익히면서 살게 될 것이에요. 다른 사람들처럼 똑같은 삶을 살 수 있습니다. 농사를 짓고, 배우고 익히는 삶이죠. 더 이상 노예가 아니라 제대로 된 사람으로 살아가야 하는 것입니다. 물론 저기 저 아이들도 더 이상 노예의 자식이 아니라 일반적인 가정의 아이들처럼 살 수 있을 것이고요.”

“예?”

삼이 아비는 일향이 하는 말을 이해할 수가 없었다. 자식들이 노예의 삶을 대물림하지 않는다는 사실은 더더욱 믿을 수가 없었다.

“이해가 되지 않는가 보군요. 일단은 이곳에서 좀 더 익숙해질 수 있도록 하세요.”

눈웃음을 지으면서 일향이 다음에 서 있는 여인에게로 시선을 돌렸다.

“그대의 이름은… 옥금(玉錦)… 이군요. 예쁜 이름이네요.”

깨끗하게 씻고 새 옷으로 갈아입은 젊은 노예 여인은 제법 예쁜 얼굴을 하고 있었다.

“예…….”

"흠… 장군가의 색노였군요?"

"……."

색노. 여인으로서는 자존심이 상할 만한 말을 대놓고 하는 일향의 말에 가볍게 수치심으로 인상을 찌푸렸던 여인이 작게 한숨을 내쉬었다. 수치스럽다고 해도 그것은 변하지 않는 사실이었다. 자신은 색노였고, 이제껏 자신을 사고팔았던 주인들의 성 노리개일 뿐이었다.

"힘들었겠군요, 참아내기가."

일향의 목소리에 안타까움이 배어 나왔고, 여인은 일향이 진심으로 자신의 처지를 동정하고 있다는 느낌에 눈물을 왈칵 쏟을 뻔했다.

"앞으로 당혜가 당신을 돌볼 거예요."

일향이 아이를 안고 달래는 당혜를 가리켰다.

손짓을 받은 당혜는 여인을 보면서 화사한 미소를 지었고, 그 미소가 무척이나 따뜻해 보였다.

"당신이 가야 할 곳은 천향루라는 곳이랍니다. 앞으로 웃음을 파는 기녀로 살아야겠지만, 노예로 사는 것보다는 훨씬 나을 것이에요. 옥금 그대가 빚진 돈은 은자 이백 냥이 될 겁니다. 천향루에서 제시한 금액은 그것이니까요. 그 돈은 앞으로 그대가 오 년간 일해야 갚을 수 있을 거예요. 물론 그것은 당신이 하는 것에 따라서 달라질 수도 있겠죠. 여기 있는 당혜는 처음에 육백 냥에 팔렸고, 단 석 달 만에 모두 갚아 지금은 어딘가에 소속된 노예가 아닙니다. 단지 천향루의 잘나가는 기녀일 뿐이죠."

옥금은 삼이 아비라는 자와 똑같은 얼굴이 되어 일향을 쳐다보았다. 일향이 하는 말을 믿을 수가 없었기 때문이다. 기녀면 어떻고 웃음을 팔면 어쩌하단 말인가? 어떤 것도 색노의 삶보다는 못하지 않으리라.

"앞으로 그대는 한 달간 천향루에 가기 위해서 여러 가지를 배우게 될 것입니다."

옥금에게 앞으로의 행보를 설명해 주는 것으로 일향은 모든 말을 마쳤다.

"자, 그럼 삼이의 가족들은 곽 아저씨가 수고해 주시고, 옥금에 대한 것은 취산과 당혜가 수고해 주세요."

"알겠습니다."

곽두수와 당혜가 공손하게 대답했다.

"쳇, 알았다구. 근데 끝나면 나 한동안 나갔다 와도 되는 거지?"

금취산은 대답을 하면서 물었다. 일향촌에서는 자신이 좋아하는 무언가(?)를 할 수가 없었기 때문에 한동안 몸이 달아 있는 상태였던 모양이다.

"음, 좋아요. 허락하죠. 단, 불법적인 사건을 일으켜선 안 돼요."

"좋아. 알았다구."

일향의 승낙에 금취산이 금세 기분이 좋아진 듯이 얼굴에 환한 미소가 떠올랐다.

"자, 그럼 모두 나가보세요."

일향의 거처에 모였던 노예들이 나간 뒤 남아 있는 것은 탁자 하나를 사이에 두고 앉은 일향과 소년이었다. 일향은 소년을 유심히 살펴보았다. 아이는 새로운 곳에 들어와 있고, 충분히 위축될 만한 상황에서도 안색 하나 변하지 않았다. 마치 득도한 고승과도 같았고, 무언가를 마음속에 닫아버린 듯한 얼굴이었다.

"정말 아자(啞者)인 거니? 아직까지 무불통지 그분의 혈육 중에 아자가 있다는 소문은 듣지 못하였는데……."

일향의 말에 처음으로 소년의 표정에 변화가 생겼다가 없어졌다.

"혹여 복수를 하고 싶은 것이냐? 너의 할아버님이 원통하게 죽었다 생각하느냐?"

"……."

"행여 그런 생각을 하고 있거든… 생각을 접고 이곳에 정착하려고 노력해라."

"……."

"내가 어째서 이천 냥이나 되는 거금으로 너를 샀는지 이해가 안 가겠지?"

일향은 소년이 대답을 하지 않든 말든 자신의 말을 계속해서 이었다.

"과거에 나는 너의 할아버지가 되는 그분을 알고 있었다. 또

한 은혜를 입기도 하였다. 해서 너를 사들였다. 너로 인해 관의 표적이 될 것을 각오한 채로 말이다. 너를 위해 복수를 해줄 수는 없으나 적어도 노예로서 살아가지 않게끔 해주고 싶었기 때문이다."

일향의 나지막한 말에 소년이 가만히 눈을 들어 그녀를 바라본다. 여전히 소년의 눈은 생기없는 칙칙함을 보였다.

소년의 표정에 큰 변화가 없자 자신의 말을 제대로 알아들었는지 알 수 없었던 일향은 가만히 미간을 찌푸렸다.

"휴우, 어쨌든 이제부터 너는 노예가 아니라고 생각하거라. 너도 이 일향촌의 여느 아이와 다름없고, 상단의 일원이니까. 그런데… 아직 이름을 듣지 못했구나. 이름이 무엇이냐?"

일향은 한숨을 내쉬면서 소년의 이름을 듣고자 했지만, 소년은 전혀 그에 대한 대답을 해줄 생각이 없는지 가만히 서 있기만 했다.

"아직은 너와 말하기가 무리인 게냐, 아니면 농자(聾者) 흉내라도 내는 것이냐? 노예로 살아간다는 것에 익숙지 않았던 게로구나. 되었다. 가서 쉬도록 하렴. 하지만 과거의 영화는 잊도록 해라. 이젠 다 부질없는 것이란다."

소년이 아무런 말을 하지 않자 한숨만 내쉰 일향은 고개를 숙이면서 소년에게 나가보라는 듯이 손짓을 했다.

일향의 손짓에 가볍게 고개를 숙이면서 몸을 돌려 문을 열려는데 일향의 혼잣말이 들려왔다.

"존경하던 할아버님의 죽음이 충격이 심하였던 모양이구

나. 쯧, 가엾은……."

동정하는 듯한 말이었지만, 이상하게도 뒤돌아선 소년의 표정이 심각하게 일그러졌다. 마치 듣기 싫어하는 말에 기분이 무척이나 상한 듯한 표정이었다. 어째서일까? 단지 일향의 마음은 소년의 처지와 그의 할아버지에 대한 안타까움만을 내포하고 있을 뿐이었는데…….

소년은 우뚝 멈추어 서서 일향을 바라보지도 않고 말했다.

"저는… 저는… 노예입니다. 그리고 노예가 되면서 이름을 부여받지 못했을 뿐이지요. 제겐 아직 노예라는 이름 외에 다른 이름은 없습니다. 그리고 한 가지 더 말씀드릴 것은… 저는 제 할아버님을 그다지 존경하지 않습니다."

쾅!

한자 한자 또박또박 끊듯이 일향에게 말하고는 거세게 문을 닫고 나가 버렸다.

'어째서?'

소년의 행동과 말에 일향은 어리둥절한 표정을 지을 뿐이었다. 어디에서 자신이 말실수를 했단 말인가? 무엇에 기분이 나빴던 말인가?

'도대체 어떤 사연이 있기에…….'

자신이 알기로 무불통지라 불렸던 조명훈은 그다지 인색하지도 악하지도 않은 사람이었고, 오히려 덕이 높음에 칭송을 받던 자다. 또한 학식이 높고 공명정대한 성품을 지녀 존경하지 아니한 자가 없었거늘 어째서 그의 혈육이라는 아이가 저러한 말을 한단 말인가?

문득 아이에 대해 궁금증이 드는 일향이었다.

6

일향이 소년과 함께 있던 그 시각, 일향촌의 유일한 의원이 었던 강 노사의 초옥에는 당혜의 손에 이끌려 옥금이 와 있었다. 초라한 집이었지만, 의원에 걸맞게 온갖 약초가 처마에 걸려 마르고 있었고, 약향이 은은하게 흘러나왔다.

의원의 작은 방.

하나밖에 없는 방이었지만, 문짝에는 침구실(鍼灸室)이라고 거창하게 문패까지 붙어 있었다. 침구실 안에서는 한 노인이 심혈을 기울여 자신의 손에든 작은 침을 곱게 뻗은 여인의 콧등에 꽂아 넣었다. 생살을 뚫고 들어가는 침에 고통스러울 만도 하건만, 여인은 느낌조차 없는 듯이 비명 한 번 지르지 않았다.

여인의 새하얀 얼굴에는 크고 작은 침 수십여 개가 박혀 있어 마치 고슴도치 같은 모습이었다.

“휴우…….”

노인은 마지막 침을 여인의 얼굴에 꽂아 넣고는 이마에 흐르는 땀을 훔치면서 한숨을 내쉬었다. 아마도 오랜 시간 동안 집중력을 유지하기에는 그 나이가 너무 많았나 보다.

“강 의원님 기예는 언제 봐도 대단해요.”

잘 말려진 하얀 천을 건네면서 당혜가 의원 장소봉에게 말했다.

"허허, 이년, 생글거리지 말그라. 어찌 된 것이 갈수록 아부가 느는 게냐?"

"글쎄요. 소녀의 천성이 원래 이랬던 모양이죠, 뭐."

"고년 참. 허허, 마을을 떠날 때만 해도 앙칼지기가 도둑괭이 같던 년이 이제는 꼬리를 아홉 개나 감춘 불여시가 다 되었구나."

"강 의원님도 참."

당혜와 강소봉은 무척이나 친한 사이였다.

처음 당혜가 필녀로 불리던 시절 일향에 의해서 마을로 들어왔다. 당시 그녀의 나이는 열다섯 살이었고, 노예로 살게 된 지 이 년 정도밖에 지나지 않은 시기였다. 연일 일향촌에서 도망치기 일쑤였다. 사람들을 향해 적개심을 뿜던 그녀가 어느 날 일향으로부터 무언가를 배우게 되자 차츰 조용해지기 시작했다.

사실 그녀는 얼굴도 그다지 아름답지 못했다. 굳이 따지자면 상중하의 등급 중 중하 정도의 평범한 외모에 까무잡잡한 피부였던 것이다. 그런 그녀가 화사할 정도로 아름다운 외모가 된 것은 일향촌에서였다.

일향촌에는 세상의 노예들이 수없이 몰려 살다 보니 별별 희한한 직업을 가진 이가 많았는데, 그중에서도 강소봉이라는 이 의원은 변형침의 대가였다. 권세 높은 집안의 여인들이나 이름있는 무가의 여인들은 세상의 사람들보다 아름다움으로 이름을 떨치기를 바랐고, 그런 이들 때문에 유명해진 것이 바로이 강소봉이라는 의원이었는데, 그가 익힌 변형침이라는 기예는 얼굴 근육의 자리를 바꾸고, 침으로 얼굴의 혈 자리를 짚어 필요한 만큼의 외모를 만들어낼 수가 있었다. 원래는 역용술로 사용되던 것이었으나 강소봉이라는 의원에 의해 미용 기법으로도 사용되어진 것이었다.

그리고 그가 무슨 이유에선지 노예가 되었다가 일향촌으로 들어오고 나서는 비록 '돌팔이 강 노사' 로 불리지만 마을의 유일한 의원이 된 것이다. 강 노사는 일향의 부탁대로 당혜의 얼굴에 변형침을 사용했고, 약초를 달여서 그녀의 피부색마저 바꾸어주었다. 지금의 당혜가 가진 얼굴을 만들어낸 진정한 장본인이 바로 그였기 때문에 당혜와 강소봉은 무척이나 친근한 사이였다.

"그래, 천향루 생활은 재미있고?"

"네."

"쯧, 사내들 기분이나 맞춰주는 일이 어찌 재미있을까? 신소리 말그라. 그 고충이야 숨긴다고 해도 내 잘 알고 있으니까."

당혜는 말없이 강 노인을 향해 웃기만 했다.

"여하튼 이번에도 아가씨가 그려준 대로 얼굴을 바꾸어두었으니 적어도 칠 일 동안은 웃어도, 울어도, 찡그려도 안 된다 잘 교육시키고."

"세안할 때 조심하고, 누워 잘 때도 머리를 반듯이 하고, 음식을 먹을 때도 입을 함부로 크게 하지 마라, 이 말이시죠?"

당혜가 강 노인을 향해 웃으면서 그의 말의 일부를 대신하고는 생글거렸다.

"맞다. 허허, 그년 참, 생글거리지 말래두. 볼일 끝났으면 얼른 데리고 가거라."

강노인은 퉁명스럽게 고개를 돌렸다.

당혜는 다소곳이 그런 강 노인을 향해서 고개를 숙이고, 얼굴에 침이 가득 꽂혀 있는 옥금을 데리고 의방을 나왔다.

"저기… 제 얼굴에 무엇을 하는 것이죠? 얼굴 근육이 너무 당겨와요."

옥금이 앞서가는 당혜를 향해 물었다.

"아, 그냥 침이랍니다. 옥금의 얼굴을 조금 변화시켰어요. 앞으로 십 년간은 변화한 얼굴로 살아야 할 거예요. 뭐, 그렇게 많이 변한 건 아니니 걱정 마세요. 동그란 눈이 조금 커지고 볼살이 약간 붙은 정도? 그리고 피부도… 하여간 칠 일이 지나고 나면 얼굴을 보세요. 깜짝 놀랄 테니까."

둘은 그렇게 두런두런 이야기를 주고받으면서 마을의 중앙에 있는 일향의 기치로 돌아왔다.

일향이 기거하는 거처는 여전히 조용한 분위기를 가지고 있었다. 어느 때와 다른 점이 있다면 툇마루에서 차를 마시는 일향 이외에 한 사람이 더 있다는 사실이었다. 웬지 모를 신비감을 가진 소년. 수려하게 생긴 그 소년의 모습은 세상의 모든 여인이 질투를 할 만큼 아름다웠다.

일향과 모종의 관계를 가진 그 소년은 마당에서 작은 도끼를 가지고 장작을 패고 있었다.

쩡!

소년의 손을 따라 포물선을 그리면서 떨어져 내린 도끼는 어김없이 장작에 꽂혔다. 작은 상처가 생겼지만, 아직 몇 번은 더 찍어야 갈라질 모양이었다. 망해 버린 학자 집안의 아이라 했던가? 힘든 일을 하기에 소년은 너무도 고왔다. 아직 어린 나이였기에 손에 든 도끼가 힘들 법도 하였지만, 소년의 얼굴은 무심하기만 했다.

당혜는 잠시 그 모습을 응시하다가 일향에게로 다가가 두 손을 아랫배에 모으고 공손하게 인사를 했다.

"아가씨, 강 노사의 변형침술이 끝났습니다."

"아, 어서 오세요. 당혜, 그리고 옥금."

일향은 면사로 얼굴을 가린 채 눈웃음을 지었다.

"자, 여기 앉아요. 가볍게 차나 한잔 들어요."

찻잔을 내어주면서 옥금과 당혜에게 차를 따르는 일향의 모습은 정갈하기 그지없었고, 받아 든 옥금은 어찌 마셔야 하는지를 몰라 당혜의 눈치만을 살폈다.

"집이 절강성의 동양(東陽)이었다 들었어요. 노예가 된 지는 삼 년이 조금 넘었군요?"

옥금을 향해 일향이 눈웃음을 지으면서 물었다.

"네."

"앞으로는 노예가 아닌 삶을 살아야 해요. 물론 기녀로서 살아야겠지만, 자유 의지를 가지고 사는 법을 배우세요. 현숙하고 사랑받는 여인으로 살아가야 합니다. 현숙한 여인으로 살자면 먼저 밝게 웃을 줄 알아야 하지요. 지금처럼 굳은 인상이 아니라 항상 표정을 밝게 하세요. 그런 여인은 자신감이 넘쳐 보이고 타인으로 하여금 따스함을 느끼게 한답니다. 그리고 항상 생기발랄하고 애교가 넘치는 목소리로 말하세요. 모두의 귀에 들릴 수 있도록. 그다음으로는 모든 사람들과 원만한 대인 관계를 유지하도록 하세요. 자신보다 잘나든 못나든 그 사람의 아픔을 동정하고, 타인의 마음에 감사하도록 하세요. 그리고 마지막으로 다정하고 따뜻한 마음을 가져야 하지만, 그것이 헤퍼서는 안 돼요. 포용하되 절제력을 가지고 있어야 한답니다. 이 다섯 가지가 당신이 지녀야 할 덕목이랍니다. 색노로 살았다 했죠? 잘 들으세요. 현숙한 여인과 탕녀(蕩女)의 차이는 ‘어떻게 행동하느냐?’가 아니라 ‘어떻게 보이는가?’ 하는 것이랍니다."

일향은 잠시 말을 끊고 옥금을 향해 웃었다.

"세상을 지배하는 것이 남자라면, 남자를 지배하는 것은 여인이라는 말이 있어요. 그 옛날 침어(沈魚), 낙안(落雁)이 그리했고, 폐월(閉月), 수화(羞花)가 그리했답니다. 앞으로 이곳에서 많은 것을 배우고 익히게 될 거예요. 일단은 몸을 정갈하게 하는 법부터 배우도록 하세요. 이곳에선 아무도 그대의 과거로 그대를 평하지 않을 거랍니다."

"새겨듣도록 하겠습니다."

"그래요. 그리고 당혜."

아직 서투르긴 하지만, 자신을 향해 다소곳이 고개를 숙이는 옥금을 흐뭇하게 바라본 일향이 당혜를 불렀다.

"말씀하세요, 아가씨."

"내일부터는 서예를 가르치도록 하세요. 옥금의 자태가 아직 티없이 맑고 정갈하니 구양순체(歐陽詢體)를 가르치는 것이 좋을 듯싶군요."

"알겠습니다, 아가씨."

또다시 일향이 찻잔을 들었고, 당혜는 그 잔에 가벼이 차를 을 채워 넣었다.

"차 맛이 좋군요. 오랜만에 당혜의 금(琴)을 들어볼까요?"

당혜는 일향의 권함에 조용히 툇마루 한편에 놓인 금을 들어 자신의 무릎 위에 놓았다. 가볍게 금음을 튕겨 음을 조율하기 시작하자 아름다운 금의 소리가 일향의 거처를 울렸다.

땅, 띠잉!

"소리가 여전히 좋군요, 아가씨의 묵금은."

일향은 말없이 웃기만 했다.

"그럼 미흡하나마……."

이윽고 당혜가 금을 연주하기 시작했다. 구슬프게 시작된 금음은 천천히 물결치듯이 일향촌의 구석구석으로 퍼지기 시작했다. 아름다운 선율 속에 애잔함이 느껴지는 소리였다.

牀前看月光(상전강월광)
침상 앞의 달빛 보고

疑是地上霜(의시지상상)

땅에 내린 서리인가 의심한다.

擧頭望山月(거두망산월)

고개 들어 산 위의 달을 바라보다가

低頭思故鄉(저두사고향)

머리 떨어뜨리고 고향을 그리네.

당혜가 금을 튕기면서 자신의 목소리를 섞자 천상의 음악이 일향촌을 향수에 젖어들게 했다. 일하던 아낙이며, 장정들에, 텃밭에서 호미질을 하던 노인들도 그 음과 노래에 취해 잠시 동안 일향의 거처를 향해 고개를 돌렸다. 구슬픈 음색은 사람들의 마음을 잔잔하게 울려놓았다.

한참 동안 지속된 당혜의 금음과 노래가 끝이 나자 눈을 감고 그 느낌을 음미하던 일향이 감탄사를 터뜨렸다.

"좋군요. 이백의 정야사라……."

"과찬이십니다. 아직 아가씨의 발끝에도 미치질 못합니다."

일향의 칭찬에 당혜는 가볍게 고개를 숙였고, 옥금은 말없이 추억에 젖은 듯이 눈물을 흘렸다. 일향촌은 또다시 그들의 생업으로 돌아갔다.

第五章

향화객(香火客)

향화객(香火客)

武林
君子
무림군자

은은한 다향과 함께 바람이 흐르는 정원.

운치있게 지어진 정자와 그 앞을 파서 만든 작은 못에는 금린어들이 떼 지어 헤엄치고 있었다. 은은하게 흐르는 금과 소의 운율에 화원을 노니는 나비들은 더욱 신이 나 보였다.

신선이라도 살 법한 곳. 하나 어울리지 않게 창검에 갑주로 무장한 이들이 정원의 외곽을 철통같이 지키고 있다. 기름으로 진하게 윤기를 내어 반짝이는 갑주와 허리에 매어진 검이 예사롭지 않았고, 투구 아래 뜨여진 호목이 부리부리하니 정원의 주인이 보통 인물은 아닌 모양이다.

쪼르륵.

연못가 정자 위, 황색 비단 장삼에 백건을 맨 중년인이 말없이 차를 따랐다. 정자의 주위로는 황색 전포에 금빛 갑주를 입은 무장들이 시립해 주위를 경계했고, 머리를 말아 올린 아리따운 시비는 중년인의 옆에 공손하게 앉아 수발을 들고 있었다.

"아룡, 네가 보기에 어떠하던가?"

거대한 태사의에 앉은 무장이 한껏 여유로운 모습으로 태무룡을 향해 고개조차 돌리지 않고 물었다.

태무룡은 투구를 벗어두고 무릎을 꿇은 채로 입술을 씰룩거렸다.

"천둥벌거숭이 같은 놈일 뿐입니다, 친왕 폐하."

태사의에 앉은 무장은 친왕, 또는 황기대장이라는 직함으로 불렸다. 그는 황제의 신임을 한 몸에 받는 인물이었고, 비록 이복이기는 해도 황제가 가장 사랑하는 동생이기도 했다.

"천둥벌거숭이라……. 허허, 맞는 표현인 게냐? 보검에 무장을 갖춘 일반 무장은 검기를 뿜어내는 고수와 비견한다. 하물며 검기를 쓰는 무장 여덟을 일수에 무너뜨리고 흔적도 없이 사라진 이가?"

약간은 비꼬는 듯한 말투였지만, 태무룡은 전혀 기분 나쁘게 생각하지 않았다. 그는 자신의 하늘이고, 황기군의 위대한 용장이다. 뿐만 아니라 자신이 살아가는 의미라고 할 수 있는 주군이다.

태무룡은 되레 심기를 어지럽힌 데 대하여 죄송해하면서 고개를 조아렸다.

"죄송합니다."

"되었다. 네가 고개를 숙이는 모습은 그다지 좋아 보이지 않구나."

황인욱이 왠지 서늘한 표정으로 웃었다.

태무룡은 등 뒤로 식은땀이 흘러내리는 것을 느끼면서 신속하게 엎드렸다. 황인욱이라는 자신의 주군은 지금의 다정한 대화만큼이나 부드러운 자가 아니었다. 천하에서 가장 잔혹한 성품을 지닌 자로, 뱀보다도 차가운 마음을 가진 인물이었다. 그의 눈 밖에 난다면 황제의 어미라도 목이 베이고 말리라.

"잡아야겠지. 너의 자존심을 상하게 한 자를 어찌 가만히 둘까? 반드시 잡아 자존심을 회복하고 돌아오도록 해라."

황인욱은 관심없는 듯 덤덤하게 말했지만, 듣고 있는 태무룡은 온몸에 소름이 돋아 올랐다. 만약 그자를 잡지 못한다면 필시 목이 떨어져 나갈 것이다. 이제는 자신의 자존심에 관한 문제가 아니었다. 황기군의 자존심이자 자신의 주군인 황인욱의 자존심이 문제가 되는 것이다.

현재 팔기군은 황(黃), 백(白), 홍(紅), 남(藍)의 사기군(四旗軍)이 주축을 이룬다. 황색의 기를 받은 자는 자신의 주군이자 청조의 건국에 가장 많은 공을 세운 황제의 이복동생 황인욱이었고, 백색의 기는 황제의 형인 황석, 홍색 기는 황제의 여동생인 황연화, 남색 기는 여진의 위대한 전사라 불리는 탑리격에게 주어졌다. 이들 넷은 모두가 강대한 권력을 비등하게 나누어 가지고 있었고, 그 황기군을 이끄는 황인욱의 위세가 가장 강하였다. 그런데 이번 일이 생기면서 나머지 세 명의 장군으로부터 비웃음을 사게 된 것이다. 어찌 황인욱이 덤덤한 모습으로 있을까? 아마도 저 냉정한 모습과는 달리 속은 자신을 찢어놓고 싶으리라.

"목숨을 걸겠습니다."

태무룡은 더욱 머리를 조아렸다.

"누가 너의 목숨을 바치라 했더냐? 두고 보겠다."

꿀꺽.

두고 보겠다. 이렇게 된 이상 무슨 일이 있어도 잡아야 했다. 잡지 못하면……. 생각만 해도 끔찍한 일이었다.

"하하, 뭘 그리 긴장하는가? 너의 목숨이 그리 가벼운 것이란 말이냐? 너는 나에게 매우 중요한 인재다. 한데 너를 상하게 한 자, 무림인이라는 것이겠지?"

"예? 예. 아마도……."

"무림인이라……. 아룡, 이미 청조가 세워졌다. 한데 그 무림인이라는 놈들은 여전히 반청복명이라는 말도 안 되는 일로 세상을 어지럽히고 있다. 아느냐?"

"예, 주군."

"당대 무림의 수좌라는 사패천과 정파, 검각과 빙궁을 무너뜨렸는데 왠지 껍데기들만 잡았다는 생각이 든다."

황인욱이 찻잔을 들어 피어오르는 향기를 음미한다.

"삼황십존이라 부른다지? 뭐 그리 불린다더군. 무도한 놈들이지 않으냐. 감히 하늘 아래 폐하를 제외한 누구에게 황(皇) 자를 붙인단 말인가? 그것만으로도 대역이 아닌가? 아롱, 나는 이들을 그냥 두어서는 안 된다는 생각이 든다. 무림인이라는 족속은 해로운 회충이다. 내버려 두면 해악만 될 뿐이지. 회충 은 모두 잡아버려야 세상이 편해진다. 그대로 두면 마치 제 세 상인 듯이 기어오른단 말이야. 안 그러냐?"

"지, 지당하십니다."

"그래서 말인데, 나는 그 삼황이니 십존이니 하는 놈들을 비 롯해 무림인이라는 족속을 어떻게든 찾아내 멸하려 한다."

"……."

황인욱의 눈이 가늘어진다.

태무룡은 그의 표정이 그러할 때면 항상 피바람이 불었다는 사실을 잘 알고 있었다.

"한데, 숨어버린 놈들이 기어나올 생각을 하지 않는구나. 나 라를 안정시키고 있는 중인데 함부로 팔기군을 움직여 괜한 분란을 만들기도 그렇고……."

태무룡은 조금이라도 자신의 주군에게 필요한 해답을 답하 고자 머리를 굴렸다.

"주군, 금무령이 해지되지 않는 한 그들은……."

태무룡이 눈치를 살피며 뒷말을 흐렸다. 한데 황인욱의 표 정은 담담했다.

"금무령? 금무령이라……."

"예. 금무령으로 그들을 탄압하고 있어서 좀처럼 모습을 드러내지 않는 것입니다. 현재 잡아들이고 있는 놈들은 모두 잔챙이뿐이고, 정작 이름있는 놈들은 심산유곡에 숨어 신선놀음이나 하고 있습니다. 만약 금무령을 해제하고 그들을 불러낸다면…….”

주군이 반응을 보이자 신이 난 태무룡이 자신의 생각을 피력했다. 이름도 없는 무인에게 당해서 황기군의 명성을 떨어뜨린 죄를 어떻게든 만회하고 싶었기 때문이다. 하지만 황인욱의 미간이 급격하게 좁혀져 눈매가 날카롭게 변하자 태무룡은 말을 멈추고 고개를 처박은 채 목을 움츠렸다.

“아룡, 금무령은 폐하의 명이다. 감히 너 따위가 함부로 해제하라 말라 한단 말인가!”

황인욱의 목소리가 차갑게 변했다.

“죄, 죄송합니다.”

서슬 퍼런 황인욱의 기세에 태무룡이 마른침을 삼키며 눈알을 굴렸다. 황인욱의 성격상 당장에라도 칼을 내려칠 수도 있는 사안이었다.

“되었다. 하나, 조심하라.”

“며, 명심하겠습니다.

한참 동안 무섭게 노려보던 황인욱이 크게 숨을 내쉬면서 찻잔을 입으로 가져갔다.

“아룡, 그것보다 재미있는 정보가 하나 들어왔구나.”

“예? 무슨……?”

잔뜩 움츠려 있던 태무룡은 주인의 말에 의문스러운 표정으로 쳐다보았다.

황인욱은 탁자 위에 질 좋은 한지에 쓰인 서신을 꺼내놓았다.

"이것은?"

"야랑에게서 온 보고서다. 노예 매매로 벌어들인 수익금에 대한 내용과 노예를 사들인 자들에 대한 정보다."

"그렇습니까?"

태무룡은 황인욱이 말하는 야랑이라는 자를 알고 있다. 언제나 하얀 가면으로 자신의 얼굴을 숨긴 채 살아가는 자. 북경 노예 경매장의 실질적인 주인이자 꽤나 알려진 노예 경매꾼이라는 것은 대외적으로 드러난 사실이고, 실제로는 황인욱이 기르는 개 중 하나였다.

야랑이라 불리는 남자는 자신도 알지 못하는 황인욱의 최측근 중 한 명이었다. 황기군이 전쟁을 통해 잡아들인 대다수의 노예는 그를 통해 팔려 나갔고, 그 수익금은 모조리 황기대장인 자신의 주군과 황기대의 전력을 높이는 데 사용된다는 사실을 어디선가 들은 적이 있었다.

일전에 한번 야랑이라는 자를 만난 적이 있는데, 그때도 그는 하얀색 가면을 쓰고 있었다. 아마도 그의 얼굴을 본 자는 황인욱이 유일할 것이다. 또한 실제로 야랑이 황인욱의 수하라는 사실은 황기군에서도 측근들만 알고 있는 사실이었다.

황인욱의 드러난 힘이 황기군이라면 그 그림자 속에 숨겨진 힘은 바로 야랑과 그가 이끄는 무리였다.

태무룡은 탁자 위에 놓은 보고서를 읽어 내려가기 시작했다.

대다수가 어디의 누가 무엇을 사들였는지, 어떤 노예가 얼마에 팔렸는지, 수익금이 얼마인가 하는 내용이었다.

"응?"

반쯤 읽어 내려갔을 때 태무룡은 작은 문구 하나를 발견했고, 무척이나 이상한 느낌이 들었다.

소학(小鶴), 이천 냥에 매매. 구매자 일향상단.

"친황 폐하, 이건?"

어린 학은 분명히 얼마 전 낙양 반란 사건의 생존자인 무불통지의 손자를 말함이었다. 열두어 살 정도밖에 되지 않은 소년을 무려 이천 냥이나 되는 엄청난 금액으로 구매하였다는 것은 충분히 의심을 살 만한 일이었다.

"아룡, 너라면 어찌하겠느냐? 일전에 너도 보았던 그 아이가 이천 냥이나 되는 가치가 있어 보였더냐?"

황인욱이 음산한 미소를 지었다.

운학서원은 사실 반역도가 아니다. 단지 황제의 기분을 나쁘게 했다는 이유로 반역도로 몰렸다는 사실을 황기군에 모르는 자는 하나도 없었다.

"그렇다면?"

"그렇지. 충분히 의심스러운 놈들이다. 반역도를 거두어들였다는 것. 필시 운학서원주와 깊은 관계가 있던 자이거나 아니면 정녕 반역도당의 무리일지도 모르지."

황인욱의 입가에서 미소가 짙어졌다. 이것은 우연히 던진 돌에 토끼가 잡혀든 격이질 않은가?

"일향상단… 꽤나 재미있을 것 같더군. 너에게 창피를 준 자도 분명 운학서원과 관계가 있을 터다. 일단 야랑에게 상단에 대한 조사를 맡겨두었다. 너는 지금 황기군에서 가장 강한 무장 스물을 데려가라. 가서 깡그리 잡아와. 어떤 놈인지 보고 싶군."

"충!"

"어쩌면 네게 창피를 주었던 그놈도 조명훈의 혈육을 찾아올지도 모르지. 아, 그리고 일향상단의 상단주라는 여인, 무척 아름답다고 하더군."

황인욱은 태무룡에게 나가보라면서 손짓하고 자리에서 일어났다. 그리고 몇 년이나 황인욱을 모셔온 태무룡이 그의 마지막 말뜻을 알아채지 못할 리 없었다.

"반드시 생포해 오겠습니다."

정식으로 군례를 올리고는 대무룡이 뒷걸음으로 황인욱의 거처를 빠져나왔다. 태무룡이 나가고 황인욱은 슬며시 미소 짓는다.

"금무령을 해제한다? 후후, 생각해 볼 필요가 있겠군. 크크크."

"노인장, 다 온 게요?"

백의에 봇짐을 짊어진 스무 살가량의 젊은이가 산지기노인을 따르면서 연신 이마에 흐르는 땀을 훔쳐 내었다.

"거 젊은 양반이 어찌 그리 보챈단 말이여? 다 와가니 투덜대지 말고 어여 따라오시게나."

마치 산길이 평지라도 되는 양 성큼성큼 걸어 오르는 산지기노인은 자신의 뒤를 따르는 젊은이를 바라보면서 싯누런 이를 드러내며 웃었다.

"그나저나 산세(山勢)가 무척이나 좋습니다그려."

젊은이가 뒤따르면서 말한다.

"그렇지? 허허, 여기가 이래 봬도 호랑이가 누운 와호상(臥虎狀)이어서 예로부터 산기가 영험하기 그지없다네."

그들이 오르는 산은 흔하디흔한 풀포기도 찾아보기 힘든 바위산이었다. 와호는커녕 와묘(臥猫) 수준도 안 되는 산일 뿐이었다. 푸석푸석하게 말라 버린 돌산이 무엇이 그리 영험하고 산세가 좋으랴마는 묻는 젊은이나 대답하는 노인의 말에서는 진심이 묻어 나왔다.

백의에 봇짐을 둘러메고 따르는 젊은이는 장영이었다.

장영은 낙양성에서 황기군의 무장들과 맞부딪친 후 이곳저곳을 수소문한 끝에 조명훈이 이름없는 야지에 버려졌다는 사실을 알게 되었다. 그 후 몇 며칠을 걸려 알아낸 것이 바로 누군가 야지에 버려진 조명훈의 시신을 거두어 앞서가는 산지기 노인에게 맡겼고, 산지기노인은 아무도 찾지 않는 야산에 무덤을 만들었다는 것이다.

"자, 다 왔네. 저곳이네."

한참을 올라 드디어 정상에 도착하게 된 노인과 장영은 가볍게 숨을 내쉬었다.

이름없는 야산의 정상은 평평하게 깎여진 장방형의 평지였다. 나무도 풀도 없이 밋밋하기만 한 산의 정상은 무척이나 쓸쓸해 보였다.

바위산 정상의 평지는 그다지 넓지 않았고, 그 끝은 깎아지른 듯한 절벽이었다. 그 절벽이 맞닿는 곳에 돌무더기를 만들어둔 곳이 바로 장영이 찾고 있는 무덤이었다.

"휴우, 고생하셨겠습니다. 이곳까지 시신을 들고 오셨다면 꽤나 힘드셨을 테지요."

"고생은 무슨, 산지기 생활만 벌써 사십 년이 넘었지. 이런 것쯤이야."

장영은 다시 한 번 노인에게 감사를 표하고는 자신의 봇짐을 바닥에 풀어놓기 시작했다.

봇짐에서는 한 움큼의 지전(紙錢)과 몇 가지 과일, 황태, 술병 등이 들어 있었다. 아마도 무덤의 주인을 찾아 제를 올리기 위함이리라.

장영은 음식들을 하나하나 정성스럽게 차려 올리고는 한참 동안 감상에 젖은 눈으로 무덤을 응시했다.

"이보게, 청학. 자넨 살아서나 죽어서나 주변 사람들을 힘들게 하는 재주가 여전하구먼그래. 허허, 오랜만에 오는 친우에게 이리 먼 길을 돌아오게 하니 말일세."

장영은 억눌린 듯한 음성으로 독백하며 봇짐 속의 지전을 한 움큼 들어 올렸다.

"자넨 살아서 재물 따위는 우습게 생각했지. 학업에 있는 자가 재물을 탐해서는 안 된다고 말이야. 한데 살아생전 모아놓은 돈이 없으니 죽어서 삼도천(三途川) 건널 뱃삯이 없어 탈의파(奪衣婆)와 현의옹(懸衣翁)께서 유교도(有橋渡)로 인도하실지 몰라 내 자네를 위해 이리도 듬뿍 준비해 왔으니 죽어서는 남부럽지 않게 떵떵거리면서 사시게나."

장영의 손에 쥐어진 지전 뭉치가 불길도 없이 타오르기 시작했다.

무림인들이 보았다면 '삼매진화(三昧眞火)'라며 경악해할 만한 일이었지만, 장영은 그다지 힘도 들이지 않고 시전했다.

준비해 온 지전 뭉치가 금세 회색빛 재가 되어 바람에 흩어졌다.

"자네는 생전에 술도 싫어했었지. 선비가 술을 마셔 흐트러지면 아니 된다면서 말이야. 어떤가? 해보지 못하고 간 것이 서운하진 않은 겐가?"

장영의 음성에서 진득한 슬픔이 묻어 나왔다.

"자, 자네 서운할까 봐서 내 독하기로 소문난 천일취(千日醉)를 한 병이나 가져왔다네. 요녕에서는 가장 유명한 술이니

이 술에 취해 가시면 팔선이신 이철괴(李鐵拐)께서도 기뻐하실 것이네.”

장영은 술병의 입구를 열고 콸콸 소리가 나도록 조명훈이 묻혀 있는 돌무더기 위에 부었다.

술병의 술이 비어갈수록 못내 쏟아부은 술 대신에 그의 눈에서 억눌러 참고 있던 뜨거운 눈물이 흘러내리기 시작했다. 얼굴은 웃고 있었으되 흘러내리는 눈물은 슬프기 그지없었다.

그렇게 한참 동안이나 돌무더기 위에 술을 부어준 장영은 말없이 허공중을 응시하다가 소매로 흐르는 눈물을 닦고 산지기노인을 돌아보았다.

“노인장, 고맙소. 내 친우가 가는 길이 서글퍼 걱정했거늘… 이리 좋은 곳에 묻어주었으니 아마도 죽어서도 노인장께 고마워할 것이오. 고맙소. 정말 고맙소.”

산지기노인은 갓 스물이나 되었을까 한 청년이 돌무더기에 묻은 노인을 친우라 표현한 것이 조금은 맞지 않는다 생각했으나 슬픔이 가득한 표정을 짓고 있는 그에게 차마 따져 묻지 못하고 가볍게 고개를 끄덕이며 미소를 지었다.

“좋구려. 살아생전에 묶이지 않고 바람처럼 세상을 살고자 했으나 그조차 이루지 못한 사람이 이리 모든 것을 굽어보는 위치에서 산에 이는 바람과 함께하니 어찌 명당이 따로 있으리오. 못난 고집쟁이에겐 최고의 자리외다. 허허허허.”

올려다본 하늘에는 살아 있을 때 항상 자신을 향해 멍청하다 비웃던 조명훈의 슬픈 얼굴이 그려지는 듯했다.

"사람도 참, 왜 아직 가질 못하고 이승에 있는 게야? 식솔들이 걱정되는 겐가? 걱정 마시게. 자네가 죽어가면서도 걱정했던 그 아이, 내 반드시 찾아내겠네. 그리고 이제는 고리타분한 학문이 아니라 무공을 가르쳐 줌세. 자유롭게 세상 떠돌며 살 수 있도록 무인을 만들어 줌세. 세상 누구에게도 구애받지 않고, 세상의 어느 누구보다 강한 그런 무인이 되도록 만들어 줌세."

장영의 말에 그제야 조명훈이 만면에 가득 웃음을 머금고 옅어지는 듯했다.

"자, 그럼 가볼까?"

장영은 산지기노인에게 인사를 하고 자신의 봇짐은 그곳에 내버려 둔 채로 산을 천천히 걸어 내려갔다. 왠지 그의 모습이 산을 오를 때보다 홀가분해 보였다.

第六章

방문자

무림군자

1

  청수한 용모를 가진 노인이 수백 년 이상은 자라온 거대한
느티나무 아래에 앉아 온화한 표정으로 아이들을 바라보았다.
거대한 나무는 삼 장여나 되는 땅에 그늘을 지게 했다. 그 그
늘을 따라 일향촌의 꼬마들이 모두 모여앉아 노인의 말에 귀
를 기울였다.
  "지난번에는 소학(小學)에 나오는 교육에 대해서 말해보았
다."
  백염이 목 아래까지 내려온 선풍도골의 노인은 사 년 전쯤
에 그곳으로 들어온 왕자서(王滋書)라는 학자였다. 그 역시도
노예가 되어 떠돌다가 일향촌의 훈장이 된 사람이었다. 일향
촌에는 천민도 많았지만, 제후나 왕후장상이었던 자들도 있었

다. 그런 이들이 자신의 자녀를 맡겨둘 정도이니 왕자서의 학식이야 말할 필요가 없었다.

"그 옛날 순임금께서 교육이 없어 짐승에 가까울까를 두려워하여 설에게 '사도'라는 관직을 내려 인륜을 가르쳤다 했다. 누가 한번 그 인륜에 대해 이야기해 보거라."

아이들은 자기들끼리 소곤대다가 왕 훈장이 질문을 하자 금세 고개를 처박고는 그의 눈길을 피했다.

"허허, 모두들 자신이 없는 것이냐?"

왕 훈장이 온화한 표정으로 아이들을 내려다보는데 한 아이가 자신있게 손을 들었다.

"오냐, 소한이가 말해보아라."

"예, 스승님."

소한은 왕 훈장의 지목에 자신있게 일어나 질문에 답했다.

"맹자께서 말씀하시되, 사람이 도(道)가 있는데[孟子曰 人之有道也], 먹기를 배불리 하고 옷을 덥게 하여 편안하게 지내고[飽食暖衣 逸居而], '교육'이 없으면 짐승에 가까울 것이므로[無敎, 近於禽獸], 순임금이 걱정하시어 설(楔)에게 '사도'라는 관직을 맡게 하시어 가르치되 '인륜'으로써 가르치니 아비와 아들은 친애함이 있으며[父子有親], 임금과 신하는 의리가 있으며[君臣有義], 남편과 아내는 분별함이 있으며[夫婦有別], 어른과 어린이는 차례가 있으며[長幼有序], 친구 사이는 미더움이 있음이니라[朋友有信] 하였습니다."

"오냐. 잘 기억하고 있구나."

훈장의 칭찬에 소한이 친구들에게 으쓱거렸다.

"에이, 나도 할 수 있었는데……."

아이들은 훈장이 소한을 칭찬하자 질투 아닌 질투를 하며 입술을 삐죽거렸다.

"그래, 인륜이란 부모와 자식, 임금과 신하, 남편과 아내, 어른과 아이, 친구와 친구에 대한 다섯 덕목을 지키는 것이 그 처음이요 기본이라 했다. 모두 잘 알아야 할 것이다. 알겠느냐?"

"예, 스승님!"

아이들은 마치 새 떼가 음식을 받아먹듯이 한목소리로 외쳤다.

"그럼 오늘은 효에 대해서 말해보기로 하자."

아이들의 대답에 흐뭇한 표정을 지은 왕 훈장의 말에 한 소년이 비웃음이 가득한 얼굴로 일어나 물었다.

왕 훈장에게는 아직 익숙하지 않은 소년이었다. 마치 여아처럼 아름다운 얼굴을 가진 아이였는데, 얼마 전 일향이 데려온 이천 냥짜리 노예 소년이었다. 소년은 얼마 전부터 일향의 권유로 학당에 나오기 시작한 것이었다.

"오리, 네가 아가씨와 함께 산다는 그 아이로구나. 말해보아라."

왕 훈장이 손짓을 하며 소년을 불렀으나 그는 들은 체 만 체 했다.

"이놈, 말이 들리지 않는 게냐? 어른이 말씀하고 있질 않느냐."

짐짓 혼을 내는 듯이 목소리를 높인 왕 훈장을 향해 소년이 무심한 눈으로 고개를 돌렸다.

"인륜이라는 것은… 사람이 아닌 짐승도 배워야 합니까?"

"……."

말문이 막혔다. 소년이 말에서는 무척이나 염세적인 느낌이 들었다. 아이들은 노예 소년의 말에 영문을 몰라 했으나 왕 노인은 아이가 말하는 바를 금세 알 수가 있었다.

아이는 분명 그들의 상황에 대해 이야기한 것이었다.

노예.

지금의 세상에서 노예를 인간으로 취급하는 곳은 일향촌 이곳뿐이었다. 통치자의 권력에 조금이라도 위배된 자들은 짐승과도 같은 노예가 되어 살아야 했다. 더욱이 사람을 사고파는 것이 일상화되어 버린 지금의 청조. 부모마저도 먹고살기 위해 자식을 팔아야 했고, 자식은 자신을 버린 부모를 원수처럼 생각해야 했다. 소년은 왕자서의 가르침을 비웃었다.

왕자서는 아무런 말도 해줄 수가 없었다.

"앎이란 실천함이 중요하다 했습니다. 하나 그 성현이 좇을 수 없는 이상향만을 그리고 있는데 어찌 배워야 합니까?"

소년은 자리를 털고 일어나 왕자서를 향해 살짝 고개를 숙이고 그늘 밖으로 걸어나가 버렸다.

왕자서는 소년을 향해 화를 낼 수도 없었고, 차마 잡아 세울 수도 없었다.

'허허, 이미 동심을 잃어버린 것인가? 운학서원의 핏줄이라

더니… 너무 많이 아는 것은 때로는 독이 된다는 옛말이 맞구나. 바르게 자랄 수 있었던 것을…….'

왕자서는 마음속으로 안타까움만을 표현할 뿐이었다.

"하나 남들이 잘못되었다 하여 도리가 아니한 것은 아니지요. 신경 쓰지 마십시오. 배배 꼬인 놈의 말일 뿐입니다."

또 한 명의 소년이 자리에서 일어났다.

일향상단의 곽주한이었다. 주한은 왕자서를 향해 공손히 고개를 숙이고는 노예 소년이 걸어간 곳을 향해 따라갔다.

'허허, 하늘은 어찌하여 저러한 아이들의 운명을 이리 만들었단 말인가? 능히 천하를 호령할 문인이 될 수 있을 것을…….'

2

소년은 아무 생각 없이 걷기만 했다. 곽주한이 자신을 따르고 있음을 잘 알고 있다. 소년은 가볍게 한숨을 쉬면서 걸음을 멈추었다.

"어째서 따라오는 거지?"

곽주한은 소년의 곁을 지나가면서 쌀쌀맞게 말했다.

"따라가는 게 아냐. 같은 방향을 네가 앞서 걷는 거지."

"그런가? 그렇군."

소년의 표정은 하나도 변하지 않았다. 그 둘은 한참 동안 말없이 길을 따라 걸어 일향의 거처에 도착했다.

일향에게 서예를 배우고 있던 옥금과 당혜가 곽주한을 알아
보고는 반갑게 맞이했다.

"어머, 주한이구나. 어서 오렴."

"안녕하세요. 옥금 누나의 서체가 갈수록 좋아지는군요. 문
체가 경건하고 힘이 있으니 구양순체인가 보군요?"

곽주한이 옥금이 써놓은 글을 보면서 살며시 웃었다. 주한
의 칭찬에 옥금이 기분이 좋아져서 그의 머리를 쓰다듬는다.

"아유, 귀여워라. 네가 그런 것도 알아?"

옥금은 아직 곽주한이라는 소년에 대해서 잘 알지 못한다.
단지 일향상단을 따라다니는 곽 행수의 아들 정도로만 생각하
고 있었다.

"옥금, 주한을 무시하지 않는 게 좋아요. 이미 논어에 맹자
까지 독파한 소년 문사랍니다."

"예?! 정말요?"

곽주한은 이제 막 열두 살이었다. 그런 아이가 벌써 논어에
맹자까지 알고 있다니 정녕 놀랍지 않을 수 없었다.

"호호, 아마 일향촌에서 주한이를 모르는 사람은 아무도 없
을 거예요. 괜히 아가씨가 상단에 함께 다니는 것이 아니랍니
다."

새삼 곽주한이 대단해 보였다.

곽주한이 당혜와 옥금과 함께 두런두런 이야기를 나누는 사
이 노예 소년은 그들을 무시한 채로 사립문을 열고 들어와서
는 장작이 있는 곳으로 걸어갔다.

쩍!

돌아오자마자 조그마한 도끼를 들어 나무를 패기 시작했다.

끼이익!

"벌써 돌아왔군요."

도끼가 장작에 박혀드는 소리에 일향이 문을 열고 방에서 걸어나왔다.

"아직 학당이 끝날 시간이 아닌데 어째서 돌아온 것이죠?"

일향은 살짝 고운 아미를 찌푸리면서 노예 소년을 향해 물었다.

"죽어 있는 지식 따위는 배우지 않아. 오히려 지금 장작을 패는 것처럼 내가 살아가는 데 필요한 것을 배워야지."

노예 소년은 묻고 있는 일향의 얼굴은 보지도 않은 채로 장작 패는 것에만 열중했다.

'휴우, 어찌 저리 마음을 닫아둔단 말인가? 아이는 아이다워야 하는 것을……'

그를 보고 있자면 괜스레 마음이 무거워진다. 일향은 잠시 한숨을 내쉬면서 고개를 돌려 주한을 바라보았다.

"어떻게 한번 써볼 테냐?"

면사를 쓴 일향의 눈이 미소를 지었다.

"너도 이리 오너라. 함께 보도록 하자꾸나. 이래 봬도 주한은 어디에 내놓아도 극찬을 받을 만한 명필이란다."

노예 소년은 일향의 부름에 그다지 반기지 않는 기색으로 대청으로 다가갔다. 당혜는 곽주한을 위해 자신이 쓰고 있던

종이를 걷어내고 새로운 종이를 바닥에 깔고는 벼루에 먹을
갈기 시작했다.

'흠, 연묵법을 제법 배웠군.'

의외였다.

과거 운학서원에서 먹을 갈던 이들 중에도 저 정도로 고요
함을 가진 연묵은 찾아보기가 힘들었다. 그것도 일개 기녀의
신분인 그녀가 꽤 번듯한 자세로 먹을 갈자 조금 호기심이 들
었다.

얼마간의 시간이 흐르고, 당혜가 벼루에 담긴 먹을 내밀었
다.

곽주한은 가만히 눈을 감고 무언가를 생각하다가 붓을 들어
올렸다.

'집법이 제법이군.'

집법은 붓을 쥐는 방법을 말한다. 붓을 쥐는 방법이 어찌 따
로 있겠냐 하는 이들이 많지만 서예를 어린 시절부터 배워온
노예 소년은 그것이 얼마나 중요한 것인가를 잘 알고 있었다.

현벽완연위생용(懸臂腕連爲生龍:팔을 들고 팔 힘으로 쓰면 글
씨가 살아 있는 용 같고), 수동지작사사사(手動指作似死巳:손을
움직이고 손가락으로 쓰면 글씨가 죽은 뱀 같다)라고 하였다. 자
고로 검은 파지에서 시작하고, 붓은 집필에서 시작한다.

"흥, 집법이 제법이니 달필 정도는 되겠군."

노예 소년이 흘러가는 투로 혼잣말을 내뱉었다.

옥금은 무슨 말인가 하여 고개를 돌려 노예 소년을 바라보

았고, 당혜는 의외라는 듯이 눈을 동그랗게 떴다. 일향과 곽주한만이 노예 소년의 말에 살며시 미소를 지었다.

무인의 경지를 나눌 때 삼류, 이류, 일류, 절정으로 나눈다면, 글씨에도 그 등급이 있었다. 그것이 바로 악필(惡筆), 졸필(拙筆), 달필(達筆), 능필(能筆), 명필(名筆), 신필(神筆), 도필(道筆)이었다.

노예 소년이 말한 달필의 경지라는 것은 모든 글씨체에 통달하여 막힘이 없는 경지를 말한다.

곽주한은 천천히 붓을 종이로 가져가 움직이기 시작했다. 붓이 종이 위를 물 흐르듯이 흐르면서 한자 한자를 만들어내었다.

지철심경(志鐵心鏡).

의지는 쇠와 같이 굳건하고 마음은 거울처럼 깨끗하여야 한다는 뜻을 가진 글이었다. 곽주한의 글씨에 노예 소년의 눈썹이 꿈틀거렸다. 감탄이 나올 정도의 글씨체였다.

의외다. 붓을 집았을 때 한 번 놀랐고, 글씨가 쓰여졌을 때 또 한 번 놀랐다. 노예 소년은 네 살 때부터 붓을 잡았다. 그리고 수많은 이들의 글씨를 보아왔다. 달필가들은 수도 없이 보아왔고, 능필에 명필도 보아왔다. 그런데 곽주한의 글씨는 가히 타인의 서체를 넘어 자신만의 서체를 쓸 줄 아는 명필이라고 해도 모자람이 없었다. 왕희지가 그러했고, 옥금이 연습하는 구양순이 그러했다. 그만큼 곽주한의 글씨는 뛰어났다. 그것도 극의에 이른 실력이었다. 자신 역시 열두 살에 신필이라는 소리를 들었는데, 곽주한도 그와 같은 경지에 이르러 있다는 사실에 놀랄 수밖에 없었다. 그것도 이런 촌락에 살고 있는 소년이 말이다. 대단하다고 해야 할까? 그는 분명 스스로 노력해서 그만큼의 능력을 기른 것이리라.

왠지 부끄럽다는 생각이 드는 것은 왜일까? 이제껏 남아 있는 자존심이라는 것은 남들보다 학식이 뛰어나다는 것이었는데, 그마저도 부끄럽게 느껴지고 있었다. 자신에게 운학서원이라는 배경이 있었다면, 곽주한은 스스로의 노력으로 일구어낸 것이 아닌가?

노예 소년이 곽주한의 글씨에 놀라는 동안 일향이 가볍게 미소를 지으면서 말했다.

"대단하구나. 벌써 이 정도에 이르렀다니, 정말 놀랍구나. 조금만 더 노력하면 신필에, 도필이 되지 않을까?"

"무릇 만류귀종이라 했습니다. 서예도 극의에 이르면 도를 이룰 수 있지 않겠습니까?"

당혜가 웃으면서 화답했다.

"그래요. 우린 미래의 도필을 눈앞에 두고 있는지도 모르겠군요."

일향이 곽주한의 머리를 쓰다듬어 주면서 눈웃음을 지었다.

"어때? 한번 써보지 않으련?"

당혜가 노예 소년을 향해 손을 내밀었다.

그 모습을 가만히 쳐다본 노예 소년이 무뚝뚝하게 말했다.

"됐어. 노예가 글 따위를 알아서 무엇 하나. 그래 봐야 노예라는 사실은 변하지 않아. 차라리 장작 패는 방법을 배우는 게 나아."

모든 것을 포기한 듯한 말투였다. 노예 소년은 금세 곽주한의 글씨에서 관심을 끊어버리고는 방금 전까지 장작을 패던 곳으로 걸어갔다.

"왜? 해보자니 겁나? 학당에선 그리 잘난 척을 하더니."

곽주한이 눈을 샐쭉하게 뜨면서 노예 소년을 향해 비아냥거렸다.

아마도 방금 전 학당의 왕 훈장을 난처하게 한 데 대한 지적을 하고 있는 것인 모양이다.

노예 소년은 잠시 움직임을 멈추고 곽주한을 쳐다보았다.

"훗… 그래, 겁난다고 해두지. 그리 잘 쓰는 편도 아니고 말야. 여인들의 치마폭에 싸여서 알량한 재주로 자랑을 하는 건 너나 해라."

소년은 곽주한의 도발에 대해 그다지 신경 쓰지 않은 채로 흘려버리고는 장작 패는 것에 열중하기 시작했다.

"뭐라구! 저 자식이?"

자신을 무시하는 것 같은 기분에 곽주한의 표정이 일그러졌다. 분명히 조금 전까지만 해도 집법이 어떠네 달필 정도는 될 것 같네 하며 평가를 내리지 않았던가? 서예에 대해 아는 놈이 잘 쓰는 편이 아니라는 말을 하다니 짜증이라는 감정이 슬며시 치고 올라왔다.

'이 둘… 묘하게 재미있는 관계가 될 것 같은걸?'

일향이 웃으면서 두 아이를 바라보았다.

주한은 천재라고 해도 될 만큼 뛰어난 아이다, 누가 가르쳐 주지 않아도 깨우치는. 천자문을 어깨너머로 배우고, 소학과 대학을 홀로 익혔다. 아무도 해석해 주지 않은 문장을 스스로 깨달아 익히는 아이인 것이다.

일향이 두 아이를 보면서 묘한 느낌에 미소를 지을 때 누군가 사립문 밖에서 자신을 불렀다.

"아가씨."

일향상단의 행수 곽두수였다.

"아, 곽 아저씨. 어서 오세요. 어쩐 일이시죠?"

곽두수가 가볍게 인사를 하면서 들어섰다. 당혜와 옥금이 곽두수를 향해 공손하게 인사를 건넸고, 노예 소년을 향해 씩씩대던 곽주한도 그를 향해 인사를 했다.

"아가씨, 마을 밖에 누가 찾아왔습니다."

"……."

곽두수의 말이 무겁다. 찾아온 객이 일향촌의 객이 아니라는 소리다.

"지나가는 산인인가요?"

"아닙니다."

곽두수가 고개를 가로젓는다.

우연히 들른 산인이 아니라면? 외부인이라는 소리였다. 일향촌에 대해서 알고 있는 외부인이라면 인근 호골채의 산적들 뿐이다. 하나 방문자가 호골채의 산적이라면 곽두수가 이리 직접 찾아오지는 않았을 터다.

문득 일향의 표정이 굳었다.

"어디에 있죠?"

"아직 마을 밖에 있습니다."

"마을 밖에?"

"네. 누군가를 찾는다 했습니다. 기다려 달라 했더니 별다른 말 없이 입구에서 기다리고 있습니다."

악의를 가진 자는 아니란 말이었다. 하지만 어떻게 이곳을 알았을까? 이곳은 그 누구도 알아서는 안 된다. 혹여 일향촌에 대한 사실이 소문이 나면 큰 사단이 일 것이다. 청조에 의해 노예가 된 자들이 자신만의 마을을 이루고 살고 있다. 충분히 관군들이 공격해 올 수 있었다.

일향은 아직 방문자를 만나보지 않았음에도 마음이 답답해져 왔다.

'저 아이를 데려온 것이 실수였나.'

문득 일향은 노에 소년을 돌아보았다. 반역도의 핏줄.

누가 보아도 반역도의 어린 핏줄을 이천 냥이나 되는 거금에 사들인 것은 의심할 만한 여지가 충분했다. 너무도 눈에 뜨일 만한 행동이었다.

"휴우, 일단 나가보도록 하죠."

일향은 서둘러 신발을 신고 곽두수를 앞서 걸어나갔다. 그 뒤로 당혜와 옥금이 따르고, 곽주한도 가만히 노예 소년을 바라보고 있다가 일향을 따라 걸었다.

자신을 물끄러미 바라보던 일향의 눈빛을 알아채지 못할 소년이 아니었다. 자신은 그때 거래되어선 안 되는 노예였다. 그것도 너무도 많은 돈에 거래되었다. 조금이라도 생각이 있는 자라면 충분히 의심할 수 있는 사실이었다.

"제길……."

소년의 입술이 지그시 깨물어졌다.

3

"아이고, 더워라. 어째 이리 날씨가 더운지 원."

새하얀 백의를 입고 등에는 작은 봇짐을 멘 사내는 머리에 쓰고 있던 방갓을 들어 올리면서 한숨을 내쉬었다.

"거 보오. 혹 가지고 있는 물이 있소?"

사내는 자신을 감시하듯이 서 있는 남자를 향해 부탁을 하고 있었다.

찾아온 자는 지극히 자연스러운데 되레 감시하고 있는 자가 난감해하고 있었다. 사내의 부탁을 받은 감시자는 어찌할 바를 몰라 우물쭈물하면서 등에 메어진 물통을 건네었다.

퐁!

언제 가져갔는지 사내는 벌써 물통을 빼앗아 입구의 구멍을 열고 있었다.

"히야, 시원하구나."

갈증을 해소하듯이 시원스런 경탄성을 내뱉은 사내는 방갓을 벗어두고는 환한 미소를 띠었다.

"여기, 고맙소."

다 마셔 버린 물통을 감시자에게 건넨다.

도대체 누가 주인이고 누가 객인지 모를 만큼 자연스러운 사내의 모습에 감시자는 당황스러움을 감추지 못했다.

"그나저나, 이제야 오시는구먼."

사내는 자리를 털고 일어났다.

영문을 몰라 하던 감시자는 자신의 뒤로 한 무리의 사람들이 다가오고 있음을 느끼고는 서둘러 고개를 숙여 인사했다.

"아가씨."

일향이었다.

"아, 산이로군요. 수고 많았어요."

일향은 감시 임무를 맡고 있었던 마을의 장정 영산을 향해 미소를 지어주었고, 고개를 돌려 유람이라도 하는 듯한 표정의 사내를 바라보았다.

"어시 오세요. 저는 일향이라고 합니다."

오른손을 가슴에 포개어 가볍게 고개를 숙이는 일향의 모습은 정갈하기 그지없었다.

"방갑소. 나는 장영이라고 하오."

장영은 마주 인사하면서 싱그러운 미소를 피워 올렸다. 노예상단을 맡고 있는 여인이라기에 다부질 줄로만 생각했다.

더구나 붉은 치파오를 입고 다닌다기에 세파에 찌든 여인이겠
거니 하는 생각을 했다. 그런데 화려하지도, 소박하지도 않은
경장에 단아한 목소리라니 전혀 예상 밖의 상황이었다.

"드러난 아름다움을 감추는 행동거지라……. 내 오랜 세월
을 살아왔지만 오늘에야 미(美)가 극에 달한 여인을 보게 되다
니……. 허참, 사람이 어찌……."

장영이 진정으로 감탄 어린 찬사를 했다.

보인단 말인가? 면사를 뚫어 볼 수 있단 말인가? 장영의 말
에 당혜가 흠칫하고 놀랐다. 일향의 감추어진 얼굴을 아는 사
람은 마을에서 자신이 유일했다. 그런데 말하고 있는 장영이
라는 남자는 면사 너머의 일향의 얼굴에 대해 감탄을 하고 있
다. 그렇다면 고수? 유심히 보니 자신이 측정할 수 있는 정도
의 경지가 아니다. 물론 당혜가 뛰어난 고수란 말은 아니다.
하나 천향루에서만 오 년 이상을 살아왔다. 그동안 수없이 많
은 무인을 봐온 그녀다. 하나 이제껏 보아온 어떤 자보다도 뛰
어난 듯했다. 움직임 하나하나에 거침이 없고 자연스럽다. 당
혜는 긴장감으로 털이 곤두서는 듯한 느낌이 들었다.

선자불래 래자불선(善者不來 來者不善).

이만한 고수가 스치다 이곳을 발견했을 리가 없다. 관부의
개일까?

당혜의 마음을 알기라도 한 것일까? 장영이 히죽거리면서
말한다.

"거 처자는 너무 그리 긴장치 마시게. 거세게 뛰는 심장 소

리가 예까지 들리는구먼."

흠칫!

들킨 때문일까? 당혜의 볼이 발갛게 달아올랐다.

"아이에게 농을 하지 마세요. 세상을 등진 고인께서 어찌 어린 여인을 놀리신단 말입니까?"

세상을 등진 고인? 일향의 뒤에 있던 모두가 무슨 말인가 하여 그녀를 바라보았다. 그들뿐 아니라 장영 역시도 또 한 번 놀랐다. 그녀는 분명 자신을 알지 못한다. 넌지시 건넨 말일진대 목소리에 확신까지 느껴진다. 더구나 표정과 목소리에 한 치의 흐트러짐이 느껴지지 않는다.

"이거 참, 대단하구먼. 내 도리어 어린 여인에게 가르침을 받아야겠구먼."

"과찬이십니다."

간단한 선문답에 모두가 의아한 표정을 지을 뿐이었다.

"일단 들어가실까요? 찾아온 손님이 적이 아닐진대 어찌 문밖에 세워두겠습니까?"

일향이 입구를 향해 들어서기를 권한다. 장영은 당연하다는 듯이 앞서 걸었다.

"좋구나. 객을 내치지 않으니 어찌 복이 들지 않으리. 자, 그럼 들어가 봅시다."

장영은 기분 좋게 바위틈으로 난 동혈을 따라 걸어갔다. 횃불로 밝혀둔 잠시간의 어둠을 지나 또 다른 빛이 나왔고, 일향촌의 전경이 드러났다.

"세상 속에 또 다른 세상이 있구나. 허허, 좋은 곳이로다."

당혜와 곽두수는 긴장을 늦추지 않고 장영을 쳐다보았으나 그는 마치 유랑객처럼 감탄사를 연발하고 있었다.

"음, 독특한 느낌이구먼. 궁(弓)도 아닐진대 한 점에 살기가 모여 있구나. 허튼짓을 했다가는 금세 미간에 구멍이 뚫리게 생겼구먼. 허허, 이보게. 내 그대들을 해할 의사는 없으니 그만두라 하시게나."

장영이 잠시 무언가에 호기심을 느끼다가 웃음을 터뜨리면서 일향에게 말했다.

"서역에서 들어온 총이라는 무기입니다."

"총?"

"예. 화약을 써서 작은 쇠구슬을 쏘아내는 무기지요."

"흐흠, 흥미로운 무기일세. 들고 있는 자는 흑인(黑人)이로구먼. 숨어 있느라 힘들 테니 내려오라 하시게나."

일향이 장영의 말에 미소를 지었다. 예상했던 대로 장영은 감히 평하기조차 힘든 경지의 고수였다.

지금 장영을 겨누고 있는 자는 일향상단의 유일한 서역인인 살리단이었다. 그는 아직 한어를 잘하지 못하지만, 누구보다 제 몫을 톡톡히 하는 자였다. 남들보다 서너 배는 일할 수 있는 힘을 지녔고, 서역 상인으로부터 밀수한 총을 다룰 줄 안다. 더구나 일향촌을 위기에서 지키기 위해 만든 총기대(銃器隊)의 스승이자 수장이었다. 그의 총은 수백 장 밖에서도 노린 곳을 정확히 맞추어내는 신기였다.

장영을 만나러 가기 전에 만일을 대비해서 입구가 보이는 곳에 그를 숨겨두었다. 찾아온 자들이 많았다면 모르되 한 명이라면 그 혼자서도 충분히 살상할 수 있는 능력을 가졌다.

더구나 지금 장영이 있는 곳에서 사십 장이나 떨어진 곳의 수풀에 숨어 있었다. 그런 그의 위치를 정확히 꿰뚫었을 뿐 아니라 그의 모습마저 꿰뚫고 있었다.

"그래, 이제 나를 시험하는 것은 그만두고 잠깐 이야기를 나누어도 되겠는가?"

장영이 흐뭇한 미소를 지었다.

"송구합니다. 아직 어려서 고인을 시험에 들게 하였습니다."

일향이 진심으로 사과를 했다.

"괜찮네. 신중한 것은 좋은 게지."

장영은 손사래를 치면서 일향의 사과를 받아들였다.

"자, 그럼 거처로 모시겠습니다."

일향은 손을 내밀어 장영에게 길을 권했다.

"아가씨, 어찌 아직 목적도 불분명……."

딩혜가 놀라 제지하려 했으나 일향의 눈빛에 말을 삼키고 말았다. 그녀의 눈에 떠오른 것은 명백한 질책이었다.

'어째서?'

어째서 자신을 질책하는 듯한 눈빛을 보인단 말인가?

당혜가 일향의 눈빛에 당황하든 말든 일향은 장영을 안내해 자신의 거처로 향했다.

멍하니 선 당혜의 어깨 위로 누군가의 손이 올라왔다.

"그만두어라. 아가씨께서 다 생각이 있으신 게지."

곽두수였다.

"하지만……."

"괜찮다. 어찌 너나 내가 아가씨의 행동 전부를 짐작해 낼 수가 있단 말이야. 일단 혹시 모르니 주한이는 살리단에게 총기대를 언제든 사용할 수 있게 준비하라 이르고, 취산에게는 급히 나에게로 오라 전하거라."

"예."

4

쪼르륵.

향긋한 내음을 머금은 차가 뜨거운 김을 내면서 찻잔에 따라졌다.

일향과 장영은 말없이 차 맛을 음미했다. 긴 침묵을 깨고 먼저 입을 연 것은 일향이었다.

"이제 말씀해 주시지요. 북경에서부터 흔적을 쫓아오셨다면 짧은 여정이 아니었을 텐데 누구를 찾아오신 건지……."

일향의 어조는 지극히 공손했다.

"한 아이를 찾아왔네. 이제 막 열두어 살이 되었을 거라 하더군."

그 역시도 정확히 잘 모르는 모양이었다. 누군가에게서 전해 들은 이야기를 일향에게 옮기는 듯한 말투였다.

"일전에 운학서원을 찾은 적이 있었네."

"아!"

그제야 일향은 장영이 얼마 전에 구매한 어린 노예 소년을 찾아왔다는 사실을 알 수 있었다.

"내가 찾아갔을 때는 이미 당한 이후이더군. 청학의 고고함이 서렸던 곳이 폐허가 되어 있었네. 일가족은 모두 노예가 되거나 죽임을 당했다고 군관 놈이 아주 친절하게 답하더란 말이야."

장영의 어조는 담담하기 그지없었다. 안타까움이나 분노 따위는 느껴지지 않았다.

"그래서 나는 청학의… 아, 청학은 명훈이 그자의 호일세. 어쨌든 나는 청학의 식솔들 행방을 찾게 되었다네. 그리고 그의 손자라는 아이가 얼마 전 북경 노예 경매에서 누군가에게 팔렸다는 것을 알게 되었지. 일향상단이라 하더군. 뭐, 거지새끼들을 동원했더니 찾는 데는 그다지 어렵지 않았네. 기련산(祁連山) 어디쯤이라기에 찾아왔더니 요 앞선 곳에 녹림 애들이 있더라고. 그래서 좋은 말로 '일향상단이 어디 있느냐?' 하니, '예, 이쪽으로 가서 저리 가면 됩니다' 하더란 말이야. 그래서 찾아온 게지."

장영은 장황하게 자신이 일향촌을 찾을 수 있었던 연유를 설명하였다.

거지새끼들을 동원해서 찾았다는 것은 분명 개방을 이용했

다는 말이다. 개방은 구파가 무너지면서 함께 모습을 감추었
다는 사실을 일향은 알고 있었다. 하나 무너졌다 하여도 온 세
상에 퍼진 걸인들이 모아오는 정보력은 상상을 초월한다.

자신 역시 개방을 이용해 보려 했으나 그 흔적조차도 찾을
수가 없었다. 그런 개방의 거지들을 동원했다? 더구나 반역의
자손이자 노예가 된 자의 정보를 찾아낼 정도면 꽤나 능력있
는 자들을 이용했을 터다.

그렇다면 눈앞의 이자는 숨어버린 개방을 이끌어낼 정도로
힘이 있단 말인가? 아니다. 힘만으로는 불가능하다. 개방이 힘
이나 금력으로 힘을 빌릴 수 있는 곳이 아니다. 분명 그는 개
방의 인물과 친분이 있을 것이다. 그것도 꽤나 고위직의 인물
임이 틀림없다. 역시 예사 인물이 아니었다.

"대단하시군요. 세상에 나오지 않은 지가 꽤 되었는
데……."

그녀는 개방에 대해 넌지시 물었다.

"허허, 내가 주정뱅이와 친분이 좀 있어서 말이야."

일향의 눈이 살짝 가늘어졌다. 기억을 되새겨 보아도 장영
이 말하는 주정뱅이라는 자에 대해 알 수가 없었기 때문이다.

"혹, 호골채 사람들이 실수라도 하지 않았는지……?"

"호골채? 아, 근처의 녹림 애들 말인가? 아니야. 꽤 친절한
친구들이던걸? 허허, 그냥 몇 마디 말만 나누었을 뿐이네. 더
욱이 여비에 보태라고 전낭까지 하나 챙겨주던걸. 허허."

'설마… 그럴 리가…….'

장영이 웃으며 손사래를 쳤지만 일향은 알 수 있었다. 호골채에 이 인물을 알아볼 만큼 눈이 열려 있는 자는 없다. 보지 않았음에도 지금 호골채가 어떤 모습일지는 충분히 예상되었다. 한숨이 나왔다. 그래도 가까운 거리에 사는 친분있는 자들이니 조속히 의원인 강 노사라도 보내야 할 것만 같았다.

"그건 그렇고 말이야. 그 아이, 어디 있는 겐가?"

장영이 찻잔을 내려놓으면서 자신의 본론의 꺼내놓았다.

개방과 관계가 있다면 필시 악인은 아닐 것이다. 또한 마주하고 있는 그의 모습에 악의는 눈곱만큼도 느껴지지 않았다. 하나 신중해야 했다.

"외람된 말씀이지만, 그곳과 어떤 관계에 있는지 물어도 되겠습니까?"

일향의 물음에 장영이 무표정하게 그녀를 쳐다보다가 너털웃음을 터뜨린다.

"허참, 의심이 많기도 하시구먼. 하나 그만큼 신중하다는 것이겠지."

"죄송합니다."

"아닐세. 아니야. 세상이 그러한 것을 어찌 자네를 탓하겠는가? 나는 청학의 오래된 벗일세. 그 아이, 세상에 나와 있으면 분명 제대로 피지 못할 것이야. 그래서 데려가려 한다네. 그것이 내 벗에 대한 작은 도리일세."

장영이 빙긋이 웃는다. 그의 말이 거짓이라고는 느껴지지 않았다.

"알겠습니다. 믿겠습니다. 하나 그 아이… 가슴에 한이 있어 보였습니다."

"허허, 한이 없는 사람이 어디에 있겠는가?"

장영의 웃음은 세속을 초월한 도인의 것과 닮아 있었다.

"휴우, 잠시만 기다리십시오. 불러오겠습니다."

일향이 나지막이 한숨을 내쉬면서 자리에서 일어나려는 순간 장영이 손을 들어 제지했다.

"아마도 벌써 와 있는 듯하구면. 문밖에서 도둑고양이처럼 듣는 버릇은 좋지 않은 것인데 말이지."

장영은 살짝 눈살을 찌푸렸다.

"접니다. 들어가겠습니다."

장영의 말이 끝남과 동시에 누군가 문밖에서 앳된 목소리로 말했다.

덜컥.

"기분이 나쁘셨다면 죄송합니다. 본의 아니게 엿듣게 되었습니다."

노예 소년이 담담하게 사과를 해왔고, 바라보는 장영의 눈빛에는 변화가 없었다.

"묻겠습니다. 할아버님과 친분이 있다 하셨지요. 어떤 친분입니까?"

단도직입적인 물음이다. 무척이나 예의에 어긋나는 물음이다.

장영은 말없이 쳐다보기만 했고, 아이의 눈에는 알 수 없는 분노라는 감정이 떠올라 있었다.

노소의 어색한 분위기에 오히려 함께 있는 일향이 어찌할 바를 몰라 했다.

"무엇을 듣고 싶은 것이냐? 다 들었으니 내가 온 목적도 알 터다. 알고도 묻는다는 것은 내 대답 여하에 따라 행동하겠다는 뜻이더냐?"

"……."

노예 소년은 침묵을 지켰다.

"청학은 나의 오랜 벗이자 스승과 같은 사람이었다. 언젠가 그에게 많은 신세를 진 적이 있다. 그래서 항시 그에게 은혜를 갚고자 했지. 한데 이제 그에게 은혜를 갚을 수가 없게 되었구나. 그는 내게 마지막 편지를 보냈었다. 너를 무척이나 걱정하고 있었지. 혹여 자신이 세상에 없게 된다면, 너를 맡아달라 했었다."

"……."

"이만하면 대답이 되었느냐?"

장영은 가만히 고개를 끄덕이고는 담담한 얼굴을 들었다.

"그렇다면 이미 은혜를 갚은 것이나 다름없군요. 돌아가 주십시오."

"뭐?"

거절이었다.

소년은 명백히 거절의 뜻을 밝혔다.

"어째서냐? 어째서?"

"할아버님의 벗이라고 하셨습니다. 저와는 그 어떠한 관계도 없는 분이지요. 역적이 된 할아버님과 관계된다는 것이 얼마나 위험한지 잘 알고 있습니다. 어르신께서는 그 위험을 마다하지 않으시고 저를 찾아내신 것일 테지요. 그것만으로도 돌아가신 할아버님을 잊지 않으셨으니 은혜를 갚은 셈이지요. 그리고 저는 제 할아버님과의 연을 이어가고 싶지 않습니다. 저는 저일 뿐 운학서원과 아무런 관계도 없습니다. 또한 저는 노예가 된 순간부터 조(朝) 씨 성을 버렸습니다."

"그… 그런 말이……?"

소년의 말에 장영이 오히려 당황했다.

"복수하고 싶지 않은 것이냐? 원한다면 내가 복수할 수 있도록 도와주마."

"복수? 복수라고 하셨습니까?"

"……."

"무엇에 대한 복수입니까?"

"그야… 네 할아비와 가문이 아니냐?"

"가문? 하하, 핫핫핫핫!"

"……."

소년이 잠시 듣고 있다가 어린아이답지 않은 웃음을 터뜨리자 일향과 장영이 되레 당황하고 말았다.

"복수라……. 잘못 찾아오신 것 같군요. 저는 조 씨 성을 버리기 이전부터 가문과는 관계없는 인물이었습니다. 갈 곳이 마땅치 않아 기거했을 뿐이고, 시간을 헛되이 보내고 싶지 않아 배웠던 것뿐입니다. 제 조부라 주장했던 자가 죽으면서 저는 이미 복수할 대상을 잃어버렸습니다. 제 복수 대상은 어르신께서 벗이라 생각하신 조 명 자, 훈 자를 쓰시는 바로 그 어른입니다. 이미 그분의 목이 떨어져 나갔거늘… 누구에게 복수를 한단 말입니까?"

무슨 소리란 말인가? 어째서 복수의 대상이 자신의 할아비라 지칭하고 있는 것일까? 한데 듣고 있다 소년의 말에 화가 난 장영이 대노성을 터뜨렸다.

"노옴! 듣고 있자니 못하는 말이 없구나! 어찌 혈육이라는 자가 제 할아비를 욕보이는 것이냐!"

이마에 힘줄이 돋아오른 채로 벌떡 일어난 장영이 소년을 쏘아보면서 말했다. 서슬이 퍼런 기세였고, 장영은 금세라도 소년의 따귀를 올려붙일 정도로 흥분했으나 소년은 담담한 표정으로 천천히 입을 떼었다.

"어르신, 저는 한때 조청린이라 불린 적이 있습니다."

대노(大怒)한 장영은 소년이 이름을 밝히자 그만 온몸이 싸늘하게 식어가는 듯한 기분이 들었다. 조청린, 그 이름의 세 글자는 많은 의미를 내포하고 있었다. 그는 분명히 청학 조명휴의 손자가 맞다. 청학 조명훈의 세 아들 중 막내 아들인 조하문의 자식. 조하문의 외동아들인 그가 맞다. 그것도 한때 운학 서원의 소학(小鶴)이라 불리며 열 살이 되던 해에 이미 문사로 소문이 자자했던 그 천재. 하지만 오랫동안 청학과 연통을 주고받았던 장영은 조청린이라는 이름에 묻혀 있는 비사(悲事)

에 대해서 너무도 잘 알고 있었다.

"할아버님과 친구 분이시라더니 제 말을 금세 알아들으셨군요. 이만 나가보아도 될는지요?"

"……."

장영은 할 말을 잃어버렸다. 무슨 말이 더 필요하단 말인가? 어쩌면 소년의 말이 맞을지도 모른다. 조청린에게는 할아비와 가문을 몰락시킨 청조가 아니라 자신의 할아비 조명훈이 바로 복수의 대상임이 틀림없을지도 몰랐다.

장영이 마치 넋 나간 사람처럼 멍해진 표정으로 서 있는 동안 조청린은 공손하게 인사를 하고 밖으로 나가 버렸다.

"허, 그랬던가? 자네가 내가 맡아달라던 그 아이가 하문의 아들이었던가? 이 사람… 어려운 것을 부탁했구먼. 저 아이의 마음이 이미 차갑게 굳었거늘……."

조청린(朝靑麟)과 주량(朱良)

武林
군자
무림군자

1

　조청린이 나가고 난 이후로 한동안 말없이 앉아 있는 장영을 향해 일향이 조심스럽게 말을 꺼내놓았다.
　"어르신?"
　"아, 미안하네. 잠시……."
　장영의 미간이 찌푸려졌다. 이미 소년이 밖으로 나가고 인기척소차 들리지 않았지만, 소년을 찾으러 왔다던 그는 '조청린'이라는 이름을 듣고는 나가는 그를 잡지 못했다.
　"허, 그랬던가. 결국 그리된 것인가……."
　허탈해진 목소리로 자리에 털썩 주저앉은 그는 망연자실한 표정으로 고개를 저었다.
　"어르신, 청린이라면 일찍이 소학으로 불렸던 운학서원 최고의 기재가 아닌지요?”

일향이 다시 한 번 조심스럽게 묻는다. 운학서원의 소학이라면 그녀 역시도 무척이나 잘 알고 있는 인물이었다. 열 살이라는 나이에 과거에서 장원을 하고, 지금은 망해 버린 숭정제의 친수를 받은 아이가 아닌가? 당시만 해도 새로운 천재의 탄생에 온 나라가 술렁거렸을 정도로 유명한 것이 바로 소학이었다.

“맞네. 저 아이가 바로 자네가 알고 있는 그 소학이 맞는 듯싶구먼.”

그제야 일향은 어찌해서 소년이 그리도 당차고 어른스럽게 느껴졌는지 알 수가 있었다.

“청학이여… 청학이여… 결국 자네는 죄를 받고야 말았구먼. 하늘이 자네를 용서하지 않았음이네. 허.”

장영이 허허롭게 웃자 영문을 모르는 일향은 고개만 갸웃거렸다.

“한데 어찌하여…….”

“해서는 안 될 일이었네. 그리도 만류했던 일인데……. 그때 완전히 청학을 말리지 못한 내 책임이 크지. 암, 모두가 인과응보(因果應報)인 게야.”

“무슨 연유인지 물어도 되겠습니까?”

“묻지 못할 것이 뭐가 있단 말인가? 어차피 다 지나 버린 일이고 부끄러워할 가문조차 남아 있지 않은 것인데…….”

힘 빠진 모습으로 장영이 일향에게 ‘조청린’ 이라는 이름에 담겨진 이야기를 꺼내놓았다.

　조명훈의 셋째 아들인 조하문.
　그는 청년 문사였다. 비록 관직에 오르지는 않았으나 그의 학문의 깊이는 어느 누구도 무시하지 못할 만큼 뛰어났다는 사실에는 아무런 변함이 없었다.
　명조의 말엽 만력제의 재위 당시 당쟁의 격화로 정치는 문란했고, 후금과의 전쟁으로 인해 농민들의 생고(生苦)는 이루 말할 수가 없는 지경이었다. 조하문은 이러한 명 왕조의 부패함에 관직에 나설 뜻을 접고 운학서원에 묻혀 살았다. 그때 조하문은 한 여인을 만나 사랑을 하게 된다. 그 여인은 후금의 여인이었다.
　이를 알게 된 조명훈은 아들의 혼사를 극구 반대했고, 임신한 며느리를 내치고 말았다. 조하문은 이로 인해 자신의 아비와 다투게 되었고, 여인을 따라 집을 떠나 하남성의 남쪽 천중산(天中山)에 터를 잡고 운학서원과 연을 끊은 채 농사를 지었다.
　조청린이 다섯 살 되던 해, 오랑캐의 여인을 며느리로 삼게 되고, 아들이 가출한 것을 가문의 수치라고 여겼던 조명훈은 당장 조하문을 찾아가게 된다.
　그만 내자를 버리고 돌아가자고 실랑이하기를 수차례, 결국 조명훈은 며느리를 납치해 살해하게 된다. 이에 사실을 알게 된 조하문이 애별리고(愛別離苦:불교에서 말하는 팔고(八苦)의 하나로 사랑하는 이를 떠나보낸 괴로움)라는 글귀를 남긴 채 아비를 원망하면서 자살하게 된다.

이를 눈앞에서 목격한 조청린은 충격 아닌 충격을 받게 되어 실어증에 걸리게 되었다. 조명훈은 아들의 핏줄을 데려다가 운학서원에서 키우기 시작했는데, 본디 아비를 닮아 영특하였으나 오랑캐의 피가 섞여 있다는 것 때문에 가문에 조청린이라는 이름을 올리지 못하였다.

어린 청린은 가문의 사람들로부터 미개한 오랑캐의 핏줄이라 하여 괄시와 멸시를 당하기 일쑤였고, 하인들이 자는 곳에 거처를 잡고 살아야만 했다. 뿐만 아니라 자신의 어미가 후금의 태생이라는 사실을 감추어야만 했다.

하지만 낭중지추(囊中之錐)라 했다. 열 살이 되던 해 다른 형제들과 과거에 참가한 청린은 당당히 최장원으로 급제를 하게 된다. 그 후 섬서성(陝西省)에서 이자성의 난이 일어나 관직에 오르지는 못했으나 그의 천재성을 드러내게 된 것이다.

그 영특한 아이가 어린 시절 자신의 할아비가 아비와 어미의 죽음에 관여되었음에 대해 어찌 모를 수가 있겠는가? 어쩌면 청린의 말처럼 청린의 원수는 가문을 몰살한 청조가 아니라 자신의 할아비일지도 몰랐다.

"……"

모든 이야기를 듣게 된 일향의 얼굴에 슬픔이 어렸다.

운학서원의 마지막 남은 혈손이라 하여 노예로 사는 것이 어찌나 고초가 많을까 하고 불쌍하게 여겼는데, 그 어린아이의 살아온 삶이 순탄치 않았던 것이다.

"후우… 어찌한단 말인가. 찾지 않았으면 더욱 좋았을 것인데… 공연히 저 아이의 가슴을 더 아프게 한 것은 아닌지 모르겠구먼."

"……."

한숨을 내쉬는 장영의 모습에 일향이 잠시 고민하다가 입을 열었다.

"어르신, 그렇지 않을 겝니다. 모진 운명을 안고 태어나 살아왔다 하여 어찌 노예의 삶이 좋겠습니까? 또한 그토록 할아버지를 원망했다면 어찌 그 당시에 기를 쓰고 학문을 익혔겠습니까? 아마도 인정받고 싶었던 것일 겝니다. 제 어미가 후금의 여인이라 해도 가문에 자신의 이름을 당당히 인정받고 싶었을 겝니다. 아무리 뛰어나다 할지라도 아이는 아이인 게지요."

"……."

"어쩌면 어르신이 찾아주신 것이 더욱 기쁠지도 모릅니다. 어린 시절부터 몸에 익어 내색하지 못하는 것이 아닐는지요. 어쩌면 혹여 자신 때문에 어르신이 좋지 않은 일에 휘말릴까 걱정해 하는 말이 아니겠습니까?"

"허어, 자네가 내 마음을 홀가분하게 덜어주는구먼. 미안하네. 늣난 꼴을 보였으이."

"별말씀을……. 도리어 고인을 모시게 되어 제가 더욱 감사

할 따름입니다."

"그리 생각해 주니 고맙네."

장영은 일향의 말에 조금 위안이 드는 것만 같았다.

"그런데 어르신, 혹여 어르신의 고명한 함자를 여쭈어도 될는지요?"

"고명함은 무슨, 나는 그냥 세상이 싫어 심산에 몸을 숨긴 노인에 불과한 장영이라 하네."

"……."

"그럼 나는 잠시 바람을 좀 쐬어야겠네. 저 아이를 데려와 주어 고맙네."

"……."

일향은 그의 이름을 들은 순간 그만 심장이 멎을 듯한 충격을 받고 말았다. 세상에, '장영'이라니? 그가 베풀 장(張) 자에 재 영(嶺) 자를 쓰고 있다면 그는 이미 칠십을 넘긴 인물이 아닌가? 그런 인물이 마치 젊은이와 같은 외모를 하고 있다니. 뛰어난 이라고 생각했지만 그가 한때 무림일황(武林一皇) 천지무황(天地武皇)이라 불렸던 고금제일의 고수라고는 전혀 생각하지 못했다.

2

흔들.

코앞의 사물조차 구분되지 않는 깊은 어둠 속.

기다란 끈에 매어진 허수아비 수십 개가 바람에 흔들렸다. 흔들리는 방향도 달랐고 위치도 달랐다. 마치 사람처럼 만들어진 허수아비의 몸에는 사람의 수많은 사혈(死穴) 위치에 붉은색으로 표시가 되어 있었다.

"……."

흔들리는 허수아비와 대치하듯이 서 있는 소년.

이제 막 열두엇이 되었을 법한 소년은 어둠 속에 있으면서도 검은 천으로 두 눈을 가리고 있었다. 그의 손에는 무척이나 날렵하게 생긴 직선형 비도가 쥐어져 있었고, 소년의 분위기는 어둠을 닮은 것처럼 고요하기 그지없었다.

휘이잉!

바람이 불어온다.

바람은 허수아비를 흔들고, 허수아비는 제각기 조금씩 춤을 추듯 움직였다.

핑!

바람에 소리를 감추듯이 미세한 파공성이 허수아비를 지나 소년을 향해 날아왔다. 소년은 눈을 가리고도 마치 보이는 것처럼 반보를 물러나면서 몸을 틀었다.

치익.

날카로운 비도가 가슴을 스치면서 지나가자 소년은 이내 방향을 바꾸며 허수아비의 방향으로 비껴 나가듯이 내달렸다.

슛! 슈슛!

막 첫 번째 허수아비를 지날 때 소년의 손이 떨쳐지고, 은빛에 반짝이는 비도가 허공으로 날아갔다. 손에 든 것은 하나였으되 마치 마르지 않는 샘처럼 소년의 손에서 생겨나 허공을 갈랐다.

푹! 푸푹! 푹!

서너 호흡 만에 소년은 허수아비를 완전히 지나가 멈추었다.

소년은 천천히 눈을 가리고 있는 안대를 풀었다.

"……."

소년의 앞에는 백색의 귀면탈을 쓴 채 팔짱을 낀 사내가 서 있었다. 그는 바로 귀곡의 백귀라는 인물.

"충분히 피할 수 있다 생각했는데… 무리였나 보군."

소년, 아니, 주량은 베어진 앞섶을 보면서 나지막하게 말했다. 그 말에 백귀의 눈이 꿈틀했다.

아무리 황궁에 있을 당시 무공을 배웠다고 하지만, 처음 주량을 가르칠 때만 해도 삼류도 되지 않는 무공을 가지고 있었다.

그런데 불과 한 달여 만에 자신의 비도를 피해낸 것이다. 물론 주량의 성취를 생각해서 힘을 조절했다고는 하나 최근 들어 부쩍 빠른 진보를 보이는 것에 대해 혹여 자만심에 빠질 것을 우려해 그의 능력으로는 절대 피하지 못할 만큼 강하게 던진 비도였다.

"어째서 그런 눈으로 쳐다보지? 피하지 못할 것이라 생각했나?"

허수아비에 박힌 비도를 뽑아내면서 피식 웃는 주량의 말에 백귀의 몸이 움찔거렸다. 마음을 읽혔단 말인가? 그것도 어둠 속에 실낱같이 반짝이는 자신의 눈빛만 보고?

"그런데 이 무공이라는 것 말이야, 생각보다 재미있군. 예전에 황궁에 있을 때만 해도 춤사위 정도로만 생각했는데……."

"……."

뛰어난 아이였다.

당초의 예상보다 열 배는 뛰어난 아이었다. 어쩌면 처음 아이를 보았을 때 예상했던 사 할의 확률은 틀린 것인지도 몰랐다. 그는 마치 솜처럼 빨아들이고 있었다.

춤사위.

그랬다. 분명 그가 말하는 것처럼 처음에 주량이 보여준 능력은 고작 춤사위에 불과했고, 어린아이의 치기 어린 동작일 뿐이었다. 지금은 망해 버렸지만, 대명의 황태손에게 무인처럼 몸을 혹사시켜 무공을 익히게 하지는 않았을 것이다.

"이제 다음은 그 약탕에 몸을 담그는 것인가?"

"……."

"서둘리 가도록 하지. 그대들이 나에게 앞으로 무엇을 가르쳐 줄지, 그리고 어떤 삶을 열어줄지가 너무도 궁금하군."

주량이 비도를 모두 회수해서 자신의 손에 쥐어주고는 앞서서 걸어가자 백귀는 말없이 그 뒤를 따랐다.

"칠 할 이상입니다."

"뭐라고?!"

자칭 귀신들의 아비라 말하는 귀야(鬼爺)는 은귀(隱鬼)의 말에 하마터면 들고 있던 다기를 떨어뜨릴 뻔했다.

칠 할이라니? 듣고도 믿을 수가 없는 사실이 아닌가?

이제껏 수십여 명의 아이가 자신의 욕심 속에서 죽어나갔다. 하지만 고작 일 할의 가능성만이라도 있다면 무조건 시행해야 할 일이기에 어쩔 수가 없었다. 자신들의 염원을 풀어줄 진정한 귀왕(鬼王)의 탄생을 위해서 그토록 노력해 왔던 일이다.

"칠 할이라니… 칠 할이라니……."

웃어야 할지 울어야 할지도 모를 기적적인 확률에 귀야가 털썩 소리를 내면서 의자에 앉았다.

"이미 백귀의 은형도를 반 이상이나 익혔습니다."

"은형도를 말인가?"

"그렇습니다. 아직까지 그 누구도 보여주지 않았던 성취입니다."

"허!"

"이대로라면 더 이상 다른 인재는 찾아보지 않아도 될 듯싶습니다."

"그 정도란 말이냐?"

평소에 무척이나 치밀한 성격인 은귀의 말이니 믿어도 충분할 터이다.

"그렇습니다. 어쩌면 사 년 이내에 귀왕십관(鬼王十館)에 들어도 될 듯합니다."

"……!"

뭐라 말이 나오지 않았다. 사 할이라 하여 기대는 했지만, 이 정도의 성취를 보일 줄은 몰랐던 것이다. 혹여 황실의 자손이라 하여 견디지 못하면 어찌할까 생각도 많이 해보았던 일이다. 한데 어쩌면 그의 걱정은 기우였는지도 모르겠다는 생각이 들었다.

"하나 다른 인재들도 계속해서 찾아보아라. 설사 그 아이가 귀왕의 위(位)에 오른다 할지라도 차후에 일을 진행하자면 수족이 필요할 것이다."

"수족입니까?"

"그래, 너희와 같은, 아니, 너희보다 뛰어난 귀혼들을 만들어야만 한다. 그렇지 않다면 어찌 거사(巨事)를 돕겠는가?"

"알겠습니다. 그럼."

은귀는 자신의 주군인 귀야가 내린 명에 공손하게 읍하면서 뒷걸음으로 물러났다. 그리고는 어둠 속에서 흩어지듯이 사라져 버렸다.

"칠 할… 칠 할이라……."

삼 장 높이의 천장에 십 장 방원은 될 법한 거대한 동혈.

동혈 안에는 수많은 이름 모를 약초, 독초를 비롯하여 듣도 보도 못한 짐승들의 사체가 즐비하게 널려 있다.

중앙에 만들어진 석단에는 아궁이처럼 불이 지펴지고 있었

고, 그 위에는 철로 된 거대한 단지가 싯누런 액체를 담고 부글
거리며 끓고 있었다.

늙은 노파는 비 오듯 땀을 흘리면서 쉴 새 없이 약초를 잘라
넣고 액체의 상태를 살폈다. 거대한 막대기로 잘 섞이도록 저
으면서 간간이 향과 맛을 음미한다.

"……."

동혈의 외곽으로는 마치 중요한 의식이라도 치르는 듯이 백
귀(白鬼)를 비롯한 귀곡의 무인들이 원형으로 늘어서 있고, 노
파의 옆에는 귀야가 심각한 표정으로 서서 무언가를 기다리는
것처럼 초조한 표정이었다.

부글부글.

액체가 연신 커다란 방울을 만들어내며 터져 나가자 노파가
눈을 빛내면서 단지 앞으로 다가갔다.

"……."

한참을 말없이 지켜보던 노파가 눈을 게슴츠레하게 뜨면서
입꼬리를 말아 올렸다.

"되었다."

"푸하!"

노파의 말이 끝나기가 무섭게 액체 안에서 누군가 억눌린
숨을 터뜨리면서 일어섰다. 몸에 온통 끈적이는 액체를 뒤집
어쓴 채로 일어선 인영은 바로 주량이다. 심각한 표정을 짓고
있던 귀야의 표정이 그제야 밝아졌다.

"후우! 후우! 후우!"

한참을 숨을 참았기 때문일까, 주량이 숨을 몰아쉬면서 귀야를 향해 웃었다.

"귀야, 다음번에는 좀 더 냄새가 역겹지 않은 것이었으면 좋겠어. 물 안에서도 토악질이 올라올 것 같아."

인상을 찌푸리면서 반말을 해왔지만, 귀야의 얼굴에서 미소는 사라지지 않았다.

"익숙해지면 괜찮을 거다."

"익숙해지면이라고? 웃기는군. 그럼 당신이 들어가 보시지."

주량이 눈살을 찌푸리면서 노파의 부축을 받아 단지 밖으로 걸어나오자 적귀가 재빨리 천을 꺼내서 그의 몸을 구석구석 닦아내었다.

"……."

귀야가 노파를 쳐다보자 노파가 말없이 고개를 끄덕거렸다.

"그렇단 말이지. 좋아, 백묘파파. 수고 많았다."

"과찬이십니다. 제법 강단이 있는 놈이라 황염수(黃炎水) 안에서 일각을 무사히 넘긴 것이지요."

노파기 쇠 끓는 듯한 목소리로 대답했다.

일각, 일각(15분)이란 말인가? 어찌 사람이 일각을 수중에서 버틸 수가 있단 말인가? 그것도 끓어 넘치는 수중에서 말이다.

"어쨌든 이걸 하면 피부가 정말 강해지기는 하는 건가?"

"걱정 마라. 황염수는 네놈이 생각하는 것보다 더욱 대단한 것이다. 우리 귀곡약학의 정수가 녹아 있다 해도 과언이 아니

다. 모르긴 해도 이 황염수의 효능을 아는 놈이라면 억만금을
주고 그 안에 처박혀 있으려 할 테니까.”

　“거짓말. 저 정도의 온도라면 그냥 들어갔다가는 몸이 녹아
버린다고…”

　주량이 투덜거리면서 의복을 갖추어 입자 귀야가 웃으면서
주량의 어깨를 두드렸다.

　“고생 많았다. 이걸로 제일관은 통과한 셈이구나. 한 며칠
푹 쉬도록 해라.”

　“쉰다고?”

　처음 있는 일이었다.

　주량이 처음 귀곡에 들어와서 한 달 동안의 일상에 비하면
말도 안 된다고 할 수 있었기에 진심인가 하여 놀란 표정으로
귀야를 쳐다보았다.

　“정말이야?”

　“그래, 정말이다. 한 보름 정도는 쉬어도 좋다.”

　“보름이나?”

　파격적인 말이 아닐 수가 없었다. 주량은 귀곡에 들어와서
마치 무엇에 쫓기는 사람처럼 몸을 단련하고 무공을 익혔다.
매일 새벽 인시중(寅時中)에 일어나 호흡법을 익혔다. 원래 내
공을 단련하는 토납법을 익히지 않은 터라 운기(雲氣)를 하는
데만도 한참의 시간이 걸렸고, 조식(調息)에는 그 배에 달하는
시간이 걸렸다. 운기조식이 끝나고 묘시부터 사시 말까지는
체력을 단련했다.

열두 살 소년, 아니, 어른이 하기에도 벅찬 운동량을 채워야 했고, 오시부터 유시까지는 백귀를 비롯한 여섯 명의 스승으로부터 무공을 배워야 했다. 조금이라도 흐트러졌다가는 미칠 듯한 매질이 시작되었다. 표정조차 감춰 가면 쓴 이들로부터 얻어맞는 고통은 공포에 가까웠으나 한 달이 지난 지금은 되레 익숙해져 있었다.

"황염수의 기운은 사람이 가질 수 없는 것이다. 그 기운을 몸 안에 축척하기 위해서는 반드시 보름 이상은 기다려야 하지. 자칫 몸을 함부로 사용했다가는 기혈이 꼬여 몸을 망칠 수도 있음이니 무공 수련은 쉰다. 하지만 매일 해왔던 것처럼 운기조식은 쉬지 않고 해야 한다."

"알았어. 그런데 귀야, 괜찮다면 잠깐 밖에 나갔다 와도 괜찮을까? 모처럼 바깥구경도 하고 싶은데 말이야."

"밖에를?"

"그래."

"……."

귀야는 잠시 고민했다.

하긴, 운기조식만 빼먹지 않고 한다면 크게 문제가 되지 않을 법도 했다. 하지만 문제는 그 대상이 바로 주량이라는 것이다. 주량은 망해 버린 황족이다. 노예로 팔려 세상을 떠돌게 되었지만, 청조는 항시 감시를 늦추지 않을 것이다. 그런데 귀곡에 들어오면서 사라져 버린 그를 찾기 위해 어쩌면 이미 은밀히 움직이고 있을지도 모른다.

“좋다. 하지만 혼자는 안 된다. 은귀와 흑귀가 함께 갈 것이다.”

“좋아. 어차피 혼자 갈 생각은 없었으니까.”

“그리고 절대 주천(酒泉)에서 벗어나서도 안 된다. 그 두 가지만 약속한다면 밖으로 내보내 주마.”

“알았어. 여행을 하려는 것은 아니니까.”

“알겠다.”

귀야는 고개를 끄덕여 주면서 은귀와 적귀에게 무언가를 다짐받듯이 쳐다보았다.

“알았어. 그럼 난 이만 나가서 쉬도록 할게.”

“…….”

주량이 나가고, 귀야의 얼굴이 시릴 정도로 싸늘하게 변했다.

“제일관을 무난히 이겨내었다. 지금까지 단 한 명도 이겨내지 못한 일관을 저렇듯이 쉽게 이겨내었어. 보름간의 시간이 지나면 무쇠보다 단단한 피부와 보통의 무인들은 꿈에도 꾸지 못할 내력을 얻게 될 것이다. 크크크… 이걸로 팔 할 이상의 확률이 되었다.”

귀야가 동혈이 스산하게 울릴 정도로 스산한 웃음을 흘리자 백묘파파를 비롯하여 여섯 명의 귀혼이 무릎을 꿇고 한목소리로 외쳤다.

“감축드립니다, 주군!”

“그래, 그래야지. 암.”

3

바람이 분다.

산어귀에서부터 시작되어 온 바람은 시원하게 흘러 들판으로 내려왔다. 들판에선 황금 빛깔로 익어가던 벼들이 바람에 쏴아아 하는 소리를 내며 물결치듯 흔들렸다.

"웃차."

여름내 새카맣게 그을린 얼굴에 진득이 배어나는 땀을 소매로 닦아낸 농부는 다시금 낫을 들어 벼의 밑동을 베어내었다.

산속의 분지에 만들어진 일향촌은 그렇게 가을을 맞이하고 있었다.

"후우, 올해도 대풍이구먼."

농부의 이름은 창환.

창환은 풍작의 수확을 안게 된 것이 무척이나 기쁜 듯이 만면 가득히 웃음을 지으면서 고개를 들어 올렸다. 바람이 무척이나 시원하게 느껴졌다.

"아니, 너는 무명이가 아니냐?"

소년이 다가오면서 농부에게 인사를 건네었다. 언젠가부터 사람들은 소년을 무명이라 불렀다. 무명(無名), 이름이 없는 아이. 누가 부르기 시작했는지 모르지만, 아이의 이름은 무명이가 되었다.

"그래, 어쩐 일이냐?"

"추수를 배우러 왔습니다."

"……."

소년의 말에 잠시 어이없는 표정을 지은 창환이 되물었
다.

"네가 농사일을 배워 무엇 하려고?"

그가 알기로 무명은 이 마을의 실질적인 주인이라고 할 수
있는 일향의 집에 기거하고 있는 소년이다. 일향이 최고가에
사들인 아이. 일향의 집에 있었지만, 그는 시종도, 상단의 일원
도 아니었다. 일향은 마치 소년을 동생처럼, 아들처럼 대했기
때문에 마을 사람들은 그가 일향의 인척이었거나 수양아들쯤
될 것이라 생각했다.

"제가 배우면 안 되는 것입니까?"

"아니, 그런 건 아니다만… 그래도 일향 아씨가 좋아하지는
않을 텐데……."

창환이 조금 꺼려지는 듯이 말꼬리를 흐리자 무명이 빙긋이
웃는다.

"예로부터 '농자지천하지대본(農者之天下之大本)' 이라고 했
지요. 농사는 사람이 살아가는 것에 있어 으뜸가는 근본이 아
니겠습니까? 사람이 살아가는 것에 반드시 필요한 것이 의식
주(衣食住)라 했으나 의와 주가 없다 하여 사람이 죽겠습니까
마는 식(食)이 없다면 사람은 살 수가 없는 것이지요. 곡식은
만물 생성의 근본이니 어찌 그 성장의 원리를 배우는 것이 잘
못되었다 하겠습니까?"

"……."

어린아이가 한 말이라고 하기에는 너무 어려운 말이었다. 누가 저 아이에게 저런 학문을 가르쳤단 말인가?

"어찌 되었든 어서 제게 농사를 가르쳐 주세요."

"어? 아… 그래……."

얼떨결에 어물쩍 넘어오는 무명의 말에 창환은 잘 별러둔 낫 하나를 건네어주면서 미심쩍은 표정으로 설명했다.

"이거 참, 하여간 잘 보거라. 해마다 이 시기가 되어 벼가 싯누렇게 익고 이리 낱알이 무거워져 고개를 숙이면 추수를 해야 할 때이다."

창환은 벼가 익는 시기와 추수할 시기, 낫질하는 방법까지 세세하게 가르쳐 주었다.

"그래, 제법 잘하는구나. 아직 품이 작으니 너무 많은 곳까지 잡지 말고 적당히만 잡아 잘라내려무나."

"예. 이거 생각보다 어렵군요."

"하하, 괜찮다. 시작하면서부터 너 정도로 익숙하게 하는 이는 없을 게다. 걱정하지 마라."

투정을 부리는 듯한 무명의 말에 창환이 웃었다.

"이제 제법 이곳에 적응을 하려는 듯하군요."

"음."

멀리 떨어진 곳에서 무명의 모습을 지켜보고 있던 일향이 장영에게 말했다.

“어째 마을 아이들이 다니는 학당에 다니지를 않고 저런 곳에서……”

장영은 농사일을 배우는 무명이 무척이나 못마땅했나 보다. 벌써 닷새 정도를 일향촌에 기거하고 있는 장영은 어찌 되었든 간에 도움을 주고 싶었으나 무명에게는 어떤 도움도 바라지 않는 분위기가 배어 있기에 섣불리 다가서지 못하고 있었다.

“일전에 학당에서 무명이 그런 말을 했다고 하더군요.”

“……”

“앎이란 실천함이 중요한데, 그 성현의 말조차 올바르지 않다고요.”

“음……”

“학당의 어른께서 그 말에 미처 답변할 말을 찾지 못해 애를 먹었다는군요. 그 후로는 무명이 학당을 찾지 않았다고 합니다. 어쩌면 저 아이는 다른 무언가를 배우고 있지는 않을는지……”

“휴우, 그렇구먼. 이제 나도 돌아갈 때가 되었나 보네. 이제나저제나 기다려 보아야 저놈 마음 변할 리는 없고. 어찌 보면 이리 살아가는 것도 저 아이에게는 더 나을 수도 있겠다는 생각이 드는구먼. 내 비록 벗과의 약속을 지키지는 못하게 되었지만 말이야. 미안하네. 괜한 일로 찾아와 폐만 되었구먼.”

“그런 말씀 마십시오. 도리어 고인께 제가 배운 것이 많습니다.”

“허허, 자네도 빈말을 할 줄 아는군. 여하튼 자네 같은 사람이 데리고 있다니 내 마음이 놓이는구면. 저 녀석의 밝아지는 모습을 보았으니 나는 이만 떠날까 하네. 부디 저 아이를 잘 부탁하네.”

“걱정 마십시오. 한데 좀 더 계시지 않고요.”

일향의 말은 진심이었다.

노인이라고 하기에는 너무도 젊은 외모이나 그의 말에는 현숙한 깊이가 느껴졌고, 깨달음을 얻을 때가 많았던 것이다. 그가 간다고 하니 왠지 모를 아쉬움이 들었다.

“아닐세. 먹고 노는 것에 익숙지 않아 더 있다가는 몸져눕겠네. 허허, 여하튼 후에 나에게 도움이 필요하거든 요녕성의 남쪽에 있는 단동으로 사람을 보내시게나. 그곳에 작은 어촌이 있는데 그곳으로 오면 나를 찾을 수 있을 것이네.”

장영의 얼굴에 보는 이의 마음을 편안하게 해주는 온화한 미소가 걸렸다.

“알겠습니다. 후에 상행을 나가게 되면 꼭 찾아뵙겠습니다.”

“그래, 좋은 만남이었네. 내 자네를 잊지 않음세.”

“별말씀을…….”

붙잡고 싶었지만 그럴 수 없다는 것을 일향은 잘 알고 있었다. 누구보다도 바람처럼 살아가는 인물이었다. 세파가 싫어 중원 무림의 최강의 위치에 있었던 그가 시골의 작은 어촌에 은거한 것인데, 자신이 붙잡는다는 것은 도리어 폐가 됨을 알기 때문이다.

"그럼."

장영은 일향의 다소곳한 인사를 뒤로하고 휘적휘적 걸어서 마을 밖으로 빠져나갔다.

第八章

또 다른 인연과 기연

武林
君子
무림군자

1

"아, 주천인가?"

일향촌을 떠난 장영은 느긋한 걸음으로 멀리 보이는 마을 입구로 들어섰다. 무척이나 오랜만에 찾은 곳이리라.

"마교주와의 일전이 있은 이후로 처음인가?"

아주 오래전 장영이 무림의 최강자의 자리에 있을 적에 주천과 우문관은 한시도 피가 끊이지 않았던 곳이다. 황제의 군대가 여진군과 싸우던 격전지이기도 했지만, 무림인들에게는 마교의 중원 정벌을 막아낸 곳이기도 했다.

팽창될 대로 팽창된 마교의 힘은 그 어느 때보다 강했고, 옥문관을 넘어 주천에 다다랐을 무렵에 장영은 마교주를 상대로 일전을 벌였다. 무려 삼 일 밤낮을 싸운 이후에 서로가 무수한

피해를 입고 끝나 버리기는 했지만, 그때부터 마교주와는 둘
도 없는 친구가 된 장영이다. 그 후로 이십 년이나 지나기는
했지만 아직도 기억이 생생했다.

"허참, 예전 기억이 새록새록 나는구먼그래. 어디, 그곳이
아직도 있으려나?"

장영은 오래전 기억 속에 마교주와 처음 식사를 했던 객점
을 찾아 주천으로 들어왔다. 무척이나 오래된 객점은 몇 번이
나 현판을 바꾸었지만 여전히 변함없는 그 모습으로 그 자리
에 존재하고 있었다.

"용화객점… 아직도 있군."

무척이나 반가운 느낌이 들었다.

장영에게 있어서는 새로운 친우를 갖게 해준 특별한 곳이었
기 때문인지 설레었다.

"계시오?"

주렴을 걷으면서 들어간 일층 객점 안에는 그다지 많은 손
님이 없었지만, 이제는 늙어버린 주인이 계산대에 있다가 장
영을 알아보고는 허겁지겁 달려나왔다.

"아, 아니, 장 대가께서 오시다니!"

"아, 주인장, 오랜만이군요."

"이게 얼마만입니까? 어서 오십시요. 어서요."

처음 만났을 때보다 주름이 수 개는 더 생기고, 귀밑머리가
하얗게 변해 버린 객점 주인인 노인은 장영의 손을 꼭 잡으면
서 연신 웃음을 터뜨렸다.

“정말 하나도 늙지 않으셨군요. 하긴 늙는 게 이상하지요.”

“그렇습니까?”

“아무렴요. 귀인, 아니, 신인(神人)께서 늙으시면 되겠습니까?”

객점주는 이십 년 전 그때 장영과 마교주가 이곳을 찾아왔을 때에도 객점의 주인이었던 사람이다. 그때만 해도 나이에 맞지 않게 어린 얼굴을 하고 있는 장영에게 깜짝 놀랐었는데 더 놀랄 것이 무엇 있겠는가?

“그때 귀인들이 다녀간 이후로 곳곳에서 사람들이 몰려들었지요. 하긴 당시 무림에서 가장 유명하신 분들이니 오죽했겠습니까?”

“하하, 그랬습니까?”

“아무렴요. 아참, 내 정신좀 봐. 어서 이리 앉으십시오. 귀인께서 오셨으니 오늘은 제가 제일 맛난 놈으로 대접해 올리겠습니다.”

“하하, 감사합니다.”

객점 주인은 장영을 창가 자리 옆으로 안내했다.

“주인장, 혹시 예전에 저희가 앉았던 자리로 가도 되겠습니까?”

“아, 그 자리 말입니까? 그것이…….”

“…….”

“다른 게 아니고, 먼저 온 손님들이 벌써 앉아 계셔서……. 일단 기다리십시오. 제가 양해를 구해보겠습니다.”

"아닙니다. 전의 흥취를 느껴보고 싶었던 것인데 이미 다른 손님이 계시다면 어쩔 수 없이요. 그냥 이곳에 앉겠습니다."

"그러시겠습니까?"

"예. 혹여 그때 먹었던 음식을 기억하십니까?"

"예?"

"이십 년 전에⋯⋯."

"아! 아무렴요. 기억하고말구요. 제가 만들었는데요. 잠시 만 앉아 계십시오. 서둘러 올리겠습니다."

객점 주인은 계산대를 점소이에게 맡겨두고는 앞치마를 두 르고 주방 안으로 들어가 버렸다. 그 모습에 장영이 흐뭇한 미 소를 지었다.

'하나도 변하지 않았군.'

자리에 앉은 장영이 객점 안을 둘러본다. 예전과 그다지 변 한 게 없는 모습이다. 탁자도 그대로였고 의자도 예전 그대로 였다. 오가는 사람들이 달라지고 주인은 늙었지만, 자신의 기 억과 똑같은 모양으로 객점은 이어져 오고 있었다. 문득 마교 주와 식사를 했던 곳으로 고개를 돌린 장영은 먼저 앉은 객을 볼 수 있었다.

'허, 기묘한 놈들이구나.'

조청린과 비슷한 또래로 보이는 소년 하나와 여인, 그리고 싸늘하기 그지없는 모습의 남자.

'아직도 저런 인물들이 남아 있었던가?'

복색을 봐서는 여진인들이 아니었다. 그들은 한족의 의복,

그중에서도 무인의 평상복을 하고 있었다. 마치 소문난 무가의 인물들처럼 보였다. 잘 벼린 검처럼 느껴지는 냉막한 인상의 사내와 소년, 웃고 있었지만 여인 역시도 내면으로 갈무리한 기운이 제법이었다. 더욱 특이한 것은 소년이었는데, 얼굴에서 귀티가 흐르고 몸 안에서 폭발적인 기운이 느껴졌다. 아직 정제되지 못한 기운에 불과했으나 어떤 곳의 자제인지는 몰라도 굉장한 기운을 심어놓은 것처럼 보였다.

'잘 단련된 아이로구나.'

장영은 문득 호기심이 생겨났다.

청조로 탄압받은 무가들이 두문불출한 지 어언 일 년여가 지났다 들었는데 저 정도의 인물들을 길러낼 정도라면 보통의 명가가 아닐 것이다.

"소협, 합석을 해도 되겠는가?"

생각이 미친 장영의 몸은 벌써 그들의 앞쪽까지 다가가 있었다.

"……."

"……."

천진하게 고개를 들이 올리는 주량과는 달리 은귀와 흑귀는 온몸의 피가 싸늘하게 식었다.

'어, 언제……?'

'고수!'

느끼지 못한 것이다. 태어나서 지금까지 살수의 훈련을 받은 둘은 정신을 집중하면 지나가는 개미의 작은 움직임까지 잡아낼 수 있다고 자부할 수가 있었다. 아무리 자신들이 여가를 즐기기 위해 나왔다고 하더라도 말이 안 되는 것이다. 더욱이 지금 그들은 귀곡에서 가장 중요한 인물의 호위를 맡고 있는 처지였다. 그럼에도 누군가의 접근을 용인했다는 것은 자신들의 명백한 실책이었다.

“앉으세요.”

둘의 생각을 아는지 모르는지 주량은 선뜻 자리를 내주었다.

“감사하오, 소협.”

“……”

“……”

은귀와 흑귀가 장영을 매섭게 노려보았고, 언제든지 출수할 수 있도록 준비했다. 그렇다고 몸 안의 기를 끌어올린 것은 아니었다. 살인이라는 것은 언제 어떤 순간이든 한 번이면 된다. 굳이 많은 힘을 들이지 않아도 되는 것이 바로 살인이었다. 만약 장영이 조금이라도 위협적인 움직임을 한다면 흑귀의 단검이, 은귀의 비침이 그의 가슴에 꽂힐 것이다.

“허허, 이 소년이 주인인가 보구면, 그토록 긴장하는 것을 보니. 걱정 마시게, 내 자네들이 어떤 인물인지 모르니. 청조와 관련된 인물은 더더욱 아니고 말이야.”

정확히 짚어내었다. 이미 은귀와 흑귀의 수는 그에게 읽혀버린 것이다. 등 뒤로 식은땀이 흘러내렸다. 어째서 갑자기 이런 곳에서 이만한 고수를 만난단 말인가? 그래도 그들은 자신들의 실력을 믿었다. 귀혼 둘의 합공을 견딜 수 있는 자가 당금의 무림에 몇이나 될까.

"거참, 융통성없는 자들일세."

장영이 너털웃음을 터뜨리자 주량이 조금 긴장한 표정을 지었다. 흑귀와 은귀가 저런 모습을 보이고 있다면 눈앞의 인물은 필시 그들이 감당하기 어려운 고수라는 말이다.

"내 한잔 사겠네. 여기 어린 소협은 아직 술을 못하는 듯하니, 자네들만 마시면 되겠구먼. 나는 요령에 사는 장 모라고 하네. 소협의 이름은 어찌되는가?"

"저는… 량이라 합니다."

주량은 혹시나 하는 마음에 자신의 성을 빼고 말했다.

"량이라……. 어질 량… 좋은 이름일세. 혹시 어느 문하인지 물어도 되겠는가?"

"제가 아직 불민하나 초면에 사문을 묻는 것은 실례인 것으로 알고 있습니다. 더욱이 무인들이 대접받지 못하는 세상에 함부로 사문을 밝힐 수는 없는 것이지요."

"흠, 듣고 보니 그렇구먼."

말을 나누는 사이에 식사가 나왔고, 이런저런 이야기를 주고받았다. 하지만 식사하는 내내 자리가 편치 못했던 은귀와 흑귀는 먹는 둥 마는 둥 하며 장영의 소소한 움직임까지 놓치지 않고 경계했다.

"내 들어와서 문득 자네들을 보고는 깜짝 놀랐네. 요즘 세상에 자네들 같은 인물이 있다는 사실이 믿겨지지 않았기 때문이지. 한데 소협의 몸 안에 축적된 기운이 마치 폭풍 같구먼그래. 아직 정련되지는 못했으나 잘 단련한다면 많은 도움이 될 것이네.”

“…….”

“…….”

순간 은귀와 흑귀는 할 말을 잃어버렸다. 황염수의 기운을 읽었다. 주량의 몸에 들어찬 황염수의 기운은 혹자가 함부로 알아차릴 수 있는 기운이 아니었다. 드러나지 않을뿐더러 사지백해로 스며들지도 않은 기운이다.

“…….”

“…….”

은귀와 흑귀가 매서운 표정으로 변하면서 살기를 일으켰다. 일수에 죽여야 한다. 상대가 되지 못할 것이지만 비밀을 지키기 위해서는 그들의 목숨 따윈 아무래도 좋았다.

“거참, 말 한마디 한마디에 그리 반응하다니 아직 자네들 수련이 미흡하네그려. 보아하니 살업을 등에 업은 자들 같은데, 세상이 어지러우니 이런 곳에서 말고 부디 좋은 곳에 써야 하지 않겠는가?”

들을수록 놀라운 일이었다. 도대체 이 청년은 누구란 말인가?

“이보게, 소협. 내 소협에게 작은 도움을 주고 싶은데 괜찮겠는가?”

“어떤 도움을 말씀하시는지……?”

"그냥 늙은 노인의 작은 선물이라고 생각하시게나. 아마 큰 도움이 될 게야. 받아주겠는가?"

자신을 노인이라 칭하는 말에 주량은 조금 미심쩍은 마음이 들었지만 별생각없이 승낙하였다.

"해가 되지 않는 선물이라면 어찌 마다하겠습니까?"

"허허, 마음 씀씀이 또한 호탕하니 장차 호인이 되겠구먼. 그럼."

파팟!

은귀와 흑귀가 손쓸 새도 없이 장영의 손이 움직였다. 순간 주량은 찌릿하는 느낌과 함께 몸이 굳고 말이 나오지 않는다는 사실에 눈을 부릅떴다.

"……."

"고통이 있어 마혈을 점한 것이니 그리 놀라지 않아도 되네. 자네들도 그만 살기를 풀고 호법이나 좀 서주시게. 이거 오랜만에 기운을 개방했더니 조금 힘들구먼. 허허."

'당했… 다.'

은귀와 흑귀의 표정이 딱딱하게 굳어버렸다.

자신들이 손을 쓸려는 때는 이미 늦어버렸다. 장영이 움직이려는 찰나에 그를 공격하려 했지만, 주량이 점혈된 순간부터 꼼짝달싹할 수 없게 되어버린 것이다.

"호법을 서주지 않을 셈인가? 정말 융통성이 없는 자들이구먼그래. 그럼 잠시만 그 상태로 좀 있게."

장영은 온화한 눈빛으로 주량을 바라보면서 천천히 왼손을

들어 그의 단전에 가져다 대었고, 오른손을 움직이기 시작했
다.

　"파팍!"

　그의 손가락이 빛살보다도 빠르게 움직이면서 순식간에 열
세 개의 혈(穴) 자리를 찍었다.

　"지금부터 내가 기를 돌리는 순서를 잘 기억하시게나."

　장영이 천천히 기를 끌어올리자 주량은 단전으로 운기할 때
와 같이 기운이 느껴지는 것을 느꼈다.

　"이제 조금 아플 것이네."

　그의 말처럼 단전에 모인 기운이 조금 따끔거리기 시작했
고, 마치 폭풍우와 같은 열기가 느껴지기 시작했다. 기존에 만
들어졌던 단전이 가득 채워질 때쯤 주량의 눈에 핏발이 서기
시작했다.

　"끄르륵."

　숨넘어가는 소리와 함께 주량의 눈이 튀어나올 정도로 커지
면서 엄청난 고통에 몸부림쳤다. 엄청난 기운이 사지에서 단
전으로 몰려들었기 때문이다.

　"끄으… 끄으으……."

　단전에 뭉쳐진 기운이 양관혈을 지나 명문, 신도, 아문을 뚫
고 백회를 향해 내달렸다. 주량은 순간순간마다 핏줄이 터져
나가는 것만 같았다. 장영은 황염수의 모든 기운을 단전에 모
으고 일거에 혈도를 타통시키려는 심산인 모양이다. 만약 그
가 혈도를 봉하고 세맥을 보호하지 않았다면 주량은 힘을 이

겨내지 못하고 칠공에서 피를 흘리며 죽었을 것이다.

쫘앙!

엄청난 힘이 주량의 뇌리를 스친다. 백회혈을 뚫어버린 것이다. 시야가 흐려지고 온 세상이 하얗게 물들었다. 백회를 뚫어버린 기운은 다시 상성을 지나 수구와 승장혈을 터뜨린다. 한곳 한곳의 혈자리에 기운이 도달할 때마다 주량의 몸이 힘찬 연어처럼 펄떡거렸다. 그 고통은 이루 말할 수가 없었기 때문이다. 승장을 뚫은 기운은 선기와 단중을 지나 신궐에 도달했고, 이내 다시 기해와 곡골혈을 따라 단전으로 모여들었다.

"잘 참았네. 하나 이제부터라네."

장영은 사람이 참아내기 힘들 정도의 충격을 받아낸 주량이 대견스러웠던지 흐뭇한 미소와 함께 또다시 기운을 집중했다. 한번 지나간 혈 자리였으니 길은 뚫려 있었다. 그런데 모여드는 기운이 더욱 강해졌다. 좀 전보다 더 많은 기운이 단전을 채우고, 똑같은 혈 자리를 따라 미친 듯이 질주해 나갔다. 고통이 배가되었기에 주량은 죽을 것만 같았다.

그렇게 몇 번이나 같은 길을 따라 맴돈 기운은 단전으로 모여들었다기 시지백해로 흘러나가 종래에는 마치 아무것도 없는 것처럼 편안해졌다.

"아……!"

주량은 고통이 사라질 때쯤 작은 신음성과 함께 정신을 잃고 장영의 품 안에서 추욱 늘어졌다.

"부디 좋은 일에 사용하시게나. 모처럼 뛰어난 인재를 만나

준 작은 선물이네."

장영이 정신을 잃은 주량을 가만히 의자를 붙여 눕혀놓았다.

"자, 그럼 이제 자네들에게도 한 가지씩 기예를 가르쳐 주겠네."

대법을 끝낸 장영은 자신의 절기 중 뛰어난 것들 하나씩을 가르쳐 주려는 마음에 은귀와 흑귀를 잡고 있던 기의 그물을 풀었다.

슈악!

파팡!

그 순간 은귀와 흑귀는 말릴 틈도 없이 출수했고, 엄청난 기운이 장영을 강타했다.

콰앙!

거대한 기운이 폭발하면서 객점 안이 쑥대밭이 되어버렸다. 객점 안에서 음식을 먹고 있던 손님들은 때아닌 날벼락에 사방으로 도망쳤고, 놀란 주인장이 뛰쳐나왔다. 먼지가 가라앉고 튕겨 올라간 탁자가 떨어졌을 때 장영은 처음 앉아 있던 그 모습 그대로 앉아 미소를 짓고 있었다.

"아니, 장 대가님! 괜찮으십니까?"

객점 주인이 사색이 되어 장영에게로 다가왔다.

"괜찮네, 괜찮아. 허허, 원 성질 급한 사람들일세."

먼지가 사라진 곳에는 장영을 제외하고 주량과 은귀, 흑귀의 모습은 보이질 않았다. 그들은 자신들이 상대가 되지 않을 것을 알고는 최대의 공력으로 장영을 때리고 주량을 안고 도 망친 것이다. 만약 죽여야 하는 상대였다면 재차 공격을 퍼부 었겠지만, 지금은 정신을 잃어버린 주량의 상태가 더 중요했 기 때문이다.

"허참, 재미있는 기술을 쓰는 자들이 아닌가? 어쨌든 부디 좋은 곳에 사용되기를 바라겠네."

장영은 그들이 도망친 방향을 바라보면서 흐뭇한 미소를 지 었다.

"자, 주인장, 나도 그만 가보아야겠네. 모처럼 세속에 나와 좋은 이들을 너무 많이 만났어."

"예? 가시려는 겝니까?"

"그래야지. 이건 가게 수리비로 쓰시게나."

장영이 품 안에서 주머니 하나를 꺼내어 객점 주인에게 건 네주었다. 그 안에는 무려 다섯 개의 은원보가 들어 있었다.

"아, 아니, 이렇게나 많이? 장 대가, 너무 과합니다."

"아닐세. 세속을 떠난 이가 돈이 무슨 필요가 있겠는가? 사 람들 틈에 사는 자네가 더 필요하지. 그럼 수고하시게나."

객점 주인이 뭐라고 말하기도 전에 이미 장영은 객점 입구 를 빠져나가고 있었다.

*   *   *

"큰일이다! 어서 가야 해!"

도망친 은귀와 흑귀는 미친 듯이 기련산을 내달려 올랐다. 자신들의 실수였다. 어서 돌아가서 귀야와 백묘파파에게 주량의 상태를 보여야 한다. 혹여 주량의 몸에 무슨 문제라도 생겼다가는 자신들의 목숨으로도 갚지 못할 것이다.

"더 빨리! 어서 가야 한다!"

*　　　*　　　*

객점에서 기분 좋게 밖으로 나온 장영은 요동으로 돌아가기 위해 발걸음을 옮겼다. 오랜만에 나온 걸음이니 천천히 주변 풍광을 감상하며 돌아가는 것도 좋을 것이라는 생각이 들었다. 장액현(張掖縣)에 도착하면 오랜 친구도 만나보리라. 최강의 자리에 함께했던 그의 벗은 무공을 버리고 대장간을 열었다. 오늘 밤은 옛이야기나 나누며 그와 술잔을 기울일 생각에 마음이 즐거워졌다.

가볍게 걸음을 옮기던 장영은 문득 대지를 울려오는 진동음에 멈추어 서서 전방을 주시했다.

멀리서 소로임에도 미친 듯이 달려오는 한 떼의 군마. 가까워질수록 느껴지는 진동음을 보니 백여 명 이상은 되어 보였다.

"쯧, 전쟁이 난 것인가? 어찌하여 소로를 저리도 달려온단 말인가?"

장영은 여진의 군관들이 마음에 들지 않았다. 함부로 살생을 하는 것도 그렇거니와 무엇보다 함부로 힘을 과시하는 것이 마음에 들지 않았다. 물론 집정 초기이다 보니 어쩔 수 없는 숙청은 해야겠지만, 그것이 민초에게 돌아와서는 안 되는 것인데 그들은 마치 한족을 벌레보다 못하게 여기는 것만 같았다.

진동이 거세어지면서 멀리서 군기(軍旗)가 다가온다. 누런 것을 보니 필시 청조가 자랑하는 팔기군 중 가장 강하다는 황기군의 군대였다.

그들이 무척이나 마음에 들지 않았지만, 모처럼의 기분을 깨고 싶지 않았기 때문에 장영은 소로에서 조금 벗어났다.

두두두두!

지축을 울리는 말발굽 소리와 함께 자욱한 먼지를 일으킨 군마의 무리는 순식간에 장영을 지나쳐 갔다.

"응?"

스쳐 지나간 군마의 무리 중 장영의 기감을 묘하게 잡아끄는 자가 있었다. 황색 두건을 두르고 붉은 깃의 수술을 단 투구를 쓴 무장. 군문에 몸담은 자치고는 제법이라는 생각이 들었다. 어찌하여 저런 자가 저리도 바삐 달린단 말인가? 만약 접경 지역에 전쟁이 났다면 얼마 되지 않는 무장들만이 내달리지는 않을 터인데…….

"선발대인가?"

고개를 내저은 장영은 잠시 그들의 뒷모습을 바라보고 있다가 다시금 장액현을 향해 발걸음을 옮겼다.

"그래, 어차피 나와는 관계없는 자들이 아닌가? 어쨌든 모처럼 사가(私家) 놈을 만나서 코가 삐뚤어지도록 마셔보아야겠구나."

사가 놈은 장액현에서 대장간을 하는 친우를 뜻함이다.

오래전에는 그 역시 무림에 이름을 날리던 도객이었으나 늦장가를 든 뒤로 원래부터 좋아했던 대장간을 만들어 장사를 시작했다. 그를 만난 지도 벌써 십오 년 이상이나 흘렀으니 어찌 변했을지 궁금하기도 했다. 당시에 어린 아들이 있었으니 그 역시도 많이 컸겠구나 하는 생각이 들었다.

2

장영이 장액현에 도착한 것은 으슥해진 초저녁이었다. 그의 걸음이라면 훨씬 더 빨리 도착했겠지만, 이곳저곳 산세를 유람하는 기분으로 출발한 것이라 조금 늦게 도착한 것이다.

장액현에 도착한 장영은 언젠가 자신의 벗이 살겠노라 말했던 도시의 외곽에 있는 대장간을 찾았다.

땅! 땅! 땅!

멀리서부터 쇠를 담금질하는 소리가 저녁을 울렸다.

"저긴 게로군."

이미 해가 졌음에도 아궁이에 피어오르는 불길로 인해 사방을 밝히고 있는 대장간을 향해 장영은 한달음에 뛰어왔다.

치이익.

붉게 달아오른 쇠가 물에 들어가자 허연 김을 뿌리면서 식어갔고, 구릿빛의 피부에 건장한 청년이 심각한 표정으로 바라보다 다시금 가열로에 집어넣었다. 직화식(直火式:직접 불에 굽는 방식)으로 만들어진 화로가 뜨거울 만도 한데 청년은 거침없어 보였다. 장영은 가까이 다가가 그 모습을 한참이나 지켜보았다. 어찌나 집중하고 있는지 다가온 사람조차 느끼지 못하는 듯이 청년은 쇠가 달아오르자 다시 모루에 올려 두들기기 시작했다.

'허, 어째서 이번 걸음에는 이리 장한 이들을 많이 만난단 말인가?'

사실 장영은 대장간 일에 대해서는 잘 알지 못한다. 하지만 오랜 경험으로 비추어봤을 때 청년은 이미 장인(匠人)을 넘어서 보였다.

쇠를 벼리는 그의 모습은 차마 말을 걸 수 없게 만들 정도로 장영을 몰입시켰다.

두들긴 쇠를 펴서 반으로 접고, 다시금 두들겨서 펴고 접기를 수차례. 청년은 또 다른 기예를 선보이고 있는 것이다.

'대단하구나. 가히 기인이라 불러도 좋겠구나.'

그렇게 한참의 시간이 지나간 뒤로 마지막으로 쇠를 바라본 청년은 되었다는 듯 고개를 끄덕이고는 쇠를 고이 모셔두었다.

"응? 게 누구요?"

그제야 인기척을 느낀 청년이 장영을 향해 물었다.

“아, 미안하네. 담금질하는 것이 하도 대단하여 실례를 했네.”

“뭐요? 뭘 사러 온 거요, 아님 주문하러 온 거요?”

“아니, 나는 그런 이유로 찾아온 것이 아니라…….”

“그럼 무슨 일로?”

“혹여 이곳이 사한성이라는 사람이 하는 대장간이 맞는가?”

젊은이의 모습을 하고 있는 이가 자신의 아비를 ‘야, 자’ 하며 찾자 청년의 눈살이 찌푸려졌다.

“나는 사한성의 친구 되는 사람이네.”

“…….”

자신의 아비의 친구라고 한다. 별시답지않은 미친놈이 다 있나 하는 생각이 들었다.

“이런 미친놈이 오밤중에 남의 집에 와서는… 꺼져!”

“아, 그게 아니라…….”

“이놈 자식이, 꺼지지 못해?”

청년이 화를 내면서 몽둥이를 집어 들자 난감해진 장영이 손사래를 치면서 뒤로 물러섰다. 하긴 오해할 만도 하다. 지금 장영의 외모는 많이 봐줘도 스물 후반이었다. 그런데 칠십 넘은 노인과 친구라 하니 어찌 미친놈 소리를 듣지 않겠는가?

“확, 그냥 별미친놈을 다 보겠네.”

“이보게, 화만 내지 말고 내 말 좀…….”

“거참 끈질긴 놈일세. 뭘 잘못 처먹어서 어른 함자를 함부로 부르고 지랄이야, 지랄이!”

장영은 어색한 미소를 지었다. 대장 일을 하는 사내답게 보통 성격은 넘는듯했다.

삐걱.

"무슨 일인 게야?"

밖이 소란스러웠던지 대장간 안쪽의 문이 열리면서 노인이 걸어나왔다.

"아무 일도 아니에요. 별미친놈이 아버님 친구라고 해서……."

"응?"

노인이 빼꼼히 불에 비친 장영을 바라보고는 깜짝 놀라 밖으로 걸어나왔다.

"아니, 자네는 장영이 아닌가!"

"에?"

"……."

장영은 그제야 어색한 웃음을 지었다.

"자네가 날 다 찾다니, 어서 들어오시게. 이 사람, 기별도 없더니……."

사한성이 눈가가 축축이 젖어들자 어리둥절한 그의 아들이 장영의 얼굴과 아비의 얼굴을 번갈아가면서 쳐다보았다.

"죄송합니다. 아버님의 친구 분이라고 하기에는 너무도 젊어… 보이셔서……."

사한성의 아들이 장영에게 절을 하면서 사죄를 했다.

“괜찮네. 신경 쓰지 말게. 나라도 그리 오해했을 게야.”

“허허허, 이 사람은 예전부터도 유명했지. 우리는 다 늙어빠지는데 홀로 늙지 않으니 말이야.”

“…….”

아비의 말에도 도저히 믿을 수 없었지만 어찌하겠는가. 아비가 친구라고 하고 연배 또한 비슷하다니 말도 안 되는 이야기였다.

“그래, 어떻게 지냈는가?”

“그냥저냥 지냈네.”

“원 사람도, 그냥저냥이 무슨 말인 게야? 자네가 무림을 떠나고 나서 많은 사람들이 가슴 아파 했네.”

“오래된 일이구먼.”

“그래, 요즘엔 어찌 사는가?”

“요동성 단동에서 고기나 잡고 있지.”

“자네가? 고기를?”

“왜, 잘못되었는가?”

“크하하하! 무림일황에, 천지무황이라는 이름으로 불리던 당대의 최고수가 어부가 되었다고?”

“허, 이 사람, 웃지 말게. 자네야말로 희대의 도객이라 칭송받던 자가 대장장이가 되었으니 그것이 더 이상하네.”

“그런가? 허허, 그럴 수도 있겠네그려. 자, 들게!”

둘은 사이좋게 아들이 사온 술을 나누어 마셨다.

“자네 아들을 보니 놀랍더구먼. 신인일세, 신인이야.”

“허허, 말년에 하나 건졌다네. 어려서부터 쇠를 좋아하더니 지금은 중원 어디에 내놓아도 손색이 없을 게야. 자네 탓에 무공으로 천하제일이 못 되었으니 대장 일로 천하제일가가 되어봐야 하지 않겠는가?”

“충분할 걸세. 한데, 쇠를 다루는 것이 검신을 만드는 것 같은데… 아직도 검을 찾는 자가 있는가?”

“검이라고? 아니야. 취미 삼아 만드는 게지. 지금 시대에 검을 만들었다가는 여진 놈들에게 잡혀가기 일쑤네. 요즘은 그냥 호미나 갈퀴 같은 농기구만 만든다네.”

“그렇구먼.”

술잔이 두어 잔 더 오고 가고 나서 사한성이 분통을 터뜨렸다.

“쯧, 여진 놈들… 나라를 어찌 만들려고 그러는지 원. 한족을 이 잡듯이 하는구먼.”

“그런가 보더군.”

“아까도 주천 쪽에 역도의 무리를 잡으러 간다고 근 백여 놈이 달려가더구먼.”

흠칫.

사한성의 말에 고개를 끄덕이던 장영의 몸이 불길한 예감에 급격하게 굳었다.

“그게 무슨 말인가?”

“듣기로는 일향상단인가 하는 상단이 도당의 무리를 빼돌렸다고 하더구먼.”

“…….”

술잔을 입으로 가져가던 장영의 몸이 굳어버렸다.

“저… 정말인가?”

“응? 왜 그러나?”

“정말이냐고 묻질 않는가?”

“아, 그, 그래. 내 듣기로는 그랬네.”

“이런!”

어째서 조금 더 일찍 알아차리지 못했단 말인가? 자신이 낙양의 운학서원에서 일으킨 사건이 생각난 장영이다.

“미안하네. 급히 가보아야 할 곳이 생각났네.”

“아니, 그게 무슨 말이야?”

“여하튼 나중에 다시 찾아옴세.”

“이보게!”

미처 만류할 틈도 없이 장영이 밖으로 나가자마자 쏜살같이 북쪽을 향해 내달렸다.

“이보게! 이 사람!”

장영을 따라 나오면서 불러댄 사한성이었지만, 이미 장영의 신형은 보이지도 않았다.

“허참, 별일이로세.”

第九章

불타는 일향촌

武林
君子
무림군자

1

“귀야! 귀야!”

쓰러진 주량을 안고 귀곡으로 돌아온 흑귀와 은귀는 곡 안이 쩌렁쩌렁 울릴 정도로 목 놓아 외쳤다.

“무슨 일이냐?”

시끄러운 소리에 나온 백귀가 그들을 나무라다가 은귀의 품에 인긴 주량의 모습에 시색이 되었다.

“아니! 이게 어찌 된 일이냐! 무슨 일이야!”

“그것이…….”

“이놈들, 무엇 하고 있는 게냐! 어서 백묘에게 보이거라! 어서! 나는 귀야를 불러오겠다!”

“예!”

약탕이 놓여 있던 단.

그곳에는 약탕 대신에 귀곡의 인물들이 침중한 모습으로 서 있었다.

단 위에 정신을 잃은 채 누워 있는 주량의 몸을 백묘파파가 심각한 표정으로 이리저리 살펴보았다. 귀야는 그 모습에 초조하게 백묘의 말을 기다렸다.

"이… 이럴 수가!"

백묘의 말에 귀곡의 인물들은 하늘이 무너지는 것만 같았다.

"백묘! 어찌 된 것이냐! 어서 말해보라!"

귀야의 다그침에 백묘파파는 어찌 말해야 할지 머뭇거렸다.

"그것이……."

"무엇이냐! 어서 말하라!"

"이관과 삼관을 하지 못하게 되었습니다."

"……."

허탈해진 귀야가 자리에 털썩 주저앉고 말았다. 어지럼증이 밀려왔다. 어찌 구한 인재인데, 어쩌면 이제껏 한 번도 성공 못한 귀왕십관을 넘을 희망이었거늘…….

"네 이놈들!"

주저앉은 귀야와 여전히 정신을 차리지 못하고 있는 주량의 모습을 쳐다본 백귀가 무릎을 꿇은 흑귀의 얼굴을 걷어차 버렸다.

퍼억!

“지금 네놈들이 무슨 짓을 한 것인지 아느냐!”

“죽을죄를 지었습니다.”

“죽을죄? 네놈들의 죽음 따위로 해결되지 않음을 어찌 모른단 말이더냐!”

백귀가 불같이 화를 내었다.

귀야는 귀야대로 허공을 응시하면서 멍한 표정을 지었다.

“아, 내 잘못이로구나. 귀한 인재를 잘못된 판단으로 망쳐버렸으니 어찌 선대를 뵈온단 말인가?”

“……”

그때 그들의 반응에 어리둥절해진 백묘파파가 백귀와 귀야를 만류한다.

“아, 제 말씀을 오해하신 듯합니다.”

“……”

“……”

죽을죄를 지은 죄인의 모습으로 멍하니 앉아 있던 은귀와 흑귀, 그리고 귀야까지 모두가 백묘의 말에 집중했다.

“제 말은 이관은 본디 황염수의 기운을 받아들이고 난 뒤에 세맥을 넓이고 그 기운이 단전에 자리하도록 하게 하는 것이지요. 한데 그 고통을 이기기 위해 한 달에 한 개의 혈도씩만을 보하면서 하는 것이 관례이고, 주기적으로 조금씩 조금씩 세맥을 넓혀가야 하는 것이지요. 조금이라도 기운의 양이 적거나 혈도에 무리가 가게 되면 폐인이 되기 십상이라서 말입니다. 한데 어떻게 이렇게 완벽하게 주 공자의 세맥과 혈도를 조절했는지, 단전에 황염수의 기운까지 모두 들어앉혔는지 그 것이 너무도 의문입니다."

"……!"

"……!"

"……!"

모두가 말이 없어져 버렸다.

"그 말인즉슨… 성공하였단 말이냐?"

"예. 당초 예상했던 황염수의 기운의 팔 할 이상이 주 공자의 몸에 흡수되었습니다. 지금 주 공자는 잠들어 있는 상황이구요. 그 사실이 너무도 놀라워서… 그만……."

백묘의 말에 이제껏 허망해 있던 귀야가 안도의 한숨을 내쉬었고, 큰 사단이 생길 줄만 알았던 흑귀와 은귀가 땅이 꺼저라 숨을 몰아쉬었다.

"네놈들!"

그때 백귀가 무서운 눈으로 은귀와 흑귀를 째려보았다.

"누구를 만난 것이냐!"

"예? 그게 저희도 잘……."

"모르는 사람에게 이 중요한 공자의 용체를 내맡겼단 말이냐!"

"죄송합니다."

"어찌 되었든 다시 한 번 이런 실수가 있어서는 안 될 것이다. 본을 보이기 위해 벌계동 수련을 한 달간 명한다."

한껏 밝아진 얼굴의 백귀였지만, 그렇다 하여 은귀와 흑귀가 호위를 제대로 하지 못한 책임을 벌하지 않을 수는 없었다.

"대답치 않는 게냐! 벌계동 수련이 겁나는 것이냐!"

벌계동.

귀곡의 벌계동은 평소 큰 잘못을 해야 들어가는 곳이다. 삼관으로 이루어진 벌계동의 수련은 그 고통이 엄청나서 죽기보다 싫어하는 것이었다.

"아닙니다. 하겠습니다. 어차피 주 공자가 잘못되면 저희는 목숨을 끊으려 했습니다."

"예! 당연히 하겠습니다. 한 달이 아니라 일 년이라도……."

"그럼 가거라. 꼴도 보기 싫다!"

"존명!"

백귀의 서슬 퍼런 말에 은귀와 흑귀는 기쁜 마음으로 동혈을 나가 자진하여 벌계동으로 향했다.

"하늘이 도우심이다."

"감축드립니다."

은귀와 흑귀가 나간 이후 귀야는 눈에 맺힌 눈물을 참지 못했다.

"정녕 하늘이 도우심이야. 귀인을 보내주신 것에 이어서 기연을 만나게 하다니……. 백귀."

"하명하십시오, 주군."

"후에 은귀와 흑귀가 벌계동에서 나오거든 은인의 초상을 소상하게 알아보아라. 하여 혹시 그 비슷한 자라도 만나게 되거든 우리 귀곡의 목표에 위배되거나 주 공자의 신위에 폐가 되지 않는다면 목숨을 걸어서라도 그에게 은혜를 갚도록 해라.”

“존명!”

“적귀!”

“하문하십시오.”

“귀왕의 입관 준비를 해야겠다. 서둘러 그분의 존위식을 갖추어라.”

“하나 너무 빠르지 않습니까? 주 공자는 이제 겨우 한 달…….”

“갈! 무슨 소리를 하는 것이냐! 이미 황염수의 기운을 받아들이신 몸. 모심에 있어 한 치의 소홀함이 있어서는 안 될 것이다!”

“존명!”

“금귀!”

“하문하십시오.”

“귀혼들의 수련을 서둘러야 한다. 앞으로 존체를 모셔야 하며, 그분의 그림자가 되어야만 하는 아이들이다. 소홀함이 없도록 하라!”

“존명!”

귀야는 근엄한 모습으로 돌아가 여섯 명의 귀혼에게 명했다.

“귀왕의 신위가 돌아온 이상, 나는 앞으로 귀야의 이름을 버린다. 그리고 원래의 이름인 천귀로 귀왕을 모실 것이다.”

"존명!"

은귀와 흑귀를 제외한 모두가 무릎을 꿇고 한목소리로 대답했다. 그 모습에 고개를 끄덕인 귀야, 아니, 천귀는 단에 누워 잠든 주량의 앞에 무릎을 꿇고 예를 올렸다.

"천하 모든 어둠의 지배자인 귀왕께 충성을!"

"귀왕께 충성을!"

주량이 잠든 사이에 귀곡은 진정한 주인을 경배했다.

2

쾅!

지축을 울리는 벽력성이 기련산을 울렸다.

소리와 함께 한 명의 무장이 미간에 구멍이 뚫린 채로 쓰러졌다.

쾅!

벽력성이 울릴 때마다 무장들은 한 명씩 쓰러졌고, 벽력성과 날아온 작은 탄환은 어김없이 미간에 꽂혔다.

"제길! 진정 역도의 무리가 분명하구나. 서역의 화승총(火繩銃)까지 가지고 있을 줄이야."

일향촌을 공격해 온 황기군의 부장 태무룡은 어금니를 깨물었다.

기련산을 이 잡듯이 뒤져 일향촌을 습격한 황기군은 닥치는 대로 불태우고 인명을 사살했다. 어둠 속의 일향촌은 검은 연기와 화광으로 뒤덮였다. 태무룡은 장영으로부터 받은 수치심에 대한 보복도 있었지만, 자신의 주군인 황인욱이 찾으라 한 운학서원의 생존자와 그 아이를 사 간 일향을 잡기 위해서 더욱 악착같이 일향촌의 민초를 말살했다.

한데 언제 연습한 것인지 마을의 폭포 안쪽으로 숨어들더니 화승총으로 공격해 오기 시작한 것이었다. 함께 온 백여 명의 무장 중 벌써 다섯이나 죽임을 당했다.

으드득!

부서져라 어금니를 갈아댄 태무룡이 몸을 숨긴 채 폭포를 노려보았다. 더 화가 나는 것은 황기대의 무장들이 엉거주춤하게 몸을 숨긴 채 앞으로 더 이상 나아가지 못하고 있다는 것이다.

"젠장! 일어서지 못하겠는가! 어찌 황기대의 무장인 자들이 쥐새끼마냥 몸을 숨기고 있단 말이냐!"

악에 받친 그의 목소리가 일향촌을 울렸지만, 아무도 나서는 이가 없었다.

"부장, 어쩔 수 없습니다. 일단 저 총을 막아내면서 앞으로 나아갈 무언가를 찾아야 하지 않겠습니까?"

"좋다. 어차피 놈들은 독 안에 든 쥐다. 저따위 놈들에게 위축되어선 황기대의 면목이 서질 않아. 무엇이 좋겠는가?"

"들기로는 두꺼운 판자는 뚫지 못한다 들었습니다. 방패는 가릴 수 있는 면적이 작으니 판자를 이용해 보는 것이 어떨는지……."

"옳거니, 좋은 생각이다. 누가 해보겠는가?"

"……."

대안을 내놓는 이는 많았으나 나서는 이는 없었다.

"이런 멍청한 놈들 같으니! 함께 온 한족 무장이 있을 터이다. 준비시켜라."

"알겠습니다."

태무룡의 지시를 받은 참장이 몸을 숨기면서 조심스럽게 부하들에게로 다가갔다. 당시 청조가 건국되고, 황제의 융화정책에 따라 일부의 무장을 회유했다. 물론 무장들도 마찬가지였다. 하나 그것은 명목상일 뿐 무시당하는 것은 매한가지에 불과했다.

결국 한 명의 무장이 선발되었고, 판자 하나를 들고 조심스럽게 폭포가 보이는 곳으로 나갔다.

"……."

한데 그가 조금씩 움직여 앞으로 나아가도 폭포 안에서는 어떠한 움직임도 보이질 않았다.

"되었다. 놈들도 판자를 방패로 쓸 생각은 하지 못했을 것이다. 모두 들어라! 각자 몸을 가릴 수 있는 판자를 준비하라!"

태무룡의 지시에 모두가 화색을 띠면서 서로가 굵고 큼지막한 판자를 준비하기 시작했다. 그때,

쾅!

귀청을 울리면서 퍼지는 화승총의 소음과 함께 앞으로 나섰던 무장이 꼬꾸라졌다. 판자가 얇았던 것인지, 아니면 총의 위

력이 생각보다 강했음인지 든든한 방어막이가 되어주지 못하
자 판자를 찾고 있던 모두가 다시금 몸을 숨겼다.

"젠장! 이런 망할! 어쩔 수 없다. 황기군이 아닌 자를 선별해
라. 그리고 그들을 방패 삼아 앞으로 나아간다. 폭포까지는 고
작 삼십 장. 앞서간 몇이 죽더라도 우리는 도달할 수 있음이
다! 참장!"

"예, 부장."

"전해라. 모두 한 번의 신호에 일제히 돌격한다."

"알겠습니다."

"또한 은밀히 전해라. 황기군의 무장들은 시작과 동시에 잠
시 물렀다가 뒤를 쫓아 폭포 안으로 들이닥친다."

"그 또한 비밀리에 전하겠습니다."

"행하라."

"충!"

부장의 말이 전해졌다.

"이게 다 너 때문이야!"

폭포 안의 공동으로 인해 소년의 목소리가 메아리치듯이 울
렸다. 소리친 소년은 일향촌의 소년 문사라 불리는 곽주한이
었다. 그리고 그 대상이 된 사람은 바로 조청린, 아니, 무명이
라 불리는 소년이었다.

주한은 무명을 싸늘한 눈으로 바라보면서 이를 갈았다. 하
나 동굴 안에 모인 마을 사람 어느 누구도 부정하지 않은 채 곽

주한의 하는 양을 지켜보았고, 무명은 침울해진 눈으로 고개
를 무릎 사이에 처박았다.

짝!

"주한! 이게 뭐 하는 짓이냐!"

일향이 일어나 곽주한의 뺨을 세차게 때렸다.

"왜요! 제 말이 틀렸나요? 역도의 무리라잖아요, 역도의 무
리! 저 녀석이 이곳에 오는 바람에 저들이 쫓아온 것이라고요.
저 녀석 때문에… 저 녀석 때문에… 칠단 할아버지도, 우달 아
저씨도 모두가 죽었다고요."

곽주한이 발갛게 부풀어 오른 볼을 쓰다듬으면서 울먹였고,
원망스러운 눈으로 일향을 쳐다보다가 곽두수의 곁으로 돌아
가 풀썩 주저앉았다. 그 말에 일향이 거칠게 호흡을 내쉬다가
마을 사람들을 쳐다보았다. 모두가 곽주한과 같이 원망스러운
눈이었다.

"이게 지금 뭐 하는 것인가요? 지금 모두가 무명이를 탓하
는 겁니까? 우습군요. 당신들 모두가 노예였습니다. 색노였던
자도 있고, 매일 매질을 당했던 자들도 있습니다. 형제자매의
죽음에 소리 한 번 내지 못한 자들… 당신들은 저 청조의 역도
가 아닌가요? 모두가 똑같은 처지입니다. 어째서 그리 함부로
누군가를 탓한단 말입니까!"

일향의 처연한 말에도 마을 사람들은 한결같은 표정이었다.
사람은 본디 자신이 가장 중요한 법이다. 제 목숨이 세상에서
제일 소중한 법이고, 항시 자신의 잘못보다는 남의 잘못이 더

커 보이는 법인 것이다. 노예로 살다 일향촌에서 안주한 그들은 이미 과거에 자신이 어떠했는지는 잊어버렸다.

"하아, 이렇게 되어버리다니… 결국 이렇게 되어버리다니……."

일향은 망해 버린 명조가 원망스러워졌다. 무능한 황제도 원망스러웠고, 무약하기만 한 한족이 원망스러웠다.

"신경 쓰지 말아라. 네 잘못이 아니다. 걱정하지 말아라. 저들은 절대로 이곳으로 들어올 수가 없다. 내가 지켜주마. 내가 너를 지켜줄 것이다."

일향은 거친 호흡을 몰아쉬면서 무명을 끌어안고 자신에게 말하듯 주절거렸다.

"아가씨……."

진정되지 않은 일향을 향해 곽두수가 다가왔다.

"왜 그러십니까? 곽 행수님도 지금 이 아이를 탓하려 하시는 겁니까?"

"아닙니다. 어찌 제가 그런 생각을……. 그보다 보아주셔야 할 것이 있습니다."

"무엇인가요?"

"이쪽으로……."

"……."

일향은 곽두수의 이끎에 무명을 다시 한 번 보듬고는 일어났다.

"이것 보십시오."

곽두수는 마을 사람들이 보이지 않도록 가린 채 조용하게
말했다.

"이, 이건……."

화승총을 다루자면 필요한 것이 바로 탄환, 심지, 그리고 화
약이었다. 다행히 이런 일에 대비해서 항시 동굴 속에는 생필
품과 화약 등을 구비해 놓고 있었다. 한데 문제는 화약이었다.
그 양은 충분했으나 오랫동안 동굴 속의 습기를 먹어 모두가
젖어버린 것이다. 사용이 가능한 것이라고는 도망칠 때 가지
고 들어온 것이 유일했다.

"아……."

현기증이 나는 것만 같았다. 어찌한단 말인가? 아직 적들은
대다수가 살아남아 있었다. 그들이 이 사실을 알고 들이닥치
기라도 한다면 큰일이 아닌가? 더구나 화승총은 한 발 한 발이
모두 시간을 두고 발사된다. 이것이야말로 진퇴양난이었다.

"어쩌죠?"

"……."

일향은 어떠한 대답도 하지 못했다.

"어쩔 수 없군요. 일단 조금이라도 칼을 다룰 줄 아는 자를
찾으세요. 버텨내어야 합니다. 어떻게든지 사람들을 지켜야
해요."

일향의 표정에서는 절박함이 묻어났다. 그녀가 제일 먼저
칼을 뽑아 들었다. 어렴풋이나마 일향의 정체를 알고 있는 곽
두수는 그녀의 모습에 입술을 질끈 깨물었다.

"알겠습니다. 하지만 아가씨는 절대 나서지 말아주세요. 막는 것은 저희들이 하겠습니다. 설사 저희의 목이 떨어져 나간다 해도 지키겠습니다. 하지만 이것 하나는 약속해 주십시오."

"……."

"만약 최악의 순간이 오면… 저 아이를 포기해 주십시오."

"곽 행수!"

"약속하십시오. 저도 한 아이의 아비입니다. 다른 누구 때문에 제 아들을 죽일 수는 없습니다."

"곽 행수님……."

곽두수의 눈에서는 단호한 결의가 느껴졌다.

일향이 알기로 그는 명조 당시 무림이 성행하던 시절 한때를 풍비한 방랑무사였다. 비록 주한의 어미를 만나 농민이 되었고, 부인을 희롱하던 청조의 병졸을 때려죽인 죄로 도망쳐 일향촌에 묶인 몸이 되었지만, 그는 무인의 기개를 가진 자였다.

"약속하세요. 저 소년 때문에 마을 사람 전부를 죽일 생각이십니까?"

"……."

일향은 곽 행수를 바라보다가 처연한 표정으로 고개를 처박고 울고 있는 무명을 보았다. 가슴이 쓰려왔다. 너무도 아파왔다. 이미 한 번 경험이 있는 것을 어찌한단 말인가.

'미안하다. 미안하구나. 정말로 미안하구나. 하나 절대 너

를 혼자 죽게 하지는 않겠다.'

마치 자신에게 다짐하듯 마음속으로 몇 번이나 사죄를 한 일향이 다시 곽 행수를 쳐다본다. 눈물이 흐르고 차마 입이 떨어지지 않았다.

"약… 속… 할게요……."

그 짧은 한마디에 온몸의 진이 빠진 것처럼 일향의 고개가 내리깔렸다.

"되었습니다. 되었어요. 믿겠습니다. 부디 이곳을 빠져나가시게 되면 주한이를 부탁드립니다."

그 말을 끝으로 곽두수가 검을 움켜쥐자 그 모습에 무술을 배운 청년들이 자신들을 부여잡은 가족들에게 미소 짓고는 그의 옆으로 와서 섰다.

"젠장, 조금만 있으면 예쁜이들을 만나 속살 맛을 보나 했더니……."

"……."

금취산이 곽두수의 옆에 투덜거리면서 섰고, 묵직한 쇠 봉을 챙겨 든 탑웅이 그 옆에 섰다.

"도와주는 것이냐?"

"어쩌겠수. 일향한테 입은 은혜가 큰데. 내 아무리 파락호지만 결초보은을 아는 사내요."

"그래, 사내다."

처음으로 곽두수가 금취산을 칭찬했다.

"살리단!"

“…….”

“앞서 나오는 자를 부탁한다.”

마을의 유일한 서역인, 흑인 살리단은 대답 대신 자신의 조총을 움켜쥐고 온 정신을 폭포 밖을 향해 집중했다.

“참장! 지금이다!”

“전원, 공격하라!”

참장의 명을 받은 황기군이 일제히 움직이기 시작했다. 미친 듯이 내달려 폭포로 뛰어들었다.

쾅!

총성이 울려 퍼지고, 앞서가던 무장이 꼬꾸라진다.

쾅!

한 명.

쾅!

또 한 명…….

무려 열 명이 넘는 무장이 죽임을 당하고야 황기군은 폭포의 안으로 뛰어들 수 있었다.

“모조리 추살하라!”

뒤이어 따라온 태무룡은 발악하듯이 외쳤다.

“오냐! 이놈들! 네놈들 목을 저승 갈 때 함께 가져가마!”

황기군이 덮쳐들자 검을 든 마을 청년들이 곽두수를 따라 황기군을 향해 돌진해 나갔다.

차앙!

챙!

슈각!

"끄아악!"

"으악!"

난전이 시작되었다. 황기군의 무장들은 좁은 동굴 입구 때문에 많은 이가 함께 들이오지 못하고 곽두수와 청년들의 검에 목숨을 잃었고, 청년들도 모두 목숨을 잃어갔다. 동굴 안은 처참한 살육으로 피가 튀고 살점이 튀는 아비규환이 연출되었고, 여인들의 비명성과 아이들의 울음소리가 울렸다.

푸욱.

"끅……."

마지막으로 끝까지 저항했던 곽두수의 가슴에 태무룡의 검이 꽂혀들었다. 아무리 이름난 무인이었다고는 하지만, 당금 청조의 정예인 황기군의 부장인 태무룡을 이겨낼 수는 없었다. 짧은 비명과 함께 쓰러진 곽두수가 절명하자 태무룡은 잔인하게 자신의 검을 혓바닥으로 쓸어내리면서 피 맛을 음미했다. 마치 그 모습이 흉신악살과도 같았다.

"아버지!"

아비의 죽음에 눈이 돌아간 곽주한이 미친 듯이 소리치며 달려나가려 했으나 일향이 막아서는 바람에 차마 앞으로 나아가지는 못했다.

"흐흐흐… 네놈들 모두가 역도의 무리다. 모조리 죽여주마."

그 말에 일향은 차마 곽두수와 약속한 것처럼 무명을 내어
놓고 거래를 할 수가 없었다. 입이 떨어지지가 않았다. 그때,

"나를 찾고 있는 것 아닙니까?"

"……."

무명이 스스로 일어났다.

"무명아……."

조심스럽게 잡아오는 일향의 손을 뿌리친 무명이 태무룡의
앞으로 나섰다.

"뭐냐?"

"저는 역도로 죽임을 당한 운학서원의 손자입니다. 저를 찾
아오신 거라면 잡아가시거나 죽이시고 마을 사람들은 살려주
세요. 불쌍한 아이를 돌보아준 죄밖에는 없으니까요."

"……."

무명이 처연한 목소리로 말하고는 마을 사람들을 쳐다보
았지만, 아무도 미안함에 그 눈을 마주치지 못했다. 유일하
게 눈을 마주치는 것은 자신을 원한에 가득 찬 눈으로 바라
보는 곽주한뿐이었다. 왠지 피식 웃음이 났다. 모진 운명인
것을 잠시나마 희망을 품은 것이 이토록 큰 죄인지 몰랐다.
불행하게 태어나 불행하게 자란 것을……. 욕심이 과했던 것
일까?

"미친 꼬마인가? 역도의 무리를 돕는 자, 그 역시 역도. 네놈
따위, 어차피 죽을 목숨이었다. 네놈은 네가 무척이나 대단한
줄 아는 모양이군. 크크크."

태무룡이 별웃기지도 않는다는 표정으로 무명을 비웃었다.

"그게 무슨……?"

"꼬마야, 스스로 나선 점이 가상해 너는 제일 마지막에 죽여주마."

"아……!"

무명은 뭐라 대답할 기운이 나지 않았다.

"참장!"

"예, 부장."

"사내는 모조리 죽여라. 꼬마도 필요없다. 또한 서른 이상의 여인은 모조리 죽여라. 나머지 살아남은 여인들은 황기군의 노리개로 삼아도 좋다. 개보다 못한 한족이 우리 강인한 여진의 씨를 받게 되는 것을 영광으로 삼아야 할 것이다."

"알겠습니다."

태무룡의 말을 들은 무장들이 혓바닥을 쓸면서 천천히 다가왔다.

"이런! 개보다 못한 놈들! 하늘이 두렵지도 않느냐!"

참다못한 일향이 일어서서 앙칼지게 소리치자 다가서던 무장들이 주춤했다. 그녀에게서 알 수 없는 위엄이 느껴졌기 때문이다.

"오냐, 오너라. 네놈들 모두 내 손으로 죽여주마!"

"호오?"

갑자기 일어난 일향을 바라보던 태무룡이 혀로 입술을 쓸었다. 그의 눈에 떠오른 것은 뱀처럼 차가운 탐욕이었다.

"이런 구석에 저런 여인이 있었나? 아마도 네년이 일향이라는 년이겠지? 참장, 저 여인은 특별히 생포하도록."

"존명!"

第十章
이별(離別)

武林
君子
무림군자

1

“이놈들, 내가 그리 호락호락하게 당할 줄 알았더냐!”

피핑!

분노한 일향의 검이 춤을 추었다. 유려하게 움직이는 검의 궤적은 마치 그림을 그리듯 아름답게 흔들렸다. 하나 지극히 아름다운 그 검무는 필사의 검이 되어 황기군장들의 목을 여지없이 꿰어버렸다.

“아, 아니, 이년이!”

예상치 못한 일향의 무공에 모두가 주춤거리면서 물러났다.

“호오? 가시가 돋쳐 있다? 한 떨기 백합같이 고고한 줄 알았더니 가시 돋친 장미였던 게냐? 물러나라. 내가 하지. 이런 년을 탐하는 것도 제법 재미있겠군.”

스릉.

태무룡이 자신의 검을 집어넣고 맨손으로 일향의 앞으로 나서자 황기군의 무장들이 마치 장소를 만들어주듯이 뒤로 물러난다.

"자, 오너라. 혹여 네 아름다움이 다칠까 검으로는 하지 못하겠군."

"……."

태무룡의 비웃음이 더욱 일향의 분노를 부채질하였다.

"적수공권으로 나선 것, 후회할 것이다."

시— 잉!

일향의 매서운 눈에 빛이 나고, 손가락으로 튕긴 검신이 날카로운 비명과 함께 떨려왔다.

"죽어라! 오랑캐의 개야!"

떨리는 검신은 그녀의 내지름에 수십여 개의 변초를 만들어내며 태무공의 전면을 위협했다. 의외의 변화무쌍함에 태무룡의 눈이 찌푸려졌다. 쉽게 막아내기 힘들 만큼 화려한 검초였다. 하나 자신있게 검을 집어넣고, 부하들이 보는 앞에서 다시 검을 뽑아내기는 어려웠다.

"흡!"

태무룡은 치명상을 입을 수 있는 부분은 모두 피하고, 나머지는 갑옷으로 막아 흘렸다.

가가각, 티—잉!

검에 갑옷이 긁히면서 듣기 싫은 소음을 만들어내자 모두가 안색을 찌푸렸다.

퍼억!

검을 피하는 것에만 정신이 팔린 그는 상단부를 향해 떨어져 내리는 일향의 발에 주의를 두지 못했다.

'큭!'

덜거럭!

"……."

투구가 벗겨졌다.

안면을 강타한 충격보다는 자신의 투구가 떨어져 암반의 바닥을 구르고 있다는 사실이 더욱 수치스럽게 느껴져 왔다.

"……."

정말 볼썽사납게 구른다. 각력이 얼마나 강했는지 투구의 한쪽 면이 반쯤 우그러들어 있었다.

"……."

태무룡이 입 안이 터져 흐르는 핏물을 바닥에 한 움큼이나 뱉어내고 일향의 얼굴을 쳐다본다. 붉으락푸르락하는 그의 얼굴이 씰룩거린다.

"네… 네년이 감히……!"

차앙!

검이 뽑혀져 나왔다. 수치심에 화가 난 그는 아마도 일향을 취하기보다는 죽이려는 생각이 더욱 커진 듯했다.

"이런 버러지 같은 한족 년이! 예쁘다고 봐주려 했더니!"

슈아악!

따당!

완만하게 휘어진 그의 만도가 일향의 검을 때린다. 그것도 한 번이 아니라 수십여 차례. 내려치는 그 속도만 보아도 어째서 그가 여진 최고의 정예라는 황기군에서도 부장의 직책을 맡고 있는지를 느낄 수 있었다.

"갈가리 찢어주마, 이 갈보 년!"

"큭!"

마음먹고 휘둘러 오는 태무룡의 검은 강했다.

거칠고 투박한 검술이었지만, 그 검에 실려 있는 힘은 일향이 막아낼 수 있는 정도의 것이 아니었다. 슬슬 힘이 부치기 시작한 일향은 태무룡의 만도를 흘리면서 공격에 들어갔다. 검면을 쓸 듯이 타고 흐른 검이 그의 겨드랑이를 노리고 날아들었다.

푸욱!

"……."

"……."

일그러진 태무룡의 안색과는 달리 일향의 얼굴이 밝아졌다. 들어갔다. 분명히 자신의 검에 느낌이 있었던 것이다. 겨드랑이 아래 우묵한 곳, 늑골이 모이고 폐와 만나는 지점이다. 분명 그곳은 치명상을 입힐 수 있는 봉미혈(鳳尾穴)이 있는 자리.

꽈악.

그런데 검이 빠지질 않는다. 어찌 된 것일까? 힘을 주어 빼어보았지만 꿈쩍도 하질 않았다.

“멍청한 년!”

퍼억!

일향의 복부에 태무룡의 발이 박혔다.

“끅…….”

억눌린 숨소리와 함께 일향이 쓰러진다. 순간 몸에 힘이 쭉 빠지는 것만 같았다. 단전을 강타당한 것이다.

“죽어라, 이년! 이 개만도 못한 년! 뒈져 버려!”

퍼억! 퍽! 퍽! 퍽!

태무룡의 발길질이 쓰러진 일향의 전신을 두들긴다. 그는 이성을 잃고 미친 듯이 일향의 전신을 밟았다. 얼굴이 터지고, 머리가 헝클어졌고, 입고 있던 의복은 갈기갈기 찢겨져 나갔다.

“헉헉헉! 캬악, 퉤! 이 개 같은 년!”

한참을 두들긴 태무룡은 가쁜 호흡을 몰아쉬면서 피떡이 되어버린 일향의 모습을 내려다보면서 침을 뱉었다.

“그만해!”

퍽!

두려움에 떨고 있던 무명이 달려와 태무룡의 옆구리를 몸통으로 들이받았다. 하지만 고작 열두 살짜리의 아이가 무슨 힘이 있어 그에게 상처를 주겠는가? 그는 팔기군 최정예 무장이었다.

“이런, 버러지가!”

퍼억!

허공으로 피가 튀어 오른다.

무명은 태무룡의 발에 아랫배를 격중당하고는 피분수를 내뿜었다. 허공에 뜬 열두 살배기 어린 소년의 몸이 힘없이 날아가 암벽에 부딪쳤다가 바닥에 떨어진 후 경련을 일으키듯이 꿈틀거렸다.

"이 꼬마 놈의 자식! 네놈부터 죽여주마!"

정신을 잃어버린 일향에게서 흥미를 잃은 태무룡이 무명을 향해 다가갔다.

"어디, 네놈의 입부터 찢어줄까?"

사악한 표정으로 만도를 들어 올린 태무룡이 벌레처럼 꿈틀거리는 무명을 비웃는다.

"갈!"

그 순간 사방을 울리는 거대한 포효와 함께 떨어져 내리던 폭포수가 터져 나가듯이 동굴 안으로 쏟아져 들어왔다. 황기군장들은 엄청난 음파를 견디지 못하고 자신의 귀를 막으면서 고통스럽게 주저앉았다. 물론 태무룡도 마찬가지였다.

"……."

잠깐 동안 열린 폭포수의 안쪽 동굴로 들어온 것은 이십대 후반의 외모를 가진 사내. 그는 바로 얼마 전 일향촌을 떠난 장영이었다. 도대체 어떤 방법을 사용해서 뛰어왔는지 마르지 않는 내공을 가진 그의 이마에 땀방울이 흘러내리고 있었다.

"……."

장영은 사방에 쓰러진 일향촌 사람들의 시체를 보면서 점점 얼굴이 굳어갔다. 그리고 동굴 안을 쓸어보다 피떡이 되어 간신히 숨이 붙어 있는 일향을 발견하고는 그의 미간이 접혀들면서 내천 자가 깊이 만들어졌다.

"이… 일향……."

모처럼 마음에 들었던 여인이다. 여인으로서가 아니라 후학으로서, 인간으로서 마음에 들었던 한 명의 여인이 자신의 실수로 목숨이 경각에 달해 있었다.

"막아라! 저놈을 죽여!"

태무룡은 장영을 잘 알고 있다. 낙양 운학서원에서 자신에게 수치심을 안겨주었던 그자이다. 괴상망측한 무공을 가지고 있던 지고의 고수. 하지만 지난번과는 다르다. 함께 온 자들은 황인욱이 내어준 황기군의 최정예가 아닌가.

슈각!

태무룡의 명에 따라 황기군의 무장들이 사방에서 장영을 향해 검을 휘둘렀다. 그러나 베어진 것은 허공뿐.

"……."

"……."

"불쌍하구나. 한없이 고고한 여인이었거늘……."

장영의 목소리가 들려온 것은 황기군을 지나 일향의 곁이었다. 처음 장영이 서 있던 곳에서는 무려 삼 장이 넘는 거리. 움직임이 눈에 보이지도 않았는데 황기군장들을 스쳐 그녀의 곁에 다가간 장영이 쓰러진 일향의 맥을 짚어 기를 불어 넣었다.

꿀꺽.

황기군의 무장들은 등 어림에 식은땀이 흐르는 것 같았다. 귀신이 아니고서야 어찌 저런 움직임을 보일 수가 있단 말인가?

"네놈, 이들이 네놈에게 무슨 잘못을 했더냐? 불공대천의 원수라도 되더냐?"

"……."

일향의 숨이 안정적으로 올라오자 장영이 천천히 일어나 태무룡을 바라보았다.

순간, 태무룡은 거미줄에 걸린 나방처럼 옴짝달싹할 수 없었다. 항거할 수 없는 공포. 장영의 눈에서는 폭풍 같은 광기가 흘러나오고 있었다. 숨을 쉴 수 없을 정도로 강력한 살기에 반응하듯이 갑주 속에 가려진 온몸에서 소름이 돋아 올랐다.

"무릇 백성을 소중히 여길 줄 모르는 군주는 그 자격이 없으며, 검을 들었으되 인(人)과 의(義)를 알지 못하는 자는 폭도와 같다 했다. 네놈은 사사로이 민초를 학살하고, 힘없는 여인과 아이마저 괴롭혔으니 사람이 아니라 짐승과도 같구나."

저벅저벅.

장영이 한마디 한마디를 천천히 끊어내며 태무룡을 향해 천천히 걸음을 옮겼다.

"네놈의 죄, 하늘에 이르러도 다 용서받지 못함이니 어찌 사람으로 짐승을 용서할 것인가!"

"으… 으으으……."

장영의 신형이 점점 가까워올수록 태무룡의 안색은 점점 더 검게 변했다. 한발 한발 내디딜 때마다 전해져 오는 살기가 짙어지고, 종래에는 숨조차도 쉴 수 없게 되었다.

"주, 죽어버렷!!"

극도의 공포는 사람의 이성을 상실하게 한다.

지금의 태무룡은 죽음보다 더 큰 공포에 반쯤 정신이 미쳐버린 채 장영에게서 뒷걸음질 치며 마구잡이로 만도를 휘두르기 시작했다.

삭, 사삭.

하나 그 어떤 궤적도 장영의 털끝 하나 해하지 못하였다.

"짐승에게 도리를 가르치는 것은 내가 성현이 아니라 힘들 터. 그렇다면 매로써 가르치는 것이 제격일 것이다."

뻐억!

"캬!"

"견정혈(肩井穴)이라는 곳이다. 온몸에 힘이 들어가지 않을 터다."

그 말대로 마치 전신이 감전된 듯이 떨다가 고개가 한쪽 어깨로 꺾어져 버렸다.

퍼억!

몸이 굳어버린 태무룡의 가슴 부위에 장영의 일지가 박혀들었다. 손가락이 한 마디나 박혀들자 갑자기 미친 듯이 심장이 뛰어오기 시작했다.

"당문혈(當門穴)이라 한다. 과하게 격타하면 네놈의 심장은 미친 듯이 진동하다 터져 나갈 것이다."

"끄아아! 으허억!"

퍽!

또다시 장영의 손이 태무룡의 목을 찔렀다. 그러자 고통스러움에 일그러진 얼굴을 하고도 숨소리 하나 내뱉지 못한다, 마치 벙어리처럼.

"이번 것은 아문혈이라고 하지. 짐승의 울부짖음은 그리 듣고 싶지 않구나."

쿡.

"이번 것은 기문혈(氣門穴)이라 하지. 기의 통로가 되는 곳이다. 이곳에 점혈당하면 목구멍이 잘리고 기도가 폐쇄되어 죽음을 피할 수가 없게 되지."

자신이 공격한 위치를 소상히 태무룡에게 일러주는 장영은 마치 저승사자와 같았다. 고통스러움에 차라리 죽었으면 하는 상대의 귀에 대고 다정하게 '이곳은 이렇게 죽는다' 라고 가르쳐 주는 것이니 어찌 고통스럽지 않겠는가.

태무룡은 쓰러진 채로 고통스러움에 소리없이 울부짖었다. 버둥거릴 수도 없었고, 소리조차 내지 못했다. 온몸의 혈관이 터져 나갈 듯이 부풀어 올랐고, 숨을 쉬지 못해 얼굴이 하얗게 질려가고 있었다.

"……."

장영이 서늘한 눈으로 두려움에 떨고 있는 황기군의 무장들을 쓸어본다.

꿀꺽.

누군가 마른침을 삼켰다.

자신들보다 두 배는 강한 태무룡이 힘 한번 써보지 못하고 무너졌다. 무려 오십 명 이상이나 살아남아 있으나 장영이 보여준 기세나 무위라면 다 함께 덤벼도 결국은 개죽음일 수밖에 없었다. 더욱이 지금까지 상대했던 무인들과는 달랐다. 명조가 무너지면서 수많은 무인들이 청에 대항했으나 그들이 두렵지 않았던 황기군이다. 한데 도무지 장영에게는 다가서기조차 힘든 공포감이 들었다.

"네놈들을 살려두면 또다시 이런 일을 저지를 터. 하나 네놈들을 죽인다 한들 또 다른 놈들이 있어 모두 죽일 수는 없겠구나. 그렇지만 무도하게 살생을 범한 그 죄를 용서해 준다는 것은 어불성설이다. 하니 네놈들을 단죄해 그 본을 삼고자 한다."

"……."

장영이 손을 들어 올린다.

그의 손에서 공간이 일그러지며 새하얀 기운이 몰려들기 시작하더니 점점 더 그 기세가 강해졌다.

"부디 앞으로는 죄를 짓고 살아가지 않기를 바라마."

팍! 퓨슝슝!

들었던 손이 내질러지고, 구체가 터지며 빛줄기가 황기군을 향해 쾌속하게 날아갔다.

파파파팍!

“큭!”

“끅!”

“억!”

마치 한 번에 격중당한 것처럼 무장들이 일제히 피를 뿜으
며 무릎을 꿇었다.

“……”

힘이 들어가지 않는다. 단전이 파괴된 것이다. 단전뿐 아니
라 주먹이 제대로 쥐어지지 않았다.

“이제 무공을 익힐 수 없을 것이다. 돌아가 모두 농사를 지
으며 살아가거라.”

장영은 그다지 마음에 들지는 않았지만, 그들의 무공을 폐
하는 것으로 용서해 주었다. 황기군의 무장들은 두려움에 장
영의 눈치를 보면서 조심스럽게 동굴 밖으로 물러났다.

퍼억!

장영이 돌아나가는 그들을 향해 태무룡의 몸을 발로 차 날
렸다.

“데려가거라. 의원에게 보여 치료하면 병신이 될지언정 죽
지는 않을 게다.”

그렇게 황기군의 흔적이 일향촌에서 완전히 사라지자 장영
은 쓰러진 무명의 몸을 추스려 안고 자리에 편하게 눕혔다. 그
리고는 일향의 기운을 북돋아주었다.

“허, 조금만 더 빨리 왔으면 좋았을 것을……”

쓰러진 일향촌의 시신들을 보며 장영은 공허한 후회의 한숨

을 내쉬었다.

2

한줄기의 폭풍이 지나간 일향촌.

어둠이 지나가고 새벽이 밝아오면서 밤사이 처절했던 참상이 드러났다. 보기 좋게 만들어졌던 초옥들은 불이 꺼지자 검게 그슬린 채 흉한 모습을 보였고, 살아남은 노인과 여인들은 죽은 이들의 시신을 정리해 봉분을 세웠다. 일향은 아직 깨어나지 못한 채 여인들의 보살핌을 받고 있었고, 몸의 상처보다 마음의 상처가 큰 무명은 멍한 눈으로 세워지는 봉분만을 바라보고 있었다.

장영은 그런 무명과 마을 사람들을 쳐다보면서 쓸쓸한 눈으로 한숨을 내쉬었다.

"어르신!"

"……."

누군가 했더니 곽주한이라는 소년 문사였다.

주한은 이글거리는 눈으로 장영의 앞에 무릎을 꿇고 앉았다.

"어째 이러는 것이냐? 일어나거라."

"스승이 되어주십시오."

"……."

"스승이 되어주십시오. 그리고 제게 무공을 가르쳐 주십시오."

“…….”

곽주한이 장영을 향해 허락도 하지 않았음에도 절을 올렸
다.

“일어나거라.”

“허락하시면 일어나겠습니다. 제게 무공을 가르쳐 주십시
오.”

주한의 눈은 원한에 가득 차 이글거렸다.

“…….”

장영이 그런 주한을 물끄러미 바라본다.

“안 된다.”

“…….”

단호한 거절이다. 장영은 일언지하에 곽주한의 청을 거절해
버렸다.

“어째서입니까! 어째서입니까? 저는 제법 총기가 있다 생각
합니다. 아무리 어려운 것이라도 모두 해결해 나갈 수 있습니
다. 부디…….”

“허, 맹랑한 녀석이로다, 스스로 잘났다 칭하다니. 그래, 내
제자가 되어 어찌할 것이더냐? 네 아비를 죽인 자들에게 복수
라도 할 참이더냐?”

“…….”

“어찌 말이 없는 게냐?”

“그렇습니다. 복수하겠습니다. 불공대천의 원수들을 어찌
방관한단 말입니까? 저는 그들에게 복수하고 싶습니다. 부디

저에게 가르침을 주십시오."

"……."

장영이 그런 곽주한을 쳐다보았다.

"그래도 안 된다."

"……."

또 한 번의 거절에 곽주한이 거친 숨을 내쉬면서 장영을 올려다보았다.

"어째서입니까!"

"너는 무공을 익힐 체질이 아니다. 또한 나의 무공은 복수에 가득한 살육귀를 만들기 위한 것이 아니다."

"체질이 아니라고요? 무슨 근거로 그리 말씀하십니까!"

"무공을 익히는 바른 신체는 모두 세 가지로 나눈다. 기신(氣身), 정신(正身), 술신(術神)이 그것이다. 기신이 있다 하여 정신이 모자라면 몸 안에 올바른 기운을 내재할 수 없고 가진 바 힘을 발휘할 수 없다. 기신이나 정신이 있다 해도 술신이 부족하면 올바른 무공을 익힐 수 없어 응용력을 잃게 된다. 무릇 정신을 갖춘 자는 무도를 익힐 수 있고, 술신을 갖춘 자는 그 무도를 행할 수 있다. 이에 기신이 더해서 더욱 강한 힘을 낼 수 있게 되는 것이다. 한데 기신과 정신, 술신이 갖추어졌다 해도 각골(刻骨)의 노력이 없다면 절정에 이르지 못한다."

"……."

"너는 이 세 가지 모두가 부족하구나."

"……."

장영의 말에 곽주한은 입술을 깨물었다.

"노력하면, 노력하면 되지 않습니까? 지금부터라도 노력하면……."

"타고난 신체를 바꿀 수 있는 방법은 많다. 하나 복수심에 가득 찬 너의 마음으로 나의 무공을 익히게 할 수는 없다."

"됐습니다! 학문 따위로 복수할 수는 없습니다!"

곽주한은 세차게 고개를 내젓고는 일어나 장영을 원망스럽게 쳐다보곤 몸을 돌렸다.

"허, 어린 소년의 마음에 상처만이 남았구나. 하늘도 무심하시지. 어찌하여……."

어깨에 힘이 빠져 돌아가는 곽주한의 뒷모습에 장영이 혀를 차며 하늘을 올려다본다. 높기만 한 가을 하늘에는 지상의 일에는 관심도 없는 듯이 유려히 흐르는 구름만이 떠 있을 뿐이었다.

퍼억!

무명이 주먹에 맞아 나동그라진다.

코피가 흐르고 아플 만도 한 고통이었지만, 무명은 말없이 일어났다.

퍼억!

작기만 한 발이 또다시 무명의 복부에 꽂혔다. 고통스러웠지만 신음성조차 흘리지 않는 무명은 엉덩방아를 찧으며 넘어졌지만, 자신을 때린 소년들에게 어떠한 원망스러움도 품지 않았다. 미안했기 때문이다. 모든 것이 자신 때문인 듯하여 너무도 미안했기 때문이다.

하나 맞고 있는 무명보다 오히려 때리고 있는 소년들의 눈에 눈물이 흘렀다. 그들은 마치 벌레 보는 듯한 눈으로 무명을 쳐다본다.

한 소년이 넘어진 무명의 위로 한 소년이 걸터앉았다. 그리고는 양손으로 무명의 얼굴을 마구 때리기 시작한다. 소년은 곽주한이었다.

"너 때문이야! 모두 너 때문이야! 너만 오지 않았으면… 너만 없었으면! 죽어! 죽어버려!"

곽주한은 울먹이면서 무명을 때렸다. 입술이 터지고 눈 주위에 상처가 생겨 피가 흘렀다. 곽주한의 울먹임 때문이었을까? 함께 있던 소년들이 합세해 무명을 때린다. 수십 대를 맞았지만, 그 아픔이 가슴에 맺힌 미안함에 비할 것인가? 차라리 지금 이들에게 맞아 죽었으면 좋겠다는 생각이 들었다.

"무엇 하는 짓이냐!"

그때 멀리서 장영이 다가와 아이들을 떼어놓는다.

"이게 무엇 하는 짓이야!"

소년들의 마음을 모르는 바는 아니지만, 장영은 짐짓 호통을 치며 소년들을 나무랐다.

"당신도 똑같아! 당신들 때문에 우리 아버지가 죽은 거야! 꺼져! 꺼져 버리란 말이야!"

"그래, 꺼져 버려!"

“우리 마을에서 사라져!”

아이들은 장영을 무서워했기 때문에 조금씩 도망치듯 뒷걸음질 치며 돌을 주워 던졌다.

펙!

장영의 이마에 돌이 부딪치고, 피가 터져 나왔다.

“…….”

시뻘건 피가 나오자 그 모습이 두려웠던지 소년들이 놀라 도망쳤다.

“…….”

“…….”

남겨진 장영과 무명은 서로에게 아무런 말도 하지 않았다. 무슨 말이 필요하단 말인가? 서로의 마음을 모르지 않을 것인데……. 자리에 털썩 주저앉은 무명의 옆으로 장영이 조심스럽게 앉았다.

“어찌할 셈이냐?”

“…….”

“어차피 너는 이곳에 있을 수 없다. 모두가 너를 원망하고 있질 않느냐.”

“…….”

“가자. 나와 함께 떠나자. 이 더러운 세상, 나와 함께 떠나서 돌아오지 말자꾸나.”

“…….”

“네게 무슨 잘못이 있단 말이더냐. 모두가 세상을 잘못 만난

탓이다. 가자. 떠나자꾸나. 남아서 네가 할 수 있는 게 무엇이
란 말이냐. 네 존재는 어차피 저들에게 상처만 될 뿐이다.”
　“하지만… 하지만… 도망치고 싶지 않습니다.”
　처음으로 무명이 장영에게 입을 열었다.
　“…….”
　“저들에게 사죄하고 싶습니다. 저들에게…….”
　참았던 눈물이 터져 나온다.
　이제껏 참았던 눈물이 쉴 새 없이 볼을 타고 흘러내렸다. 장
영이 할 수 있는 일이라고는 작기만 한 무명의 몸을 안아 다독
거려 주는 것밖에 없었다. 귀엽게만 자랐어야 할 아이가 세파
의 격변에 휘말려 부모를 잃고, 멸시와 조롱에 가득 찬 시선 속
에 내던져졌다가 더 큰 상처만을 가슴에 안은 것이다.
　“오냐, 울어라. 펑펑 울어라. 가슴에 묻은 네 아픔까지 씻기
도록 펑펑 울어라.”
　장영의 품에 안긴 무명은 소리없이 흐느끼다가 금세 서럽게
울음을 터뜨렸다. 무명의 한 맺힌 울음이 쓸쓸하기만 한 일향
촌의 구석구석을 울렸다.

3

　자정이 늦은 밤.
　아직도 몸을 완전히 추스르지 못한 일향의 초옥.
　마을 사람들은 일향을 그나마 불에 타지 않은 초옥으로 옮

이별(離別)　255

겨 정성껏 간호했다. 장영이 기를 보해준 덕분에 제법 몸 상태
가 나아지기는 했으나 태무룡에게 맞은 상처로 인해 반대로
꺾어져 버린 한쪽 다리는 불구가 되어버렸고, 아름다웠던 얼
굴에는 씻을 수 없는 상처가 남았다.

"……."

달조차 뜨지 않은 밤이라 적막하기만 한 일향의 초옥 앞에
작은 인영이 우두커니 서 있다.

작은 봇짐을 등에 멘 무명은 말없이 초옥을 바라보다 가만
히 초옥을 향해 절을 올렸다. 한참을 엎드린 무명의 몸이 작게
떨려왔다. 들어서 알고 있었다. 그 아름답고 청초하기만 하던
여인이 추악한 몰골에, 불구가 되어버린 것이다.

"그만 가자."

뒤에서 지켜보고 있던 장영이 엎드린 무명을 향해 나지막하
게 말했다. 이윽고 무명이 몸을 일으키고 다짐하듯이 말했다.

"잊지 않겠습니다. 절대로 잊지 않겠습니다. 저에게 살갑게
대해주셨던 그 마음, 갚지 못한다 해도 죽을 때까지 잊지 않겠
습니다."

"……."

담담하게 말하는 무명의 모습에 장영은 아무런 말도 하지
않았다.

"부디 보중하십시오."

무명이 자리에서 일어났다. 그리고는 장영을 향해 말한다.

"반드시 지켜주세요. 반드시."

"오냐. 너에게 약속한 것처럼 내 아는 이들에게 일러 이들을 사람이 닿지 않는 곳으로 이주시키도록 하마. 그리고 이들을 평생 보살펴 주라 이르겠다."

"감사합니다."

"가자. 갈 길이 멀구나."

장영은 몸을 돌려 앞서 걸었고, 무명은 연신 고개를 돌려 일향촌을 바라보다가 천천히 고개를 돌렸다.

어둠 속으로 무명과 장영이 사라져 가는 동안 일향촌의 구석진 곳, 죽은 이들의 넋을 달래기 위해 만들어진 공동묘지의 한 묘 앞에 어린 소년이 앉아 그들을 바라본다. 곽주한이었다. 주한은 아랫입술을 피가 나도록 씹으며 그들의 뒷모습을 노려보았다. 눈에서는 새파란 불꽃이 튀어 오른다.

"네놈… 모든 게 네놈 때문이야. 그리고 네놈과 관계된 그 어떤 것도 나는 용서하지 않겠어. 절대로 용서하지 않을 거야. 두고 봐. 나는 어떻게든, 어떤 방법을 사용해서라도 너와 네 스승이 된 그를 세상에서 가장 잔인하게 죽여줄 테니까."

第十一章
승풍취천

武林君子
무림군자

1

　바람이 흘러 갈대를 흩날리고, 그 씨앗이 바람을 타고 강변에 자리 잡아 새싹을 돋운다.

　돋아 나온 새싹이 자라 뛰노는 아이의 키를 넘고 어른의 키를 숨길 만큼 자라듯 세월은 잠시 돌아본 사이 훌쩍 흐르곤 한다.

　여느 때와 같이 바람이 흔든 갈대숲 사이로 오래된 나루터 하나가 드러났다.

　이미 오래전 행인의 발길이 닿지 않아 을씨년스럽기까지 한 나루터였으나 그 끝에는 눈처럼 흰 백발의 노인과 어린 소년이 각기 기다란 낚싯대를 드리우고 있었다.

　쓸쓸하기 그지없어 보이는 풍경이었으나 낚싯대를 드리운

태공에게는 더없이 행복한 곳이었다. 바람에 스치는 갈대 소리에 외롭지 않았고, 사람 소리 들리지 않아 고즈넉해 좋았다.

"……."

문득 백발의 노인이 소년의 옆모습을 바라보자 시선을 느낀 소년이 고개를 돌린다. 죽립 아래로 드러난 소년은 무척이나 아름답다는 생각이 들 만큼 잘생겼다.

"스승님, 어찌 그러십니까?"

"아, 아니다. 잠시 옛 생각을 하였구나."

"옛 생각이요?"

"그래, 너를 처음 만났을 때의 생각이 들었다."

"……."

소년은 그 말에 잠시 스승을 바라본다. 어찌 된 일인지 스승은 일 년이라는 시간 동안 하루가 다르게 늙고 쇠약해지고 있었다.

노인는 바로 일향촌을 떠나온 장영이었고, 소년은 무명이었다.

일향촌을 떠나와 요동성의 단동현에 자리 잡은 뒤 장영은 무명에게 무공을 가르치려 했다. 딱히 할 일이 없이 멍하니 있는 것보다는 나을 것이라 생각했기 때문이다. 한데 그 생각은 금세 끊어지고 말았다.

단전이 깨어졌다.

말 그대로 무명은 단전이 깨어진 상태였다. 그 찢어죽일 황기군장 놈의 발길질에 무명의 단전이 완전히 파괴되어 버린 것이다. 실망스러웠다. 허탈했다. 하나를 보면 열을 깨우칠 정도로 뛰어난 오성을 지녔고, 정기신이 바로 잡인 희대의 인재인 무명이었는데 불의의 사고로 무공을 익힐 수 없는 몸이 되어버린 것이 아닌가. 그 사실이 너무도 안타까워 자신의 원정지기를 소모해 가며 무명의 단전을 복구하려 했으나 결국 실패했고, 오히려 손상된 원정지기로 장영의 젊디젊은 외모는 노인의 것으로 변해 버렸다. 외모가 변해 버린 것은 상관없었지만 복구하지 못한 무명의 단전으로 얼마나 많은 시간을 술로 한탄했는가. 장영은 당장에라도 그 태무룡이라는 놈을 찾아가 찢어놓고 싶었다. 괜히 살려주었다는 생각을 한 적도 있었다.

하지만 무명은 한마디의 불평조차 하지 않는다. 어쩔 수 없이 장영은 자신의 깨달음과 각파의 외공을 익히게는 했으나 어린아이의 몸으로 더 이상의 발전은 한계가 있었다. 물론 그렇다고 하여 무명이 모자란 것은 아니다. 아마 동년배 중에서 무명을 이길 수 있는 자는 없다고 자신할 만큼 자부하는 장영이었다. 하나, 그것이 전부다. 언젠가 무명은 육체의 한계에 도달할 것이고, 그때부터는 더 이상 발전하지 않을 것이다.

안타까운 마음에 장영의 안색이 어두워진다. 무명은 그것이 자신의 무공이 빠르게 늘지 않았기 때문이라 생각하며 마음이 무거워졌다.

"스승님, 심려 마십시오. 제가 모자라 스승님의 가르침을 전부 이해하지는 못하나 옛말에 '거거거중지(去去去中知), 행행

행리각(行行行裏覺)’이라 했지 않습니까? 꾸준히 노력하다 보
면 나아질 것입니다.”

“…….”

가르침을 내려야 하는 것은 자신일진대 도리어 위로를 받고
말았다. 무명의 어른스러움이 대견스럽고 기특했으나 마음 한
구석에 아련하게 젖어오는 안타까움은 어쩔 수가 없는 일이었
다.

“오냐, 네 말이 맞다. 무엇이 급할까. 세상을 도모하지 않을
진대 과한 힘이 있어 무엇 하겠느냐? 내가 잠시 추태를 보였구
나. 돌아가자. 이만하면 저녁 찬거리는 잡은 듯하구나.”

“예, 스승님.”

장영은 낚싯대를 어게에 둘러메고 발걸음을 옮겼고, 무명은
그런 스승의 뒤를 따른다. 스승의 넓은 등 뒤로 무명의 얼굴에
희미한 미소가 어린다.

자신이 그렇게도 증오했던 조부가 만들어준 인연, 친조부보
다 더욱 자신을 아껴주는 스승이다. 조실부모한 뒤로 마음 둘
곳이 없어서 익혔던 학문이다. 하지만 더 이상 학문을 익혀 무
엇 하겠는가? 무공이라는 것이 그리 필요하다 생각해 본 적은
없지만, 자신을 제 몸처럼 아껴주는 스승으로 인해 무명은 더
욱 그의 가르침을 중히 여겨야겠다고 다짐했다. 이미 복수라
는 미명은 잊어버린 지 오래였다.

일향촌에서 죽은 수많은 이들, 운학서원에서 죽은 수많은
이들.

처음에는 무공을 배워 그들을 해한 청조에 복수하고자 하는 생각이 없었던 것도 아니다. 하지만 그것은 무명에게 있어서 더 이상 중요하지 않았다. 세상은 변했고, 자신은 이미 다른 삶을 살고 있지 않은가.

2

"스승님?"
"왜 그러느냐?"
다음날도 스승을 따라 낚시터에 나온 무명이 장영에게 묻는다.
"마공이라는 것은 무엇입니까?"
"글쎄, 세인들의 말을 따르자면 마도에서 사용하는 무공이지."
"마공이라는 것은 잘못된 것입니까?"
"흠… 잘못되었다라……."
무명의 질문에 장영이 대답한다.
"애초에 마공이 잘못되었다, 정공이 잘못되었다 판단하는 것은 모두가 사람들의 마음에서 비롯된 것이다. 물론 죽은 자의 시신에서 기를 흡수하고, 생혈를 빨아 정기를 채우고, 채음과 채양을 통해 내공을 쌓은 자들의 무공은 이치에 어긋난다 할 수 있을 것이다. 하나……."
장영이 낚싯대를 놓고 일어났다. 무명은 그의 행동을 쫓아 고개를 돌린다. 일어난 장영은 가만히 낚시터 곁에 있는 갈대를 손에 잡았다.

"흡공이라 한다."

"……."

장영이 나직한 목소리로 갈대 잎을 잡고 힘을 주자 갈대가 누렇게 말라가기 시작했다. 말라 버린 갈대 잎을 따라 그 뿌리가 닿은 대지를 타고 주변에 있던 일 장여의 땅이 말라 쩍쩍 굳어지고, 금세 모든 생명체가 생기를 잃고 쓰러진다. 그 모습에 무명의 눈이 부릅떠졌다. 너무도 놀란 것이다.

"흡공은 만물의 기운을 빨아들이는 기운이다. 하지만……."

또다시 말을 이은 장영의 얼굴에 온화한 미소가 생겨나며 무명을 바라본다. 그의 힘에 이끌려 전이된 기운이 다시금 생명을 불어넣는다. 말라 버렸던 땅과 갈대 잎이 생기를 찾고 싱싱하게 바로 섰다.

"이처럼 사용하기에 따라서는 마공이 되기도 하고 정공이 되기도 한다. 그것은 모두가 사용하는 자의 방법이 문제인 것이고, 그를 판단하는 사람들의 마음의 문제인 것이다. 자신들이 편한 잣대로 판단하는 것이지."

"……."

"사실 모든 무공에는 그 구분이 없는 것이다. 어찌 누군가가 잘못을 저질렀다 하여 그것이 모두에게 나쁜 일이겠느냐? 대다수의 사람들이 몰고 가면 나쁜 일이 되는 것이다."

어려운 말이었다.

스승의 말을 빌자면, 모든 일에는 양면성이 있다는 것인가? 그렇다면 어찌 옳고 그름을 판단한단 말인가? 무명은 다시금 묻는다.

"스승님, 저는 청조에 가족을 잃었고, 벗을 잃었습니다. 그들은 수많은 사람들을 죽였습니다."

"그렇구나."

"사람들은 청조가 나쁘다 합니다."

"그렇지."

"무엇이 옳은 것입니까?"

"무명아, 의(義)를 행함에 있어서는 불의(不義)가 항시 따라 붙게 마련이다. 볕이 들어 양지가 된 곳에서 그늘이 만들어지는 것은 불변의 진리. 사람들은 옳은 것을 밝다 하고 그른 것을 어둡다고 하지. 하나, 뜨거운 햇살을 피할 때는 모두가 그늘로 들게 되는 것이 세상의 이치란다. 그때만큼은 그늘이 옳은 것이 되는 것이지. 청조 또한 마찬가지일 것이다. 명조가 지배하던 세상은 지나갔다. 명조로 보면 청조는 천하에 다시없을 원수이다. 하나 청조의 입장에서 보면 자신들의 세상을 위해 해가 되는 사람들을 처단한 것에 불과할 것이다. 명의 입장에 있던 사람들은 청이 곧 악인 것이고, 청의 입장에서는 명의 잔당들이 곧 악인 것이다. 모두가 어느 편에 있는가 하는 문제인 것이지. 누가 옳다 나쁘다고 표현하는 것은 나조차도 쉽게 결론을 낼 수가 없구나."

"하면, 스승님은 어찌 생각하십니까?"

"글쎄, 나는 일단 사람들이 밝다고 생각하는 편에 서 있는 듯하구나."

"그러면, 밝음이 옳은 것입니까?"

"아니다. 내가 서 있다 하여 그것이 모두에게 밝게 비추어지는 것은 아니며, 네가 함께 설 필요는 없다. 그 또한 네가 생각하고 판단하는 곳으로 가야 함이다."

"……"

역시나 스승의 말은 어려웠다. 아무리 천재라 불렸던 무명이었으나 열네 살의 나이에 스승이 깨달은 세상의 이치를 어찌 모두 이해하겠는가?

"하지만 무명아, 네가 서 있는 곳에서 네가 옳다고 생각하는 것이 바로 가장 옳은 것이다. 남들이 옳다, 그르다를 판단해 주는 것은 모두가 조언자일 뿐이다. 너의 신념과 너의 결정에 항시 따르거라."

"……"

무명은 스승의 말을 전부 이해하지는 못했으나 그가 말하고자 하는 요지가 무엇인지는 충분히 알 수 있었다.

"자, 사설이 길었구나. 오늘도 수련을 시작하자꾸나."

"예."

무명의 일과는 매일 아침 묘시에 시작되었다.

스승의 아침상을 준비하는 것에서부터 시작되는 수련은 밤 늦게까지 이어진다. 밥을 하기 위해 십 리나 되는 계곡을 내려가 물을 길어오고, 장작을 패고, 식사가 끝나면 스승을 따라 약초를 구하기 위해 산등성이를 내달렸다. 그 모두는 무명에게 근력을 길러주었다.

본격적인 무공 수련은 점심이 지나서였다. 저녁 찬을 위해 낚시터에 들러서는 방금 전처럼 스승은 매일 자신의 깨달음을 전해주었고, 무명은 항상 필요한 만큼 수용했다.

대화가 끝나면 스승을 따라 초식을 연마했고, 검술, 권법, 장법, 각법에 이르기까지 닥치는 대로 배우고 익혔다. 원체 뛰어난 머리를 가진 무명이었기에 한번 가르친 동작은 틀림이 없이 따라 했다.

물론 그 초식에 숨은 변초나 허초, 초식이 실전에서 운영되는 방법까지는 완전히 깨달을 수 없었지만 말이다. 하지만 그때그때마다 장영이 세세하게 짚어주었기에 무명은 무공에 대해 넓은 시각을 가질 수 있게 되었다.

한 가지 아쉬운 점이라면, 단전이 없으니 내공을 익히지 못해 그 위력을 제대로 내지 못한다는 것이었지만.

장영에게는 항상 그러한 무명의 신체에 맞는 토납법이 고민이었다.

단전 대신에 중단과 상단을 활용하는 방법을 연구하기도 하고, 전신 세맥에 기운을 갈무리하는 방법도 연구했으나 모두가 허사였다. 하단전이 열리지도 않았는데 어찌 기운을 운용해 세맥을 넓히고 중단과 상단전을 뚫는단 말인가.

파팡! 파라락!

무명의 목검이 허공을 날쌔게 베어낸다.

한초식 한초식이 간결하고도 빠르게 이어진다. 초식만으로 따진다면 어디에 내놓아도 손색이 없을 정도의 솜씨였다.

일 년하고도 한 달째.

무명은 이미 초식과 투로, 검로에 대해서는 이미 달통해 있다시피 했다.

하긴 당대 최강자의 심득을 전했으니 그리 이상할 것도 없었고, 장영과 매일 한 번 이상은 비무를 해왔기 때문에 그런 무명의 모습은 어쩌면 당연할 정도로 여겨졌다.

"하아……."

목검을 든 채 눈이 부실 정도로 완벽한 초식을 구사하는 무명을 보면서 장영이 한숨을 내쉰다.

"단전이… 내공이 없이… 아깝구나, 아까워."

점점 강해져 가는 무명을 볼 때마다 아무것도 해주지 못하는 자신의 능력이 한탄스럽기만 한 장영이었다.

단전을 살려 자신의 내공이라도 전해줄 수 있다면 충분히 응해줄 생각이 가득한 장영이었다. 하지만 그 단전이 없으니 어찌할까?

내공이 없으니 운용할 기운이 없고, 뛰어난 초식을 가지고 있다 한들 한계 이상의 힘인 검기와 검강을 만들어내지 못하니 무명에게 검술은 어울리지도 않는 옷에 불과한 것이었다. 내공만 있다면 금세 최고수가 되어도 손색이 없을 것인데…….

"혹시?"

고민하던 장영의 머릿속에 문득 스치고 지나가는 무언가가 있었다. 분명 언젠가 그러한 무공, 아니, 기예를 들은 적이 있었다.

'후우, 아니야, 아니야. 정녕 그 방법뿐이라 해도…….'

단전이 없어도 내공을 가진 자와 동일한 힘을 가질 수 있는 무공. 분명 자신의 기억에 그러한 무공이 있었다.

언젠가 요녕성의 북동쪽을 여행하며 보았던 비석 위의 글귀가 그제야 생각이 난 것이다.

"어쩔 수가 없구나. 결국은 그 방법뿐이니……."

뒤적뒤적.

방문을 열어둔 채 장영은 자신의 방 안을 난장판으로 만들면서 무언가를 찾았다.

막 궤짝 안의 물건을 모조리 꺼내 사방으로 펼친 장영이 오래된 종이 한 장을 꺼내 들고는 무명에게로 다가간다.

"받아라."

"스, 스승님? 이것은……?"

"보아라."

"예? 이것이 무엇이기에……."

잠시 후 툇마루에 좌정을 한 장영은 무명의 무릎 앞에 종이를 내어놓는다.

"열어서 읽어보아라. 오래전 내가 적어둔 것이다."

"……."

장영의 말에 무명이 접혀진 종이를 펼쳐 보았다.

승풍취천(乘風取天).

'바람을 다스리면 하늘을 얻는다' 라는 다소 추상적인 의미의 글귀. 그다지 잘 쓴 글씨는 아니었으나 분명 장영의 서체였다.

"나는 오래전 강호의 수많은 무공을 경험하고, 그 끝을 알고자 했던 시기가 있었다. 무의 끝을 좇고자 했지."

"아, 은거하기 이전을 말씀하시는 겁니까?"

"그래, 벌써 사십 년이 지난 이야기구나. 중원 무공의 끝을 보았다 생각한 나는 자만심에 빠져 세상 여행을 시작했다. 한데 세상 어디에서도 나의 적수를 만나지는 못했다. 그때 얻은 무림명이 바로 천지무황이다. 물론 말하기 좋아하는 자들이 만들어낸 것에 불과했지. 어쨌든 나는 무림명을 얻은 뒤로 더욱 수많은 강자들과 비무를 했다. 그들과의 비무를 통해 무의 끝을 보고자 했음이지. 그중 그나마 가장 근접했던 이가 마교주 양학명이다. 그와는 지금까지도 둘도 없는 친구이지. 하지만 그와 비무하면서도 나는 좀처럼 무의 끝을 보지는 못했다. 한데 저 동쪽 장백산을 여행하다 비석 하나를 보게 되었다."

"비석입니까?"

"그래, 비석이다. 오래전 요동 땅을 점령하고 있던 고대국가의 것이었다. 그곳에는 그 나라의 창건에 관련된 이야기와 역대 왕들의 기록이 적혀 있었다."

"……."

"처음에는 단지 역사를 기록한 비석이라고만 생각했지. 한데 이상한 점을 발견하였다. 비석의 내용을 다시 살펴본 나는 그 비석에서 이 글귀를 찾아내었다. 그것은 무공이라기보다는 어떤 무언가의 수련법인 듯했다."

"수련법이라면……?"

"그들은 무예를 숭상하여 무예의 극에 달한 자들을 조의선인이라 부르는 듯했고, 그들의 수련법을 승풍취천이라는 글자로 표현하고 있었다."

"……."

"그 글을 적어 옮긴 나는 그것이 무공의 끝을 보여줄 거라 믿어 의심치 않았고, 그 기록을 지금까지 간직해 왔다."

"한데, 어찌 취하지 않으셨습니까?"

"허허, 익힐 수가 없었다."

"예?"

장영이 웃으며 당연하다는 듯이 말한다. 당금 무림의 최강자라 칭송받는 스승이 익히지 못한 무공이 있다니, 말도 안 되는 소리이지 않은가?

"취하려야 취할 수가 없었다. 내가 익힌 무공, 아니, 중원의 무공과는 궤를 달리하고 있었기 때문이다. 이미 중원의 무공을 익힌 나는 모든 것을 버리지 않는 한 익힐 수가 없는 수련법이었기 때문이다. 또한 내가 모든 것을 버린다 하여 얻는다는 보장도 없었기에 그리 간직만 해오고 있었단다.”

“아!”

“불가능한 방법이라 생각했다. 한데 지금 생각하니 어쩌면 너에게 가장 알맞은 방법인지도 모르겠다.”

“예?”

“단전에 내기를 가진 자는 그 힘에 의존하기 때문에 모든 것을 버릴 수가 없다. 하지만 그 힘에 의존하지 않는 너라면 비석에 적혀 있던 무공을 깨달을 수 있을지도 모르겠구나.”

“스승님…….”

“나는 너에게 모든 것을 전해주고 싶었지만, 그리할 수가 없었다. 육체가 가진 한계를 뛰어넘어야만 발전을 이룰 것을 알고 있음에도 나는 어떤 방법도 생각해 내지 못했다. 하지만, 어쩌면 이것이 네게 그 방법을 만들어줄지도 모르겠구나.”

“…….”

“익혀서 내게 보여다오. 무의 끝이 어디에 있는 것인지 말이다. 어쩌면 너라면 분명 가능할지도 모르겠구나.”

“…….”

장영의 목소리는 이미 격정에 젖어 있었다.

자신이 사랑하는 제자에게 지금의 한계를 이겨낼 수 있는 방법을 마련했을지도 모른다는 기대감과 자신이 이루지 못한 꿈을 보고 있는 것인지도 몰랐다.

“알겠습니다, 스승님. 제자, 무슨 일이 있어도 성취하겠습니다.”

"오냐. 암, 그리해야지. 허허허."

수련은 그렇게 시작되었다.

이제껏 누구도 해보지 않은 새로운 방법의 수련이 시작된 것이다. 무공이되 무공이 아닌 새로운 영역에 대해서 무명은 도전하기 시작했다. 하지만 그것은 좀처럼 쉽게 얻어지지 않았다.

새싹이 돋아 나고 잎이 무성해졌다 앙상한 가지가 되어 다시금 새싹을 피워 올리기를 몇 번해, 시간이 흐르면 흐를수록 그것은 단지 누군가 남겨놓은 글귀에 불과한 것이 아닐까, 어쩌면 그것은 기예가 아니라 다른 의미를 지닌 것은 아닐까 하는 의문이 들었다. 그때마다 스승은 언젠가 자신이 했던 말을 인용하며 용기를 북돋우어 주었다.

거거거중지(去去去中知), 행행행리각(行行行裏覺).

가고, 가고, 가다 보면 알게 될 것이고, 행하고, 행하고, 행하면 깨달을 것이다.

3

밤사이 내린 눈에 초옥 주변이 온통 하얗게 변했다. 눈 때문이었을까? 여느 때와 같이 수련을 하던 무명의 모습이 보이질 않았다.

"쿨럭쿨럭!"

"스승님!"

억눌린 기침 소리가 초옥 안에서 들려온다.

무명의 부축을 받아 허리를 세운 장영은 고통스럽게 가슴을 부여 쥔 채 인상을 찡그렸다. 스승의 몸이 극도로 나빠진 것은 얼마 전부터였다. 단동에 터를 잡은 이후부터 몸이 좋지 않은 장영이었으나 겨울이 오면서부터는 밖으로 나다니지 못할 정도로 쇠약해졌다. 어쩌면 도에 이르지 못한 무인들이 겪어야 한다는 산공의 때가 장영에게 찾아온 것일지도 몰랐다.

"괜찮다. 괜찮아."

"스승님…….."

"허허, 걱정 말래도. 그보다 진전은 있느냐?"

몸이 불편한 와중에도 장영은 온화한 표정으로 묻는다. 무명이 익히고 있는 무공에 대해 묻는 것이다. 무명은 침울한 표정으로 고개를 가로젓고야 만다.

"조급해 말거라."

"그래도…….."

"괜찮다. 조금 더 정진하면 길이 보일 게야."

장영은 자신의 제자를 위로했으나 무명의 표정은 나아지지 않았다.

'녀석…….'

기특한 제자였다. 승풍(乘風)의 깨달음을 얻기 위해 수련한 지 벌써 이 년, 단동에 자리를 잡은 지 삼 년이 지났다. 무명의 뛰어난 머리로도 깨닫지 못하고 있는 것이다. 하나 장영은 무명이 그른 길을 간다 생각지 않았다. 무명의 장점은 뛰어난 오성도, 무공에 대한 통찰력도 아니었다. 그것은 집념과 끈기.

쉽게 포기해 버릴 만도 하지만, 자신의 가르침을 의심치 않고 우직하게 따라왔지 않은가?

"좀 일으켜다오."

"예?"

"밖을 보니 눈이 왔구나. 바람을 좀 쐬어야겠다."

"안 됩니다, 스승님. 바람이 찹니다. 몸도 좋지 않으신데……."

"괜찮다. 아프다는 것을 핑계로 너무 방 안에만 있었더니 오히려 더 나빠지는 듯하구나."

"……."

스승의 미소에 무명은 더 답하지 못하고 그를 부축해 초옥 밖으로 나왔다.

"흐읍, 하아……."

장영은 차가운 공기를 가득 머금었다가 내쉰다.

"좋구나."

"……."

무명은 스승이 걱정되었지만, 저리도 밝은 얼굴을 하니 큰 무리가 없을 것이라 생각했다.

장영은 평소와는 다르게 초옥의 이곳저곳을 둘러보며 흐뭇한 미소를 짓는다. 그리고 어지러이 널려 있던 장작들을 주워 차근차근 쌓아 올렸다.

“스승님, 제가 하겠습니다.”

“허허. 아니다, 아니야. 모처럼 나온 걸음인데 좀 움직여야 하지 않겠느냐?”

무명의 걱정스러운 표정에도 장영은 웃기만 했다.

“참 오랜 시간이 흘렀구나. 내가 살아온 시간보다도 이곳에서 너와 보낸 시간이 내 인생에 가장 값진 것이었다는 생각이 든다.”

“……..”

어째서 저런 말을 하는 것인지 무명은 의아스럽기만 했다.

“무명아.”

“예.”

“아직도 네 할아비를 미워하느냐?”

“아닙니다. 이미 잊은 지 오래입니다.”

“그래, 잘 생각했다. 네 할아비는 항상 네게 미안해했다. 언젠가 너에게 용서를 구하고 싶어했는데……..”

장영의 쓸쓸한 웃음에서 무명은 역도로 몰려 참해지던 조부의 모습을 떠올렸다.

“용서해 주려무나. 그것이 모두 네 아비를 아끼고 사랑한 욕심에서 비롯된 것이다.”

“……..”

무명은 아무런 답도 하지 못했고, 장영은 그 모습에 빙그레 웃는다.

“자, 그만 부축해도 되겠다.”

"예? 하나, 괜찮으시겠습니까?"

"고얀 놈, 네가 나를 늙은이 취급하는 게냐? 나는 일찍이 중원에서 가장 강한 사내로 불렸느니라."

"하하, 스승님도 참……."

장영의 표정에 무명이 웃음을 터뜨리고 만다.

"그래, 그리 웃거라. 너는 웃는 얼굴이 제일 잘 어울린단다."

장영은 무명을 따라 웃으며 천천히 마당의 중앙으로 걸었다. 밤새 내린 눈 위에 장영의 발자국이 남았다.

"명아, 일찍이 옛 성현들께서는 곧잘 이런 말을 했다. '사슴을 쫓는 자는 산을 보지 못해 길을 잃게 되고, 산에 취해 있는 자는 사슴을 놓치게 된다'고 말이다. 아직 입신에 이르지 못했으나 너의 무공은 나날이 일취월장하고 있다. 조급해할 필요가 없는 것이니라. 항상 가슴 깊이 새기거라."

"예, 스승님."

"좋구나."

무명의 대답에 미소를 지은 장영은 하늘을 올려다보다가 갑자기 어깨를 덩실거리면서 춤을 추기 시작했다.

흰 눈에 깊은 족적을 남기며 물 흐르듯이 자연스럽게 움직이는 장영의 모습에 취해 버린 무명이 눈을 떼지 못했다. 가히 하늘의 춤사위라 불러도 좋으리만큼 아름다운 춤이 흩날리기 시작한 눈발에 어우러져 한 폭의 그림처럼 보였다.

"아, 아름답다."

한참 동안이나 춤사위가 이어지도록 스승은 멈추지 못했다.

"쿨럭!"

어느 순간 스승의 움직임이 느려지고, 한 사발이나 되는 피가 눈 위에 뿌려진다.

"스승님!"

"멈추어라!"

"……."

깜짝 놀란 무명이 다가서려는데 장영이 날카롭게 소리를 지른다.

"멈추거라. 이 스승은 괜찮다. 눈을 떼지 말거라. 절대 눈을 떼어서는 안 된다."

"……."

장영은 소매로 입가의 피를 닦아내며 심호흡을 한다.

"후우… 후우……."

각혈을 하고 나니 다시금 마음이 편안해졌고, 장영의 얼굴에 붉은 홍조가 어렸다.

또다시 장영의 춤이 시작되었다. 쉴 새 없이 마당의 곳곳에 발자국을 남기며 추어댄 춤은 한참의 시간이 흐르고 서야 끝이 났다.

"후우… 후우……."

장영이 거친 숨을 몰아 내쉬며 무명을 바라본다.

"어떠하더냐?"

"예? 무슨……?"

"녀석, 그런 의문은 네 녀석과 어울리지 않는다. 춤이 어떠한지 물었다."

"아! 아름다웠습니다. 춤사위라 하기엔 너무도 강렬했고, 무공이라 하기에는 너무나 부드러워 보였습니다. 마치 하얀 종이 위에 스승님이 붓이 되어 그림을 그리시는 듯했습니다."

무명의 대답에 장영이 만족스럽게 웃었다. 과연 뛰어난 제자였다. 딱 한 번의 시연이었으나 무명은 정확히 본 것이다.

"스승의 움직임을 기억하겠느냐?"

"예, 대충은……."

"해보거라."

"예?"

"천무(天舞)라는 것이다. 칠십 년간 깨달은 모든 것을 토대로 바람을 타보려 했으나 쉽게 되지는 않았다. 어쩌면 너의 수련에 도움이 될지도 모르겠구나."

"……."

"눈이 내리는구나. 발자국이 없어지기 전에 해보거라."

스승은 자신에게 가르침을 내려주고 있었다. 무명은 그의 말대로 처음 장영이 있던 마당의 중앙에 섰다. 그리고는 천천히 눈 위에 남겨진 발자국을 따라 스승의 춤을 흉내 내었다.

"좋구나. 잘 기억했다. 하나 움직임이 너무 경직되었다. 과도한 힘을 주어서는 아니 된다. 손목을 떨칠 때는 부드럽게 하고, 앞으로 나설 때는 힘있게, 물러날 때는 빨라야 한다. 다시 해보거라.”

“예, 스승님.”

장영은 무명의 움직임을 하나하나 되짚어주며 가르쳤고, 무명은 서서히 춤에 매료되어 가고 있었다.

‘으음……’

무명의 춤사위를 흐뭇하게 바라보던 장영이 옥죄어오는 듯한 가슴의 고통을 느끼며 인상을 찡그린다.

“익숙해질 때까지 반복하거라. 나는 이만 들어가 쉬도록 하마.”

“예.”

장영이 초옥 안으로 들어가고 무명은 쉼없이 반복해서 수련했다. 쌀쌀한 날씨마저 잊혀질 정도로 온몸이 땀에 젖어가고, 한 자나 눈이 쌓일 때까지 무명은 움직였다. 어둠이 내려깔리고, 달이 하늘을 메우고 있던 구름 사이로 드러나서야 춤사위를 멈춘 무명은 가슴에 차오른 흥분을 주체하지 못했다.

방 안에 들어온 장영은 눈을 감은 채로 좌정하고 있었다.

‘더 이상은 욕심임을 알지만… 쉽지가 않구나.’

장영은 무명의 옛 모습을 그린다. 웃음이 나기도 하고 안타깝기도 했다.

'쉽지 않을 일임을 안다. 어찌 인간의 몸으로 대자연의 힘을 품을 수가 있을까. 결국 명이를 위해 단전을 찾아줄 수밖에 없는 것일까?

오 년, 오 년이라는 시간 동안 무명은 승풍의 깨달음을 위해 노력해 왔다. 하지만 진전은 없었다. 제자의 뛰어난 오성으로도 쉽게 깨달을 수 있는 것이 아니었다. 무명에게는 웃으며 위로했지만, 정작 자신은 속이 까맣게 타버렸다.

'단전을 만들고 내공만 채운다면 쉽게 이룰 것을……'

모든 것을 주었지만 항상 아쉬움이 남는다. 자신을 하얗게 불태워서라도 무명을 키워내고 싶은 것이 장영의 마음이었다. 언젠가부터 자신이 더 이상 무명에게 해줄 수 있는 것은 없다는 것을 알고 있었다. 더욱이 건강이 나빠진 이후로 무명에게 수발을 받는 것이 불편했다. 모든 것을 주고 싶어도 짐이 되고 싶지는 않았던 것이다.

'후우, 떠나보내야 할 때인가? 하나, 어찌 이리 가슴 한구석이 허하단 말이냐. 허허, 나도 늙었음이야.'

장영은 다짐하듯이 되뇌며 미리 준비해 둔 종이 위로 붓을 가져갔다.

*　　　*　　　*

다음날.
무명은 여명이 밝아오기도 전에 일어나 어디론가 갈 채비를 했다. 근래에 들어 부쩍 쇠약해진 스승을 위해 약초를 구해볼 요량이었다. 항상 자신을 위해 희생하는 스승에게 아무것도 해주지 못해 못내 가슴 한구석이 무거웠던 무명이다.

무명은 행여 자신의 소리에 스승이 깰까 조심스럽게 초옥 밖으로 나와 기련산의 깊은 계곡에 들었다.

얼마 전 인근 약방에서 처방해 주었던 약초를 구하기 위해 기련산을 헤집고 돌아다닌 끝에 제법 그럴싸한 것들을 캐내어 기분이 좋아진 무명은 스승의 조반을 차리기 위해 물을 길어 돌아왔다.

"스승님."

"……."

밝아진 얼굴로 초옥으로 돌아온 무명은 혹여 스승이 깨었을까 하는 마음에 방문 앞에서 불러보았으나 대답이 없었다.

"아직 일어나지 않으신 건가? 뭐, 일단 아침상부터 준비해야겠다."

식사 이후에 스승의 약을 달여 올릴 생각을 하니 벌써부터 들뜬 기분이 되었다. 서둘러 아궁이에 불을 지피고, 간단한 반찬을 준비한 무명은 밥에 뜸이 드는 동안 구해온 약초를 손질했다.

"스승님."

"……."

"스승님, 진지 드실 시간입니다."

"……."

아침상을 차리고 스승을 불러보았지만, 대답이 없었다.

"아직도 주무시나?"

무명은 조심스럽게 스승의 방문을 열어본다. 방 안은 텅 비어 있었다.

"응? 어딜 가신 거지? 뒷간에 가셨나?"

고개를 갸웃거리면서 방문을 닫으려던 무명의 눈에 방 가운데 놓인 서신이 보였다.

"……?"

웬 서신일까? 이상한 느낌이 들었다.

스승의 모습은 보이질 않고, 그가 남겼을지도 모를 서신만이 덩그러니 지키고 있자 알 수 없는 불안감이 느껴졌고, 이내 심장이 거세게 뛰기 시작했다.

두근.

무명이 조심스럽게 서신을 집어 든다.

두근두근.

미칠 듯이 빨라지는 심장 소리가 무명의 귓속에 선명하게 들렸다. 봉투에서 서신을 꺼내는 무명의 손이 잔 떨림을 만들어내고 있었다.

"……."

무명아, 보아라.

생각해 보면 길기도 하고 짧기도 한 시간이었다.

기억나느냐, 처음 단동으로 들어왔던 때가?

"스승님……."

나는 너에게서 꿈을 보았다.
무명아, 무극을 기억하느냐?
너는 분명 무극을 이룰 것이라 생각하고, 확신한다.
내공만 있다면 더 좋았을 것을…….
물론 승풍의 뜻을 깨우친다면 내공이 필요하지 않을지도 모르
겠구나.
명아, 스승은 너에게 더 이상 해줄 것이 없구나. 길을 열어주지
못해 가슴이 아프고 쓰리다. 내가 좀 더 뛰어났다면 너에게 더 좋
은 길을 열어줄 수도 있었을 것을…….
이제 너는 너의 길을 가거라.
나는 스승으로서의 길을 가고자 한다.
네가 세상에 나가 단련하는 동안 나는 너를 위해, 내 모든 것을
이어받은 너를 위해 길을 찾아보아야겠다. 죽음이 얼마 남지 않
았음을 알기에 더욱 조급해지는 것도 사실이다.
내가 해줄 수 있는 마지막을 후회없게 하기 위해 떠나는 것이
니 슬퍼 말거라.
부디 세상에 나가 뜻을 이루거라.

"으허헝!"
스승의 편지는 그렇게 끝이 났고, 무명은 끝내 울음을 터뜨

렸다. 생면부지였던 자신에게 모든 것을 바친 스승과의 이별
을 생각하니 가슴이 아파왔다. 이제야 막 따뜻함을 느끼게 해
준, 혈육보다 더 혈육 같은 스승이 말없이 곁을 떠난 것이다.
그로부터 무명은 몇 날을 스승이 떠나간 하늘을 바라보며 울
었는지 모른다.

第十二章

모용찬

武林君子
무림군자

온 세상이 하얗게 뒤덮일 정도로 폭설이 내린 어느 날.

"제길, 흑사방 놈들."

눈 위에 발자국을 남기며 한 인영이 뛰고 있었다. 날카로운 눈매를 가지고 있었지만, 어딘가 모르게 안절부절못하고 있는 듯한 표정이었다.

"실수다. 혼자서는 무리였는데… 너무 쉽게 생각했어."

한 손에 검을 쥔 채 경공을 발휘하며 눈이 가득 쌓인 숲 안을 뛰어든 사내는 누군가 자신을 뒤를 쫓는 것을 경계하듯이 연신 뒤를 돌아보며 달렸다.

사내가 쥐고 있는 검집에는 연꽃이 양각되어 있었다. 무림에서 검집에 연꽃을 양각해서 사용하는 곳은 여러 곳이었으나 이곳 요녕성에는 한곳뿐이었다. 그곳은 바로 무림 오대세가의 하나인 모용세가였다.

사내는 현 모용가주의 둘째 아들 모용찬이었다.

일찍이 소가주로 내정된 모용성은 이미 검술로 강호에 정평이 나 있고, 오대세가의 연맹체인 오가회에서도 수위권에 드는 무인일 뿐 아니라 심양성도의 무사부로 있을 정도였다. 그러나 모용찬은 단지 모용가의 차남에 가문에서는 인정받지 못하는 아들에 불과했고 무인으로서도 흘려버릴 만큼 미미한 명성을 가지고 있었다.

그런데 어째서 그가 눈 덮인 산을 쉬지 않고 달리고 있단 말인가?

"어서 세가에 알려야 해. 놈들이 음모를 꾸미고 있다는 사실을 어서……."

모용찬은 자신의 아비인 모용관천의 심부름을 위해 봉성현(鳳城縣)을 다녀가는 길이었다. 봉성현에서 일을 마치고 복귀하다 주루에 들르게 되었고, 주루에서 신경을 거슬리는 소문을 듣게 된 것이다.

흑사방이 무인을 모집하고 있다.

그냥 흘려들을 수도 있는 문제였으나, 모용찬은 혹시나 하는 마음에 흑사방 지부를 몰래 염탐했고, 그곳에서 경악할 만한 사실을 알게 된 것이다.

그들이 조만간 요녕성의 패권을 장악하기 위해 준비 중이라
는 것이었다. 이미 수많은 낭인무사들이 모집되었고, 소속을
알 수 없는 고수들이 요녕 흑사방 지부에 들어왔다는 것이다.
정확한 시일은 알 수 없었으나 탐문한 끝에 그들이 모종의 일
을 준비하고 있다 추측할 수 있었다.

모용찬은 좀 더 정확한 사실을 알기 위해 흑사방의 비밀 지
부로 잠입해 들었다가 '심양'이라는 단어만 알아듣고는 들켜
부리나케 도망 나온 길이었다. 분명 장원에서 도망칠 때 놈들
이 공격을 했으니 이미 추격대가 편성됐을지도 모르는 일이었
다.

피핑!

막 산의 초입에 들어서려는데 신경을 거스르는 소음과 함께
무언가 날아든다.

"엇!"

모용찬이 급히 몸을 틀어 눈밭을 굴렀다.

푹! 푹!

몇 개의 비침이 나무에 꽂혔고, 일부는 눈 속으로 파고든다.
한데 순식간에 검게 물드는 것을 보니 독침이 분명했다.

"놈! 여기까지다!"

"제길!"

역시 추격대가 있었다.

그것도 한둘이 아니라 수십은 되어 보인다. 이미 서너 명이
전방을 점하고 있었고, 뒤늦게 도착한 이들이 후위를 둘러쌌다.

"감히 우리 흑룡방을 염탐하다니 간이 배 밖에 나왔구나."

"……."

흑사방의 인물들은 항상 자신들을 흑룡방이라 지칭하곤 했다. 물론 그것은 그들의 주장일 뿐이었지만 말이다.

"무엇 하는 놈이냐?"

앞을 가로막은 자 중 우두머리인 것으로 보이는 자가 묻는다.

"……."

대답하지 않은 모용찬은 황급히 판세를 파악하기 시작했다.

자신의 무공으로 이렇게 많은 인원을 모두 상대하기는 벅차다. 자신의 실력은 스스로가 더 잘 알고 있었다.

'젠장, 포위되다니……. 앞에 선 놈은 강해 보이는군. 결국 앞을 노리고 옆으로 도망치는 수밖에 없는 건가? 하지만 금세 뒤를 잡힐 텐데… 난감하군.'

"대답해라!"

무인들의 호통에도 모용찬의 머리를 급격히 회전하고 있었다. 자신이 익히고 있는 무공이라고는 가문에서도 인정받지 못하는, '화필검' 이란 오래된 검술뿐이었다. 실력이 되지 않으니 꾀라도 써서 빠져나가야만 했다.

"훗, 흑사방의 뱀새끼들이… 포위한다 하여 나를 어쩔 수 있을 것이라 생각했나?"

"뭐라? 이놈이 죽으려고!"

뱀새끼라는 표현에 무인들이 급격히 안색을 일그러뜨리며

금세라도 검을 뽑아 들 태세를 갖추고 모용찬을 노려본다. 모용찬은 일단 허세를 부려보기로 생각하고 검집을 들어 잘 보이도록 뽑아낸다.

"모용세가의 연화검이라는 것이다."

"음, 여… 연화검!"

역시 그가 생각한 대로 반응이 있었다.

자신의 이름이라면 그다지 유명하지 않았으나 세가를 상징하는 연화검을 보여주면 그들도 함부로 어쩌지 못할 것이라 생각한 것이 즉효였다.

"천강대의 한 사람인 나에게 감히 하대라니 말이야. 흑사방 뱀새끼들이 얼마나 강한지 한번 보고 싶구만그래."

차앙!

일부러 검이 휘도록 하여 검명을 만들어낸 모용찬은 두 눈을 부릅뜬 채로 주위를 쓸어보았다.

"뭐… 뭣! 천강대!"

또다시 반응이 있었다.

남궁세가의 창궁검대가 있다면 모용세가에는 주력이라 할 수 있는 천강대가 있다. 천강대에 소속된 무인 하나하나가 검기를 자유자재로 사용하는 무인이니 흑사방의 무인들이 놀라는 것도 어쩌면 당연한 것이리라. 물론 모용찬은 천강대에 비해서는 몇 단계나 떨어지는 실력이었지만, 지금 이 순간에는 거짓말을 해서라도 도망치는 것이 중요했다.

"천강대라……. 한번 붙어보고 싶었지."

“…….”

흑사방의 무인들이 당황하는 사이에 뒤에서 바싹 마른 검객이 걸어나왔다. 퀭한 눈동자에 툭 튀어나온 광대뼈가 인상적인 그는 제법 유명세를 날리는 사아검객이었다.

“악 대협.”

무인들이 그를 알아보고는 안도의 숨을 내쉰다. 모용찬은 고개를 돌렸다가 무척이나 익숙한 무인의 얼굴에 인상을 찡그리고 만다.

“악… 비환…….”

모용찬의 머릿속에는 ‘엿 됐다’ 라는 생각이 들었다. 사아검객이라니 강해도 너무 강한 놈이 걸려들었다. 비록 낭인검객이었으나 그 검술만큼은 일절이라 불리는 자였다.

“일찍이 모용가의 천강대와 한판 떠보고 싶었는데 잘됐구만그래. 큭큭.”

악비환이 비웃음이 가득한 눈으로 자신의 검을 뽑으며 다가섰다.

‘제길…….’

이렇게 된 이상 도망치는 수밖에 없었다. 도망칠 때는 상대가 눈치채지 못할 만큼 빠르게 움직여야 한다. 그것이 이제껏 자신이 깨달아온 ‘주위상’ 의 방법이었다. 판세를 가늠하고 미치지 못한다면, 재빨리 도망치거나 한편이 되는 것. 지금은 전자의 경우였다.

“흥! 오냐! 어디, 네놈 실력을 보지! 연화추정(蓮花墜貞)!”

“엇!”

모용찬이 갑작스럽게 외치며 악비환을 향해 검을 뿌렸다. 초식 명을 들은 악비환이 급히 검을 비틀어 막으려 했다. 연화추정이란 모용세가가 자랑하는 연화검식 중에서도 파괴력이 가장 강하다는 절초가 아닌가?

“……”

한데 검격이 닿는 느낌이 없었다.

까앙!

검격음은 자신이 아니라 다른 곳에서 터져 나왔다. 모용찬이 악비환을 공격하려는 듯하더니 잽싸게 몸을 돌려서는 전방을 점하고 있던 무인들을 향해 검을 휘두르고는 냅다 튀기 시작하는 것이 아닌가?

“뭐야? 저 새끼? 별…… 쫓아라!”

어이가 없었음일까?

모두가 어안이 벙벙한 표정을 하고 있다가 모용찬이 몸을 날린 방향을 향해 우르르 뒤쫓기 시작했다.

모용찬의 싸움이 진행되는 곳에서 얼마 떨어지지 않은 작은 숲 속.

두 눈을 감은 채 눈 덮인 대지 위에 우뚝 선 채 담담한 표정을 지은 한 명의 사내. 스승 장영이 떠난 지 정확히 오 년이 흐른 지금 무던히도 노력해 작은 결실을 만들어낸 무명이었다.

“이곳에 온 지도 벌써 팔 년인가?”

휘이잉.

바람 소리가 들린다.

감은 두 눈 아래로 무명의 입가에서 평온한 미소가 지어졌다. 바람이 스치며 그의 앞섶을 흔들고, 머리칼을 휘날린다.

"바람의 흐름. 아직은 익숙하지 않지만… 바람을 느끼고, 내 안에 흐르게 한다. 가두려 해서는 안 되지. 그냥 흘러가는 대로… 자연스럽게… 바람이 흐르는 방향을 알고, 바람이 가진 기운을 깨닫게 되면 능히 그 바람마저 사용하게 되는 것이니… 그것이 곧 풍기(風氣)."

흔히 무인들은 토납과 운기, 행공을 통해 몸 안에 기운을 쌓아간다. 단전에 쌓여진 기운차고 넘쳐 나면 무인들은 한 단계 각성을 경험하게 되고, 단전의 그릇이 커지게 되는 것이다. 또한 그 기운이 너무도 강대해 몸이 다시금 재구성되고, 세맥이 그 기운에 맞추어 넓어지고, 강해진다.

강해진 기운이 세맥을 흘러 벽에 부딪치면, 그 기운을 몰아 벽을 깨고 중단과 상단이 열린다. 속칭 임맥과 독맥이 타통되어 몸 안의 내기가 자연스레 온몸을 돌아 흐르게 되는 것이다. 하지만 무명이 익히는 무공에는 토납, 운기, 행공 같은 부류의 말은 존재하지도 않았다. 단전? 그따위 것은 애초부터 없었다. 세맥을 넓힌다고? 그따위 것은 필요도 없었다.

주위의 모든 기운이 자신의 것이었고, 그 기운을 빌어다 쓰기만 하면 되었다. 굳이 표현하자면 몸 전체가 단전이었고, 주변에 널린 대자연의 기운이 전부 내공이었다. 단지 빌려다 쓰기만 하면 되는 것이었다. 문제는 느끼느냐 못 느끼느냐의 차이일 뿐이었다.

양공, 음공, 마공, 정공…….

무공을 표현하는 말은 수없이 많다. 그것은 단전에 쌓여진 기운의 종류에 따라 사용하는 무공이 달라지기 때문인데, 무명이 체득하고 있는 힘에는 애초부터 그런 것은 없었다. 바람을 느껴 바람을 사용하면 그것은 풍공이 되는 것이고, 냉기를 잡아 쓰면 음공이 되는 것이다. 때로는 자신이 물이 되기도 하고, 바람이 되기도 했다.

"바람을 잡는다."

무명은 장영이 말한 대로 가부좌를 튼 채로 손 안에 바람을 담는다. 바람을 느끼기 시작한 것은 불과 일 년. 그렇게도 오랫동안 깨달으려던 풍기는 거짓말처럼 한순간에 깨달아졌다. 이제껏 담아보려 애썼기 때문이었다.

형체가 없는 것을 어찌 그릇에 담는단 말인가. 그냥 흐르도록 두면 되는 것이다.

"모든 것을 날려 보내는 데는 폭풍만 한 것이 없지."

손 안에 모인 바람이 서서히 회전하기 시작한다. 작은 소용돌이처럼 모여진 바람은 점차 거센 폭풍이 되었고, 사방의 모든 것을 삼켜 버릴 만큼 빠르게 회전하기 시작했다. 무명의 손으로 대기의 공기가 빨려들어 갔고, 그를 중심으로 세찬 바람이 불어들었다.

무명은 태풍의 눈처럼 고요하였으나 사방은 회오리치듯이

흔들렸다. 바람에 휘말린 눈이 허공으로 솟아오르며 숲 안에
는 거센 눈보라가 만들어졌다.

　후우우웅!

　무명의 손 안에 모여든 바람이 거센 파동을 일으킨다.

　이미 제어조차 불가능할 정도로 모여들었던 바람의 회오리
가 무명의 손에서 터져 나갔다.

　쏴아앙!

　터져 나간 회오리는 사방으로 거세게 퍼져 나갔고, 주변은
한차례 폭풍을 맞은 것처럼 휘날린다. 아름드리나무가 뿌리째
뽑혀 나가고, 바위 조각은 하늘로 솟구쳐 올랐다.

　"풍와(風渦). 멸륜폭(滅侖爆)."

　무명은 나직하게 말하며 대기를 가라앉힌다.

　무명이 서 있던 자리를 제외하고는 십 장여가 초토화가 되
어버렸다. 십 장 안에는 아무것도 존재하지 않게 된 것이다.
바람에 휩쓸려 모든 것이 사라져 버린 것이다.

　"모든 것을 폭발시키는 바람의 소용돌이. 하지만 아직 제어
가 되질 않는군."

　대기가 고요해지자 무명이 초옥을 바라본다. 어디론가 떠나
간 스승이 금세라도 자신을 칭찬해 줄 것만 같았다.

　"스승님……."

＊　　　　＊　　　　＊

파파팍!

또다시 비침이 날아와 나무에 꽂혀들었다.

“제길…….”

벌써 세 시진을 달렸지만, 놈들의 포위망으로 인해 숲 안에서만 뱅뱅 돌고 있던 모용찬은 조금씩 지쳐 가고 있었다. 겨울이라 해가 진 지 오래였고, 어둠이 사방에 깔렸다.

몇 번의 싸움으로 이미 입고 있던 무복이 걸레처럼 해져 버렸다. 몸 안의 내공이 서서히 바닥을 드러내었고, 이런 식이면 조만간 잡히는 것은 불 보듯 뻔한 일이었다.

흑사방의 무인들은 용의주도하게 모용찬을 몰아붙였다. 마치 토끼몰이를 하듯이 내몰린 모용찬은 극도의 피로감을 느낄 수밖에 없었다.

“후우… 후우……!”

무릎까지 빠져드는 눈길에 체력이 점점 떨어지자 모용찬은 잠시 나무에 기대어 몸을 숨기고는 가쁜 숨을 몰아쉬었다.

“망할, 빠져나갈 구멍이 없군.”

어쨌든 아직까지 주위에 느껴지는 기운이 없으니 잠시 쉬어 갈 시간은 될 듯했다. 날카로운 눈으로 사방을 살핀 모용찬은 몸을 숨길 만한 곳을 찾았다. 하지만 세상이 온통 눈으로 덮여 버려서 몸을 숨길 만한 곳이 마땅치 않았다. 더구나 자신이 입고 있는 옷이 청의였으니 새하얀 세상에선 더욱 눈에 띄지 않는가?

어째서 도둑들이 밤에 검은 옷을 입는지 비로소 깨닫게 된 모용찬이었기에 자신의 옷 색깔이 원망스럽기까지 했다.

"응? 저건 불빛?"

모용찬이 주위를 살피다 문득 어둠 속에서 일렁거리는 불빛을 발견했다. 미세했지만, 그것은 추격자들이 들고 다니는 홰에서 나는 빛이 아니라 누군가 피워둔 모닥불이 분명했다.

"다행이다……."

어쨌든 도움을 요청할 수 있으리라.

만약 무인이라면 자신을 도와줄지도 모른다는 기대감이 들기 시작했다. 제발 모닥불의 주인이 선한 뜻을 가진 사람이길 바라며 모용찬은 조심스럽게 몸을 옮겼다.

다가간 모닥불에는 아무도 없었다.

불씨가 꺼질 듯이 일렁이고 있는 것을 보니 좀 전까지 누군가 자리에 있었지만, 이제는 남겨진 불씨만이 자리를 지키고 있었다.

"젠장! 불은 *끄고* 가야 할 것 아냐!"

괜스레 화가 난 모용찬이 인상을 찡그린다.

빠직.

그때, 누군가 나뭇가지를 밟아 부러뜨리는 소리가 들리자 모용찬은 뒷머리가 곤두서는 느낌을 받고는 재빨리 검을 들어 경계했다.

나타난 자는 등에 사슬낫을 들고 있는 사내였다.

"흐흠……."

“······.”

적일까, 아니면 모닥불의 주인인가?

모용찬이 마지막 남은 한 줌의 내공을 끌어올리며 경계하는 동안 다가선 사내가 아무렇지도 않은 표정으로 그를 바라보면서 묻는다.

“모용세가의 인물인가?”

“······.”

연화검을 보고 안 걸까?

“그, 그렇소.”

“흠, 연화검을 들고 있는 것을 보니 그런가 보군. 모용세가에 덜떨어진 차남이 하나 있는 것으로 아는데 말이야.”

한 손으로 콧구멍을 후비며 말하는 그의 모습에 모용찬이 잔뜩 긴장했다. 덜떨어진 차남은 바로 자신을 말함이 아닌가?

“나를 아는가?”

모용찬은 상대를 경계하며 그의 모습을 살폈다.

“아, 나는 당연히 너를 모르지. 단지 아는 것이라고는 너를 죽여야 한다는 것 정도?”

“죽인다? 글쎄······. 나는 아직 누군가에게 죽임을 당할 정도로 원한을 입은 적이 없는데?”

“그거야 네놈 생각이지. 의뢰인의 생각은 다르거든.”

“······.”

“자, 나도 바빠서 말이지.”

윙, 윙, 윙.

사내의 힘에 의해 사슬과 함께 돌아가는 낫은 작은 원을 그리며 살기 넘치는 소음을 만들어냈다. 모용찬은 상대를 주의 깊게 살피며 검의 손잡이를 잡았다.

핑!

회전하던 낫이 그의 손을 떠나며 상단에서부터 직각으로 베어왔다.

깡!

검을 뽑아 낫을 튕겨낸 모용찬이 자세를 낮추고 그의 품 안으로 뛰어들었다.

"나를 너무 우습게보는군."

피핑!

사내가 손에 힘을 주자 사슬이 너울을 만들며 튀어올라 모용찬의 몸을 묶어왔다.

"웃!"

모용찬은 재빨리 땅을 박차며 허공으로 솟구쳐 가까스로 사슬의 공격을 피해낸 뒤 나뭇가지를 부여잡았다.

슉!

"……."

애써 피했다 생각는데 어느새 사슬낫이 모용찬이 잡고 있던 나뭇가지를 자르고, 또다시 횡으로 쓸어오고 있었다. 그는 마치 자신의 몸처럼 사슬낫을 자유자재로 움직이고 있었다.

'젠장, 까다로운 무기로군.'

이제껏 이런 변칙적인 공격에 대해서 수련을 쌓아보지 못한 모용찬에겐 난감하기 짝이 없는 순간이었다. 공중제비를 돌며 바닥으로 내려온 모용찬은 잠시 숨을 고르면서 상대를 다시금 분석했다.

'일단 빈틈을 만들자면 무기의 약점을 찾아야겠지. 사슬낫은 회전에 의지하는 무구……. 그렇다면, 일단 공간의 제약을 걸어야겠군.'

타탁!

생각이 미친 모용찬은 옆의 숲을 향해 빠르게 몸을 움직였다.

"놈, 도망가는 것이냐!"

그는 모용찬의 움직임을 놓치지 않고 재빠르게 사슬낫을 날렸다.

슈아악!

"허엽!"

날아오는 사슬낫을 허리를 뒤로 젖혀 피해낸 모용찬은 순식간에 거리를 벌렸다.

윙, 윙, 윙!

원심력에 의해 회전하며 허공을 날아갔다. 모용찬은 검으로 낫을 튕겨내면서 점차 나무가 많은 숲 안으로 유인했다.

땅!

조금씩 낫의 방향을 바꾸기만 하던 모용찬이 검으로 강하게 휘둘러 쳐냈다.

터틱!

"……."

원체 많은 나무로 인해 사슬낫이 아름드리나무의 몸에 깊이 박혔다. 그제야 사슬낫의 무인은 자신이 나무가 빼곡하게 들어찬 숲 안으로 유인되었음을 눈치챘다.

"사슬낫은 긴 사슬에 낫을 달아 그 회전력을 극대화시켜 사용하는 무구. 평지에서 사용한다면 그 위력이 제대로 발휘될 것이지만 그 회전력을 사용 못하게 된다면 결국 일반 낫과 진배없지."

"……."

낫을 빼내려 힘을 주어보지만 팽팽하게 사슬이 당겨졌을 뿐 조금도 뽑히지 않았다.

"힘들 게다. 힘 좀 썼거든."

모용찬이 난감해하는 사내를 향해 웃으며 자심의 검을 강하게 움켜쥐었다.

"자, 그럼 어디 이번엔 네놈의 정체를 한번 알아볼까?"

"카하하하!"

"……."

회심의 미소를 지으며 다가서던 모용찬은 갑자기 그가 웃자 멈칫했다.

"뭐냐?"

"이거 한 방 먹었군. 과연 모용가의 차남이라고 해야 하나?

기지가 제법이군. 하지만 말이야, 여전히 자네는 나를 우습게 생각하는 모양이군."

"뭐?"

콰직!

순간 모용찬의 주위에 빽빽하게 들어차 있던 아름드리나무의 밑동이 무언가에 부딪치며 부서져 나가기 시작했다.

콰직! 콰직! 콰직!

잘리는 것이 아니라 부러지는 소리가 분명했다.

후웅!

"헛!"

쓰러지는 나무 뒤로 거대한 무언가가 날아온다. 엄청난 바람 소리와 함께 허공을 찢어발기듯이 모용찬의 등 뒤를 향해 날아왔다. 알 수 없는 물체에 대해 궁금해하던 모용찬은 기겁을 하면서 검을 들어 올렸다.

깡!

"욱!"

엄청난 힘이었다. 만약 막지 않았다면 몸이 반으로 잘렸을 것이다. 한데 실린 힘이 만만치 않았다. 부딪쳐 튕겨 나온 검이 한쪽 어깨로 밀리며 깊숙이 박혔고, 모용찬은 황급히 몸을 비틀며 뒤로 튕겨 나갔다.

"큭……."

한참을 밀려난 모용찬은 어깨에 느껴지는 고통으로 인해 무릎을 꿇었다. 막으려 했던 검이 오히려 자신의 어깨를 베어버린 꼴이니 어찌 자존심이 상하지 않을 수 있겠는가?

뿌드득.

모용찬의 어금니가 강하게 깨물어졌다.

"소개하지. 내 아우라네."

비웃는 듯한 목소리로 모용찬을 향해 말하는 사내, 그리고 그의 옆으로 언뜻 보기에도 역발산의 기개가 느껴지는 우람한 덩치의 또 다른 사내가 나타났다. 구름이 지나가고 드러난 달빛 사이로 덩치 큰 복면인이 들고 있는 거대한 도끼가 반짝거렸다.

"어때? 듬직하지 않은가?"

천천히 사슬낫을 회수하며 자신을 비웃는 그의 모습에 모용찬이 쉴 새 없이 핏물이 흘러내리는 자신의 어깨를 부여잡고 인상을 찡그렸다.

"하아! 제길, 이제야 눈치채다니…… . 그 정도의 사슬낫을 보았을 때 눈치챘어야 하는 것인데…… ."

그 거대한 도끼를 본 순간 모용찬은 그들의 정체를 알 수 있었다. 왠지 쓴웃음이 나왔다. 웬만한 고수들은 찜 쪄 먹는다는 그들의 정체를 왜 이제야 알았을까 하는 생각이 들었다. 명백한 실수였다. 만약 그들인 줄 알았다면 모용찬은 도망부터 쳤을 것이다.

"제길…… ."

삼악귀(三惡鬼)라 불리는 그들.

모용찬이 그들의 이름을 처음 듣게 된 것은 심양에서 파락

호로 생활하면서였다. 사슬낫을 제 몸처럼 사용한다는 첫째 귀검악(鬼劍惡), 둘째 악부(惡斧), 그리고 셋째 사향악비(死香惡妃)가 바로 그들이었다.

어지럼증이 밀려왔다. 벌써 피가 흐른 지 한참 되었다. 길게 베어진 바람에 지혈조차 불가능했다.

"후우… 후우……. 셋째가 보이질 않는 걸 보니 다행이라고 해야 하나?"

"호오? 우리의 정체를 알고 있었나? 이거 참 우리도 제법 유명한 모양이지? 안 그래?"

귀검악이 모용찬의 뒤를 향해 멋쩍게 웃었다.

"저 녀석이 알아채지 못한 것뿐이라구요."

모용찬이 흠칫 놀란다. 느끼지 못한 사이에 뒤를 잡힌 것이다. 자신의 뒤에서 들려오는 아리따운 목소리의 여인. 사향악비라 불리는 여인인 듯했다.

"이거 미안하군. 자네가 기대한 것처럼 둘만 오지 않아서 말이야. 우리는 항상 함께 다니거든."

"후우, 후우……. 그렇다는 것은 이미 나는 중독된 것인가?"

"아, 그래."

"느끼지 못했는데 언제부터였지?"

"그야 나를 처음 본 순간부터였지."

귀검악이 빙그레 웃는다.

'제길…….'

허탈한 기분에 문득 헛웃음이 났다.

"이미 느낄 새도 없이 중독된 것뿐 아니라 이만큼의 출혈이라……. 오늘 난 죽은 목숨이나 다름없겠군."

"아, 뭐, 그렇지."

"죽기 전에 하나만 물어봐도 되겠나?"

"음… 좋아. 선심 쓰지. 물어봐."

"도대체 흑사방이 하고자 하는 게 뭐야?"

"음… 통상 가르쳐 주지 않는데……. 요령성의 이권."

"흑사방… 그랬군. 결국 이권 때문이었나?"

"당연한 소리. 성도의 이권을 가지자면, 그에 방해되는 세력이 있어서는 안 되는 것 아니겠나? 심양 모용세가를 노리는 것은 당연하지."

"그렇군. 한데 이해되지 않는 것이 있는데 말이야."

"이해되지 않는 것이라고?"

"그래. 낭인무사들을 영입하는 것은 그렇다 치고, 도대체 흑사방이 모용세가를 노릴 수 있도록 힘을 실어준 곳이 어딘 거냐?"

"후후, 죽을 놈이 제법 궁금한 게 많구나."

"뭐, 어쩔 수 없잖아. 천성이니까."

"뭐, 죽을 놈 소원을 들어주고 싶긴 한데 말이야, 우리도 바빠서 말이지. 그만 죽어줘야겠다."

귀검악이 사악하게 웃으며 사슬낫을 들어 올렸다.

"그러지 말고 가르쳐 주라고. 아무것도 모른 채 죽으면 내가 억울하잖아. 아마도 흑사방을 돕기 위해 온 그들, 쉬운 상대가 아니겠지?"

"당연한 것 아닌가? 그분들이야말로 흑사방이 가질 수 없는 진정한 고수라네. 우리 삼악귀나 사아검객 따위의 명성으로는 도저히 쫓을 수 없는 분들이지. 아마 그들이 모용세가의 장원에 난입하는 순간, 그곳은 우리 흑사방의 지부로 변하겠지."

"그 정도란 말이야?"

"흠… 어째서 내가 대답해야 하는지 모르겠지만, 말이 길었다."

모용찬은 마치 생을 포기한 것처럼 온몸의 힘을 뺐다. 과다출혈로 인해 시야가 조금씩 흐려지는 것을 억지로 눈에 힘을 주어 치켜뜬다.

"이거 장작을 구해 왔더니……."

거짓말처럼 어디선가 들려오는 목소리와 자신의 앞을 막아선 한 사내의 등. 눈이 감기고 정신을 잃어가는 상황에서 그의 모습이 정확히 보이지는 않지만, 어렴풋이 들리는 목소리가 왠지 가슴을 편히게 해준다.

"저런, 무슨 잘못을 했는지 모르지만 꽤나 심하게 다치셨군요? 일단 상처부터 치료해야겠네요."

그의 웃음이 보인다.

"웬 놈이냐!"

귀검악이 사내에게 소리친다.

“저요? 전 무명이라고 합니다만.”
모용찬은 정신을 잃어가면서 되뇌었다.
‘무… 명…….’

『무림군자』 제2권에 계속…

“저요? 전 무명이라고 합니다만.”

눈매 퓨전 판타지 소설

the Mask of Leon

가면의 레온

중원을 공포로 떨게 만든 희대의 악마, 혈마존.
그의 영혼이 기억을 잃은 채 차원 이동을 한다.

한 소년과 몸이 바뀐 후 깨어난 혈마존.
기억은 지워지고 싸가지없는 본성만 남았다!
욱할 때마다 튀어나오는 살벌한 말투와 그의 독자 무공.

'아, 나는 왜 이렇게 성격이 더러운가?
어째서 이리도 잔인한 기술을 알고 있는 것인가? 착하게 살고 싶다.'

살인광이었던 그가 전혀 어울리지 않는 대신관이 되기로 결심한다.
하지만 그 본성이 어디 가나……

"이런 빌어 처먹을 놈들, 신전에서 봉사 활동 안 할래?"

유행이 아닌 자유추구 -
WWW.chungeoram.com
Book Publishing CHUNGEORAM

유행이 아닌 자유추구 ─
WWW.chungeoram.com

정봉준 新무협 판타지 소설

『철산전기』의 작가 정봉준!!!
팔선문을 통해 또 다른 유쾌함을 선사한다!!

뛰어난 자질을 갖춘 팔선문의 대제자 유검호,
그의 치명적인 단점은 게으름과 의지박약!

천하제일마두의 기행에 재수없이 동참하게 된 의지박약아.
깊은 고생 끝에 가까스로 고향으로 돌아오다.

"무림? 그딴 건 개나 주라 그래. 나만 안 건드리면 돼!"

시간을 가르는 그의 행보에 무림이 뒤집어진다!!!

War Mage

워메이지

김재한 퓨전 판타지 소설

사람들이 인식하는 상식의 세계 이면,
짙은 어둠이 드리워진 그곳에 사는 괴물들이 있다.

문명이 드리운 그림자 속에서, 전투기계들과
인간의 사념으로부터 태어난 마물들이 격돌한다.
마법과 주술이 난무하는 초현실적인 전장,
소년은 그곳에 서는 대가로 인생을 잃었다.
운명의 노예가 되어 가족과 인성을 잃어버린 소년, 진유현.

총염(銃炎)과 검광(劍光)이 뒤얽히는
어둠의 거리에서, 운명의 족쇄를 끊고 나온
소년의 눈이 살의를 발한다.

유행이 아닌 자유추구 —
WWW.chungeoram.com
Book Publishing CHUNGEORAM